NOS ÂMES AU DIABLE

JÉRÔME CAMUT & NATHALIE HUG

Éditions Calmann-Lévy

Les Éveillés, 2008
Trois fois plus loin, 2009
Les Yeux d'Harry, 2010
Les Murs de sang, 2011 (prix des lecteurs du Salon du livre féminin 2011)

Éditions Télémaque

Prédation (*Les Voies de l'ombre*, tome 1), 2006 (finaliste du prix polar Michel-Lebrun)
Stigmate (*Les Voies de l'ombre*, tome 2), 2007
Instinct (*Les Voies de l'ombre*, tome 3), 2008
Rémanence (*Les Voies de l'ombre*, tome 4), 2010
Le Sourire des pendus (*W3*, tome 1), 2013 (prix des lecteurs du Livre de Poche 2014, prix du public Saint-Maur en poche 2014)
Le Mal par le mal (*W3*, tome 2), 2015
Le Calice jusqu'à la lie (*W3*, tome 3), 2016

Éditions Le Livre de Poche

Les Voies de l'ombre, L'intégrale, 2015
Ilya Kalinine, roman inédit, 2017 (spin-off de la série *W3*)

Éditions Fleuve Noir

Islanova, 2017
Et le mal viendra, 2019

Jérôme Camut
Éditions Bragelonne

Malhorne, tome 1, 2004
Les Eaux d'Aratta (*Malhorne*, tome 2), 2004 (prix Imaginales 2005)
Anasdahala (*Malhorne*, tome 3), 2005
La Matière des songes (*Malhorne*, tome 4), 2006

Éditions ActuSF : les coups de cœur des Imaginales

Le Secret de Parsigou, nouvelle, 2013

Éditions Le Livre de Poche

Malhorne, l'intégrale, « Majuscule », 2016

Nathalie Hug
Éditions Calmann-Lévy

L'Enfant-rien, 2011 (finaliste prix du Premier Roman Carrefour)
La Demoiselle des tic-tac, 2012 (finaliste du Goncourt lorrain-prix Erckmann-Chatrian)
1, rue des Petits-Pas, 2014 (prix Griffe noire 2013 pour l'ensemble de l'œuvre, prix des Bibliothèques pour tous 2013, prix de la médiathèque de Bar-sur-Aube 2013)
Comme un enchantement, 2020

Éditions Belfond

Crime au musée, anthologie, « Renaissance », 2017

JÉRÔME CAMUT
NATHALIE HUG

NOS ÂMES AU DIABLE

fleuvenoir

MIXTE
Papier issu de
sources responsables
FSC® C003309

L'éditeur de cet ouvrage s'engage dans une démarche
de certification FSC® qui contribue à la préservation
des forêts pour les générations futures.

Pour en savoir plus :
www.editis.com/engagement-rse/

ISBN : 978-2-265-14420-0

Dépôt légal : mars 2022

À l'insouciance des jeunes filles,
Aux femmes qu'elles deviennent
Aux photos en noir et blanc qui témoignent
À Rosemarie Hecking et à Elisabeth Soulès

PROLOGUE

Cet après-midi, Sixtine est censée se rendre directement à l'école de voile après avoir déjeuné avec son père. Habituellement, la fillette est obéissante, c'est d'ailleurs pour ça qu'elle a l'autorisation de faire le trajet en bus avec son copain Jérémie, pendant que leurs parents prennent le café sur le port de la Cotinière. Mais aujourd'hui, elle va se permettre une transgression, un tout petit détour par la villa de ses grands-parents chez qui elle passe tous ses étés, juste le temps d'enfiler vite fait son short en jean préféré ! Son père n'a pas voulu qu'elle le porte pour aller au restaurant... Pourtant, il est trop joli, avec ses bords effilochés, sa guitare cousue sur l'arrière et ses poches doublées d'un tissu fleuri rose et jaune. À peine descendue du bus, elle file donc là-bas et fausse compagnie à Jérémie, lui faisant jurer au passage de ne rien dire de son escapade...

La clé de secours est cachée derrière le pot de fleurs en forme de cygne. Personne ne se doute que Sixtine le sait. On la croit tête en l'air, rêveuse, toujours à se raconter des histoires, alors les adultes ne prennent pas garde à ce qu'ils disent devant elle. Mais, contrairement aux apparences, Sixtine est très attentive.

C'est de cette façon qu'elle a appris beaucoup de secrets. Des choses qui ne la regardent pas. Comme le fait que ses grands-parents complimentent en public des gens qu'ils critiquent en privé, ou que papa et maman se chamaillent dès qu'elle a le dos tourné. À croire que les adultes font toujours semblant d'être parfaits.

Deux minutes pour faire pipi et enfiler son short en jean par-dessus son maillot de bain. Elle attrape au passage une pince à cheveux pour attacher sa frange, histoire de ne pas avoir à se battre avec tout l'après-midi sur le catamaran. Et la voilà repartie.

Sixtine rejoint la route, puis contourne la propriété familiale par un chemin qui s'enfonce sous les arbres. Elle adore cet endroit. Les chênes ici sont courbés et robustes, ils ont résisté aux tempêtes hivernales et leurs branches lui font penser à des doigts de sorcière. Et puis, il y a les blockhaus de la guerre à moitié enfouis sous le sable.

Aucun autre môme de son âge n'irait traverser seul le petit bois, ils ont trop peur. Sixtine, elle, raffole des émotions que lui procure la présence de ces étranges bâtiments en béton, dissimulés sous la végétation. Pourtant, elle n'a jamais eu le courage d'y entrer. L'un d'eux, invisible depuis le chemin où poussent des immortelles, se niche dans une fosse immense, comme un scarabée qui guetterait sa proie. Si elle osait, elle descendrait les marches qui mènent au sentier engoncé entre le remblai et la façade, sur laquelle deux ouvertures béent sur une noirceur d'encre, et elle s'engagerait dans les entrailles du monstre où les rayons du soleil ne pénètrent jamais et où l'air dégage des relents de moisi.

L'été précédent, Sixtine est déjà restée immobile devant l'accès, comptant les secondes pour trouver le cran de ne pas fuir à toutes jambes. Une fois, elle a avancé d'un pas. Un pas minuscule. C'était… terrifiant. Et en même temps très excitant. Elle est sûre d'avoir imaginé les sons venant des profondeurs du bâtiment. Quelque chose rampait vers elle, et puis il y avait des cliquetis sur le béton. Les pattes des araignées noires font ce bruit, les grosses bien dodues avec des poils sur le ventre, ou les scolopendres dégoûtantes qui grouillent sous la baignoire quand il fait chaud.

Si elle osait ! Ce que recèle l'intérieur de ce blockhaus hante les nuits de Sixtine, même quand elle reprend sa vie d'écolière à Paris. Il faut qu'elle sache. Qu'elle tienne plus de huit secondes devant l'entrée. Son record de l'année passée. S'il était là, Jérémie pourrait en témoigner, mais l'autre fois, il a eu si peur de la voir disparaître qu'il a juré de ne plus jamais l'accompagner.

D'ailleurs, elle songe qu'elle est sûrement en retard pour son cours de voile. Jérémie est son coskipper et il doit l'attendre pour le départ. Jamais il ne lui fera de reproche. Il prétextera qu'il était bien trop occupé par des choses importantes pour s'apercevoir de son absence, et Sixtine dira, mi-effrontée, mi-inquiète (elle l'aime bien, Jérémie !) : « C'est quoi, ces choses plus importantes que moi ? » Alors Jérémie ouvrira grand ses beaux yeux verts de la couleur des huîtres, ses joues deviendront toutes rouges, et elle n'aura même pas à s'excuser de l'avoir fait poireauter.

Au pied de l'entrée, Sixtine fait déjà moins la fière. L'odeur de moisissure est plus forte que dans ses souvenirs. Elle songe que c'est idiot de s'imposer des défis dont on n'a pas tellement envie. Si elle avait emporté son smartphone, elle aurait eu de la lumière…

Allez, deux pas et t'as gagné ! Et si t'en fais un troisième, papa et maman t'offrent un chien à Noël !

L'air frais qui émane du blockhaus se dresse tel un mur contre la chaleur moite du sous-bois. Sixtine tend la main. C'est drôle, elle a l'impression de pouvoir toucher ce froid.

Allez, un pas, juste un.

La fillette se trouve à l'intérieur, et pour battre son propre record, elle avance aussitôt de deux autres avant de s'arrêter sur le seuil d'une pièce enténébrée.

Ça fait au moins vingt secondes !

L'obscurité totale qu'elle ose affronter est une terrible créature visqueuse. C'est effroyable, mais il suffit de courir en arrière pour s'en échapper, alors pas de panique.

Il n'y a rien dans cette pièce, elle n'existe d'ailleurs même pas vraiment puisque Sixtine n'en discerne rien. Et puis il y a des millions d'autres endroits identiques à celui-ci partout dans le monde, et on n'a jamais entendu dire qu'ils dévoraient les enfants téméraires.

Sixtine compte dans sa tête, elle vient d'atteindre trente secondes, elle se sent forte comme jamais. Mais elle est incapable d'avancer plus loin dans ces ténèbres. En guise d'ultime bravade, elle tourne le dos à la nuit, pour prouver à la bête tapie dans l'ombre qu'elle n'a pas peur.

Victoire !

Sixtine sort, grimpe le talus à quatre pattes et débouche sur le chemin baigné de lumière. Alors qu'elle entame une danse de la joie, entre trépignements et petits cris, elle est interpellée par un promeneur avec son chien.

Qu'est-ce qui rend cette jeune fille si guillerette ? A-t-elle trouvé un trésor ?

Sixtine ne parle jamais aux inconnus, *a fortiori* quand elle est seule, mais celui-ci est vieux et son chien aux longues oreilles pendantes a l'air doux, il ne peut donc pas être méchant. En plus, elle se dit qu'elle ne pourra avouer ni à ses grands-parents ni à son père, et encore moins à sa mère, qu'elle est entrée seule dans un blockhaus, alors c'est l'occasion. Elle va prendre deux minutes pour raconter ses exploits à ce gentil monsieur…

QUELQUES HEURES PLUS TARD

1

Le jour où le monde a basculé, j'étais en réunion douze/dix-huit et Bernie était très remonté. Les douze/dix-huit, c'était son invention. Pas de téléphone, pas de tablette, pas d'ordinateur. Juste du papier et des crayons. La moitié du staff se retrouvait à midi tapant, et personne ne sortait avant dix-huit heures, à moins qu'une idée n'émerge. Et pour le moment, on ramait.

Travailler le samedi, le dimanche, le soir tard ou le matin avant l'aube ne m'effrayait pas, à condition qu'une urgence le justifie et que la rémunération soit à la hauteur de mes efforts. J'avais vu ma mère se tuer à la tâche pour trois francs six sous, lorsqu'elle était gouvernante chez des gens friqués du 17e arrondissement de Paris, quartiers Monceau, Villiers et Batignolles. C'était la « bonne à tout faire », même des courbettes. Jusqu'à ce qu'elle hérite du deux-pièces cuisine rue de Lévis, où sa patronne la logeait pour l'avoir sous la main jour et nuit. Comme quoi, tout peut arriver.

Bernie s'en était déjà pris à Carine, qu'il avait gratifiée d'un : « Si tu n'as pas la bonne idée, tu peux réécrire cent fois ton texte de merde, ça sera toujours de la merde ! » À présent, il concentrait ses foudres sur Samira, dite Sam, et on aurait dit qu'elle tentait de disparaître sous la table. Cette nouvelle venue était brillante, mais dès que ça bardait, elle se comportait en fillette apeurée. La faute à un père maltraitant, d'après ce qu'elle m'avait raconté.

Bernie détestait nous voir pleurer. Je lui avais dit mille fois que le plus simple aurait été de ne pas nous y pousser, mais Bernie, c'était Bernie. Il ne comprenait rien aux femmes. (Bernie, c'était le surnom de Bernard Deschamps, le patron de la boîte de pub qui m'avait recrutée huit ans plus tôt. *The boss*, toujours des blagues acides au bout des lèvres, et pas de vie. Enfin, je veux dire par là que sa vie, c'était son travail. Donc, en gros, sa vie, c'était du vent, comme la pub.)

La mission du jour était de déterminer si, pour la prochaine campagne de notre client chocolatier industriel, il était judicieux de corréler Pâques à la religion, en parlant de cloches, par exemple. Identifier la cible de ses produits était un problème. D'après Bernie, les chrétiens, appartenant pour la plupart à la classe moyenne, achetaient plutôt du chocolat bio pour leur progéniture. Pas cette merde de piètre qualité bourrée d'additifs qu'il comparait à un produit dérivé du pétrole : « Tu sais ce qu'ils devraient payer à la place de la TVA, ces empoisonneurs ? La TIPP[1] ! »

Or, une campagne publicitaire doit vendre du rêve. Bienvenue dans le monde des apparences trompeuses, de l'invraisemblable rendu crédible par des artifices : des femmes dorées à l'or fin, des surhommes au volant de voitures qui ne polluent pas, et du chocolat en plastique plus vrai que nature !

— Y a-t-il un putain de créatif dans la salle ?

1. Taxe intérieure de consommation sur les produits pétroliers.

La question qui fâche venait de tomber. Dans les faux plafonds, la clim s'épuisait contre la canicule qui étouffait Paris depuis huit jours. La nuit précédente, le thermomètre avait stagné aux alentours de vingt-huit degrés. J'avais peu dormi. Heureusement, le pont du 14 Juillet approchait. Bientôt, je profiterais de la fraîcheur des nuits et de la douceur du climat oléronais.

Nous attendions toutes que Bernie nous accorde un répit. Son truc, c'était de nous faire crever de faim. Sur son bureau, dans un cadre, un proverbe soufi donnait le ton : « Affame ton ventre, dessèche ta gorge, afin que tes yeux puissent voir Dieu en ce monde. » À quinze heures seulement, la fille de l'accueil apporterait donc les plateaux : trois sushis et un bol de riz par personne. Et pas question de manger les barres de céréales qu'on avait planquées dans nos sacs, Bernie nous tenait à l'œil.

Malgré ça, j'étais heureuse de travailler avec lui, ça devait être mon côté « j'aime celui qui me maltraite tant que c'est pour mon bien ». Et je n'étais pas la seule. Dans la salle de réunion, personne ne mouftait. À peine certains visages se sont-ils fermés quand Bernie a continué de jouer la carte de la provocation en me regardant comme s'il savait que j'allais nous sortir de l'impasse. Puis il s'est adressé à Sam :

— Puisque tu veux rapprocher l'image de notre client de celle de la clique des pédophiles et des enculeurs, je propose de miser à fond sur cet angle. Que penses-tu de prêtres en rut, soutane relevée, qui courent après des petits lapins ?

Sam suffoquait, Carine ouvrait la bouche par intermittence, telle une carpe. Et Bernie avait un air rieur accroché au coin des yeux. J'ai su que c'était mon tour d'en prendre plein la gueule.

— Jeanne, avec un prénom pareil, tu vas me parler de la Vierge ?

J'ai eu envie de lui répondre d'aller se faire foutre ou d'en discuter avec ma mère, sauf qu'on devait assurer six mois de campagne avec un nouveau spot télé par quinzaine, et qu'on n'avait pas le temps de se bouffer le nez.

Un bref instant, j'ai revu nos séances de travail avec Carine et Sam, le visuel axé autour du caractère « authentique » du cacao, l'aspect « traditionnel » de la fabrication. Le fondateur de la boîte avait ouvert son atelier en 1874, et il inspirait confiance, avec sa barbe à la Victor Hugo et son tablier de maître ouvrier.

Alors, je me suis lancée :

— Le chocolat, c'est de l'affect pur. Que tu sois chrétien, juif ou musulman, quand t'étais gosse, t'as mangé des œufs à Pâques, de Marseille à Lille, et de Strasbourg à Bordeaux, tu me suis ?

— Tu me plais, quand tu parles terroir, m'a rétorqué Bernie.

— Je ne parle pas terroir, je parle amour. Le chocolat, c'est de l'amour. C'est l'enfance, le lien à la mère, ce qui te donne du bonheur. Je te dis ce qui me traverse l'esprit… « Gourmands de toutes les régions, unissez-vous »… C'est pas bon, mais c'est l'idée.

J'ai prononcé ces mots à l'instinct, et dans les yeux de Bernie, j'ai vu qu'ils faisaient mouche. Tant mieux, on affinerait pendant quelques heures et puis chacun vaquerait à ses occupations.

Quand la porte s'est ouverte, tout le monde a pensé : *Vive les sushis !*, mais non, c'était pour moi. Quelqu'un au téléphone, urgent. Bernie a ronchonné, les autres m'enviaient de pouvoir m'éclipser.

Le temps de regagner mon bureau, j'ai dressé la liste des choses à faire en sortant du boulot : demander au voisin d'arroser mes plantes, penser à mettre mon maillot deux pièces dans la valise, passer voir maman, récupérer les macarons pour Sixtine chez Hermé, et les chemises de Richard au pressing. J'avais hâte de les rejoindre à Oléron où ils séjournaient depuis deux semaines déjà.

À cette époque, je m'imaginais que je menais la vie qui m'était destinée, que j'avais fait le bon choix en épousant mon meilleur pote de fac, qu'il n'y avait pas eu une occasion où j'aurais dû prendre à gauche plutôt qu'à droite. Je le croyais. Ou plutôt, j'aimais le croire.

Mon travail me plaisait. Richard avait donné quelques coups de canif dans notre contrat de mariage, mais je lui avais pardonné pour préserver notre famille. Il avait juré de ne plus jamais fauter, je l'avais cru et, finalement, les choses n'allaient pas si mal entre nous.

Et Sixtine ! Je n'aurais pu rêver d'une plus merveilleuse enfant. À cette heure-ci, elle devait être avec ses amis du club de voile, en sortie catamaran. À moins que Richard n'ait décidé qu'elle avait besoin d'une sieste. À dix ans, on peut se remettre à faire la sieste, surtout quand on a passé la matinée au soleil, à jouer dans les vagues. J'espérais qu'il n'avait pas encore oublié la crème solaire.

En tendant la main vers le combiné, mes yeux se sont posés sur la photo de ma petite brune aux yeux bleus, de moins en moins petite. Sixtine poussait de partout. Ses jambes de grenouille et ses bras de princesse s'affinaient, tout comme ses attaches qui étaient d'une délicatesse infinie. Même ses cils s'étaient allongés au cours des six derniers mois. Tout le monde la complimentait. Trop, sans doute. Et moi, je craignais qu'il ne lui soit difficile d'échapper au jugement de ceux qui détestent les jolies filles, et leur collent systématiquement un pois chiche dans la tête.

J'étais bien placée pour le savoir.

Mais une chose à la fois.

— Jeanne !

C'était Richard, et en même temps ce n'était pas lui. Sa voix sonnait bizarrement… On aurait dit un mourant.

Pendant une seconde, j'ai lutté pour me persuader que rien n'était arrivé. Non, on n'allait pas m'annoncer la catastrophe. Richard avait sûrement embouti son Audi flambant neuve. Ce n'était pas grave, l'assurance paierait, et s'il était en tort, il n'aurait qu'à s'acheter une occasion. Ou alors il s'agissait du père de Richard. Oui, il devait être arrivé quelque chose à M. Vigier, la figure héroïque, l'homme devant qui tout le monde s'écrasait.

En réalité, je ne parvenais pas à croire mes propres mensonges. Richard haletait à l'autre bout du fil. Et moi, j'avais mal partout, parce que je devinais ce qu'il était sur le point de me dire.

Je savais déjà.

Je l'ai entendu déglutir, et un voile est passé devant mes yeux tandis que les derniers fragments de ma vie d'insouciance s'envolaient. J'avais envie de hurler, pourtant je me taisais. Je voulais juste qu'il ne prononce pas les mots, mais il fallait que je sache, parce qu'il restait l'infime espoir que je me sois trompée.

— Sixtine a disparu.

2

Des heures qui ont suivi, je ne me souviens que de la pensée qui me martelait les tempes : *Tu n'es pas une bosseuse, Jeanne, tu es une mauvaise mère.*

Je me suis enfuie du bureau.

Au téléphone, Richard m'avait suppliée de rester à la maison, « au cas où Sixtine appellerait ». Un conseil des gendarmes de Saint-Pierre-d'Oléron, m'avait-il précisé, comme s'il n'avait pas pu y songer tout seul.

J'ai attendu dans l'appartement qui m'a semblé immense, vide. La chaleur pesait, il n'y avait pas un brin d'air, tout était flou dans ma tête.

Au début, le téléphone a sonné toutes les trois minutes. Bernie me laissait des messages incendiaires : « Jeanne, ma belle, il faut au moins que ta mère soit morte pour justifier ton absence ! Mais tu te prends pour qui, merde ! »

Je n'ai pas décroché, pas envie de prononcer les mots qui anéantissent : « Ma fille a disparu… »

Disparue, ça ne voulait pas dire morte. Disparue, ça laissait la porte ouverte à tout un tas d'horreurs : elle a été violée, elle est toujours en train de se faire violer, elle se fait torturer, est tombée dans un trou, a été emportée par une vague, s'est fait dévorer par les poissons, déchiqueter par des crabes que des gens dégusteront en ignorant qu'ils bouffent ma fille.

Tais-toi !

Je me suis recroquevillée près du téléphone pendant des heures, comme si le moindre de mes gestes ou la plus horrible de mes pensées pouvait tuer Sixtine. Puis je crois que j'ai pété les plombs. Qui prépare un goûter à son enfant disparu ? Une belle tarte aux pommes…

Avec le reste de pâte, j'ai formé un cœur au milieu, comme d'habitude. Pour conjurer le sort sans doute, pour que Sixtine entre en courant dans la cuisine et me supplie de ne pas trancher le cœur, parce qu'il est *trop mignon*.

En attendant que le four chauffe, je me suis assise dans sa chambre pour crever de chagrin, parce que les heures filaient et qu'on n'avait toujours pas eu de nouvelles, parce que j'avais envie de me jeter par la fenêtre plutôt que de rester vivante à en devenir cinglée, parce qu'on ne disparaît pas en plein jour quand on a dix ans et qu'on joue sur la plage avec ses camarades. À tout prendre, il valait pourtant mieux souffrir de ne pas savoir plutôt que de mourir de certitudes. Mais plus les heures filaient, plus l'espoir qu'elle se soit égarée s'amenuisait.

L'univers de Sixtine était concentré dans cette pièce aux murs orange : sa collection de petits romans qui font peur, les films Disney, les poupées, les peluches, les photos sur le tableau magnétique… Sixtine avec sa meilleure amie Titia ; avec ma mère et Dyson, son bouledogue (surnommé comme la marque d'aspirateurs à cause du grouinement qu'il émettait en respirant) ; avec ses grands-parents paternels, son père et moi ; et puis Sixtine déguisée en Lara Croft, en princesse, en Reine des neiges, et sa préférée, prise à Halloween, avec un couteau en plastique qui semblait lui transpercer le crâne de part en part, et un faux œil sanguinolent qui lui sortait de l'orbite. Elle avait un sourire incroyable, sur ce cliché, elle avait l'air de dire : « Vous avez cru que j'étais un petit ange, eh bien, non, détrompez-vous, et tremblez ! »

Et là, sur sa photo de classe : Sixtine au dernier rang, fière. Elle sortait du lot. Sixtine avait un visage... pas vraiment d'enfant, pas vraiment d'adulte. On aurait dit une femme miniature. Elle attirait le regard.

C'est pour cette raison que je veillais à sa façon de s'habiller. Pour ne pas amplifier ce phénomène. Souvent, elle m'en voulait. Mais être une bonne mère ne signifie pas tout accepter de son enfant. Étais-je une bonne mère ?

À côté, c'était Théo, son amoureux de CM1. C'est fou, mais je m'apercevais que je ne savais même pas si ma fille avait un petit chéri, ces derniers temps.

« C'est parce que t'es tout le temps au travail, maman.

— Mais non, mon lapin ! Tu vois bien que je suis là ! »

Des souvenirs remontaient. Ce grand garçon, avec son écharpe à pompons rouges, avait raconté à Sixtine qu'il existait autant de chiffres avant zéro qu'après. Histoire de faire sa maligne, ma fille s'était un jour moquée de son enseignante en lui demandant : « À quoi ça sert de nous apprendre des choses aujourd'hui, si c'est pour dire que c'est faux l'année prochaine ? »

Quand Sixtine m'avait relaté cette anecdote, il subsistait sur ses traits une expression de l'ordre du délice. Ma fille était intelligente.

En cas de danger, elle saura puiser dans ses ressources...

Arrête de te raconter des histoires ! Sixtine est morte...

Non ! Je t'interdis de dire ça !

Si une personne devait garder espoir, c'était moi.

Les heures passaient. Je me nourrissais de tous ces souvenirs parce que la vie ne pouvait pas être plus cruelle que mes pires craintes. J'étais là où je devais être. Et quand Sixtine sortirait de la salle de bains, je lui proposerais d'ajouter une boule de glace à la vanille sur la tarte aux pommes, même si d'habitude je réservais cette gourmandise aux goûters du dimanche.

J'attendais depuis combien de temps ? Le four venait tout juste de se manifester par un bip indiquant qu'il était à la bonne température quand j'ai quitté la chambre. Dans la cuisine, j'ai enfourné la tarte. Au passage, j'ai remis le rideau en place. Gestes répétés tant de fois, comme une machine à « intérieur parfait ».

La sonnerie du téléphone a failli me tuer sur place. C'était Richard, toujours pas de nouvelles. Il était furieux, parce que les autorités refusaient de déclencher l'Alerte Enlèvement, au prétexte qu'on n'avait pas encore écarté la thèse de la fugue. Moi, je me fichais de ses atermoiements.

Pourquoi remuer ciel et terre ? Sixtine était juste partie jouer avec un camarade, et dans une heure, elle serait rentrée. Ce ne serait pas la première fois qu'elle déciderait de son emploi du temps.

— T'as oublié le jour où on l'a retrouvée chez la voisine, occupée à caresser une portée de chatons ?

— Chérie, tu dois accepter qu'il se passe quelque chose de très grave.

Et puis quoi encore !!!

J'ai éclaté de rire, tant les mots de Richard m'ont paru hors de propos. Chérie ! Depuis quand il m'appelait comme ça ? Je m'apprêtais à l'interroger sur ce qu'il fichait pendant que Sixtine se volatilisait. Elle était sous sa responsabilité, non ? Il ne m'en a pas laissé l'occasion.

— On craint qu'elle n'ait été emportée par la marée, la gendarmerie maritime patrouille et…

Là, mon cœur a flanché. L'océan est un monstre qui avale les jolis petits corps et rend des cadavres verts, noirs et boursouflés. Et autour de l'île d'Oléron, les courants ont une terrible réputation.

Non, c'était impossible. Sixtine savait qu'elle ne devait pas se baigner hors de la zone surveillée, elle ne serait jamais allée à l'eau toute seule.

J'ai décidé de faire abstraction de ce môme qui s'était noyé au milieu de dix personnes, l'été dernier. Je devais y croire. À tout prix.

Je me suis mise à haleter.

— Elle était habillée comment, ce matin ?

— J'en sais rien, comme tous les jours !

— Tu lui as passé de la crème solaire ? Elle avait un tee-shirt ?

— Jeanne, c'est pas le moment, putain !

Non, ce n'était pas le moment. Avec Richard, ce n'était jamais le moment de rien ! J'avais envie de lui hurler que je le détestais de condamner Sixtine, qu'il n'était qu'un sale con sans cœur. Et sans couilles. Mais j'ai préféré raccrocher.

Je suis retournée dans la chambre de Sixtine, c'était plus fort que moi. Je me suis allongée sur son lit en serrant une de ses peluches contre ma poitrine. Un ours à l'air pataud qu'elle appelait Monsieur Patapouf.

L'horreur me tirait vers un gouffre.

Je crevais de ne pouvoir enlacer ma fille. Je la voulais là, avec moi. *Ne plus penser, ne plus jamais penser…*

La peluche est devenue salée tant j'ai pleuré dessus. Sixtine aurait trouvé ça dégoûtant. J'étais incapable de la lâcher. Elle avait l'odeur du sommeil de ma fille.

Je n'ai jamais coupé ma tarte aux pommes. Je l'ai simplement abandonnée dans le four que j'ai éteint. Un objet noir, racorni, enfermé dans une boîte encore plus noire que lui.

Un cœur sombre réduit en poussière de nuit.

3

Jamais Sixtine n'a été aussi lucide qu'en cet instant où ses coups de pied désespérés se perdent à l'intérieur d'un coffre de voiture. Une vive douleur marque ses poignets et ses chevilles entravés, le chiffon enfoncé dans sa bouche lui provoque des haut-le-cœur, manquant l'étouffer dans son vomi, et son nez empli de morve lui permet à peine de respirer. Si elle ne se calme pas vite, elle va mourir, noyée dans ses larmes.

Mais pourquoi a-t-elle absolument voulu raconter ses exploits à cet homme ? La fillette pleure sur son inconscience, implore la présence de sa maman et de son papa, celle de ses grands-parents. Elle jure mille promesses de gosse pris en faute : je ne sortirai plus, je ne parlerai plus jamais à un étranger, je ne les regarderai même plus, je resterai dans ma chambre pour toujours ! Tout est bon pour Sixtine. Même la campagne paumée, loin de ses copines. Même l'internat. N'importe où plutôt qu'ici.

Sixtine subit, Sixtine survit en attendant l'innommable. D'instinct, elle sait que chaque instant écoulé est plus enviable que le suivant, et cette idée ouvre la vanne à un flot d'angoisse. Tôt ou tard, cette voiture s'arrêtera.

Tôt ou tard, le coffre la livrera à des grosses mains qui s'empareront d'elle pour lui faire du mal.

Par-dessus la musique poussée à fond, Sixtine entend la fanfare taxée d'horripilante par son père. Soudain, elle se transforme en un phare dans la nuit. En ce moment même, le théâtre de Guignol se produit à Saint-Pierre-d'Oléron, pas loin de la maison de ses grands-parents.

Tout redevient possible. Et Sixtine s'accroche à cette idée que, bientôt, elle passera dans la rue de la gendarmerie, qu'un sanglier traversera devant eux, ou qu'un véhicule rentrera dans celui de son agresseur et qu'il devra la libérer, parce qu'on n'abandonne pas une enfant dans un coffre de voiture sur le bord de la route !

Les idées les plus folles font chavirer la raison de Sixtine. Jusqu'à ce que l'espoir s'éteigne. Des théâtres de Guignol, il y en a partout. Et tous utilisent la même musique pour leurs annonces publicitaires.

Combien de temps est-elle restée inconsciente ? Combien de temps depuis qu'il lui a enfoncé ce chiffon dans la bouche, l'a soulevée comme si elle n'était pas plus lourde qu'une plume, et… ?

Plus rien.

Si ça se trouve, elle a été droguée, ça expliquerait cette brûlure qu'elle ressent au pli du coude, des deux côtés. On lui a fait des piqûres pour qu'elle dorme !

Pourquoi moi ?

Tu es la plus jolie de ta classe !

La voix de sa maman résonne dans la tête de Sixtine. Comme le cerveau est bizarre, dans ses raccourcis. Ce compliment émis devant la photo de classe en septembre lui revient en pleine face, dans le noir du coffre puant, tel un uppercut.

Je veux pas être jolie, maman, je veux que tu viennes me chercher !

En s'arrêtant, le moteur de la voiture a aussi stoppé le temps.

Un bruit de portière, puis un autre.

Deux agresseurs ? Cette pensée, Sixtine n'est pas capable de la formuler. Son être entier, focalisé sur le coffre qui va s'ouvrir, est paralysé par la terreur.

4

Au début, on fabrique des images atroces. C'est un réflexe de survie. Parce que ce n'est jamais comme on l'imagine, alors, envisager le pire, c'est exorciser le mal, rendre l'horreur impossible puisqu'on est prêt à l'affronter.

Ensuite, on invente des kidnappeurs improbables, de ceux qu'on pourrait comprendre, à qui on pourrait pardonner, comme une femme rendue folle par le deuil de son enfant, un pauvre vagabond charmé par sa grâce…

Enfin, un processus ignoble se met en branle. La bataille des certitudes, des probables et des peut-être. C'est à celui qui vaincra. Huit heures après sa disparition, Sixtine était *probablement* encore en vie parce que les statistiques privilégiaient cette hypothèse, mais elle était *certainement* morte si l'océan était le coupable.

Alors, c'est terrible de l'admettre, mais je priais pour qu'elle ait été enlevée. Entre les mains de la plupart des pédophiles, son espérance de vie n'excédait pas vingt-quatre heures, mais j'avais comme tout le monde entendu parler de ces enfants séquestrés pendant des mois, voire des années, et qui s'en étaient sortis.

Oui, je souhaitais le pire à ma fille, pourvu qu'elle survive…

Les ogres patientent dans l'ombre, tranquilles, certains que leur heure viendra. On se souvient de tous ces hommes capables de monstruosités. On se souvient de la petite Marion, de la petite Estelle, de ces visages aperçus tant de fois qu'ils nous sont devenus familiers. Mais on a oublié ceux de leurs parents, qui espèrent encore après des années. Deviendrais-je l'une de ces mères oubliées ?

Dans le train qui me rapprochait de l'île d'Oléron, j'ai pris conscience d'une effroyable réalité : avant, quoi que j'en dise, ma vie était belle, légère, et j'aurais dû en profiter. À présent, je rêvais simplement de faire l'amour avec Richard sans m'ennuyer, je n'aspirais qu'à être affamée et stressée par mon irascible patron, je voulais passer plus de temps avec ma mère… Tout plutôt que d'être avachie dans le compartiment d'un train aussi bondé que mon cœur était vide.

Devant moi, il ne restait qu'un tunnel de douleur et de solitude.

Un tunnel sans fin.

Pendant le trajet entre la gare de Surgères et l'île d'Oléron, Charles, mon beau-père, n'a fait que me répéter qu'on allait retrouver *sa petite-fille* dans les plus brefs délais. Qu'il n'était pas n'importe qui, et que les gendarmes de l'île n'avaient qu'à bien se tenir. Il se fichait de savoir ce que je ressentais, comment j'avais vécu cet après-midi cauchemardesque entre le bureau, la maison et la gare Montparnasse, et comment je vivais mon arrivée ici, en pleine nuit.

Recroquevillée sur le poids qui m'écrasait la poitrine et me comprimait le ventre, je l'écoutais d'une oreille, obsédée par sa façon de parler de *sa petite-fille*, comme si seule sa douleur de grand-père comptait.

Quand il m'a intimé de sécher mes larmes, parce que dans la famille, on tient le coup, j'ai obtempéré. De toute manière, je n'avais jamais rien eu à lui dire, ce n'était pas aujourd'hui que les choses allaient changer. Il ne m'appréciait pas, je le détestais, nous allions continuer à cultiver les faux-semblants, le temps de ramener Sixtine auprès de nous.

Et pour une fois, Charles était d'accord avec moi.

5

— Une centaine de collègues cherchent Sixtine, madame Vigier. Ce que nous faisons ici, vous et moi, est très important.

La gendarme me faisait cette précision parce que je lui avais demandé d'emblée pourquoi on perdait notre temps à bavarder, alors que ma place était aux côtés de Richard et de tous ceux qui s'étaient portés volontaires pour fouiller l'île de fond en comble malgré l'heure tardive.

— Mme Vigier, c'est ma belle-mère, lui ai-je répondu sans réfléchir.

Elle a souri. Joli sourire, dents blanches, émail translucide sur les bords.

— Vous souhaitez que je vous appelle comment ?

— Jeanne, si ça ne vous dérange pas.

Ça ne la dérangeait pas. Et l'adjudant Courtial, ainsi s'était-elle présentée, a poursuivi ses explications :

— Actuellement, nous travaillons sur trois hypothèses : la fugue, l'accident, le rapt.

Pourquoi parlait-elle de fugue ? Sixtine était une enfant heureuse ! Une part de moi s'insurgeait, une autre espérait qu'elle ait raison, que Sixtine ait décidé de me donner une bonne leçon, à moi, la mère indigne qui préférait rêver de sushis en réunion douze/dix-huit plutôt que de partir en vacances avec elle.

— Vous êtes la personne qui la connaît le mieux, n'est-ce pas ?

Avec ma fille, j'ai découvert la férocité du désir maternel. Le combat a commencé là. Vivre pour qu'elle s'épanouisse dans un monde où les gens sincères se comptent sur les doigts d'une main, au milieu d'une marée de faux culs – moi la première. Et combattre le diktat de ma belle-famille pour que Sixtine ne devienne pas juste *une Vigier*.

Mes beaux-parents ne s'aimaient plus depuis un bail (si tant est qu'ils se soient aimés un jour), mais faisaient bonne figure. Chez eux, sauver les apparences prévalait sur toute idée d'épanouissement personnel, et Richard et moi empruntions déjà ce chemin. Pourtant, si je refusais de finir comme eux, je n'étais pas prête à divorcer. J'ignore si c'était par amour ou par peur du renoncement, et c'est ce que j'ai dit sans équivoque à l'adjudant Courtial, quand elle m'a interrogée sur notre vie avec Sixtine.

— On n'est plus vraiment amoureux, mais on ne se déteste pas non plus. Disons qu'on s'apprécie.

— Jamais de violences conjugales ?

Le ton banal qu'employait mon interlocutrice me déroutait. Je me raccrochais à l'image de Sixtine. En onze heures, combien de kilomètres effectue-t-on en voiture avec une enfant de dix ans dans le coffre ? Elle pouvait se trouver en Espagne, en Italie, en Allemagne.

— Je ne suis pas de celles qu'on peut frapper.

Comme si les victimes donnaient la permission à leur bourreau… Je me suis trouvée stupide, mais l'adjudant Courtial n'a manifesté ni surprise ni jugement. Un vrai roc. Je ne savais pas quoi penser de cette femme sublime qui me parlait de ma fille avec une telle neutralité, si ce n'était qu'elle devait être courageuse pour vivre ici. Noire comme l'ébène, elle mesurait au moins un mètre quatre-vingt-cinq, et était aussi fine qu'une liane. Un physique peu courant dans ces campagnes.

Son visage était illuminé par un regard intelligent, mais j'avais besoin de m'assurer qu'elle était aussi compétente et motivée qu'elle le paraissait.

— Vous avez déjà travaillé sur une disparition d'enfant ?

— Aucune affaire ne ressemble à une autre, Jeanne. Je ne vais pas vous mentir. Après onze heures, mes questions ne valent plus rien, mais toutes vos réponses comptent.

Sur la bande cousue sur sa chemise, une initiale figurait à la place de son prénom : D. « D » pour quoi ? C'était idiot, mais pendant qu'elle parlait, je cherchais à deviner comment elle s'appelait.

Delphine, Dorothée, Danièle, Denise ? La pièce se remplissait de toutes ces identités, dont aucune ne semblait lui correspondre. Doralyne, Diane, Daphné, Dagoberte…

J'ai pouffé, c'était nerveux, elle le savait.

— Vous voulez un verre d'eau ?

J'ai hoché la tête, et nous avons bu chacune en silence.

— Avez-vous remarqué des changements dans l'humeur de votre fille ?

Daisy, Doriane, Djamila, Dina, Dolorès ?

— Jeanne ?

Je m'étais promis de ne pas craquer, mais une déferlante de panique m'a submergée. Dehors, un hélicoptère passait au-dessus des toits. Mes mains tremblaient légèrement. Où était Richard ?

J'ai réfléchi. Longtemps. Et puis j'ai bafouillé en lui racontant comment, fin septembre dernier, un dimanche en famille avait viré au cauchemar.

— Pique-nique en forêt de Rambouillet, jeux de balle, pain sec aux canards… Sixtine était folle de joie en arrivant. Quand nous sommes repartis, elle était pétrifiée.

Je vois encore son visage tendu, ses yeux écarquillés et ses lèvres entrouvertes sur un halètement de petit animal. J'en avais eu le cœur serré.

— Vous parlez de l'affaire Maury ?

Oui, Luka, un garçon de l'âge de Sixtine, s'était volatilisé à quelques mètres de la clairière où nous déjeunions. Des traces de sang avaient été retrouvées dans un endroit isolé, indiquant que l'enfant avait subi des violences. Rien de plus, mais assez pour créer un traumatisme.

L'affaire avait tenu la France en haleine durant les cinq jours au cours desquels des centaines de gendarmes avaient retourné la forêt, les étangs, les rivières. En vain. Un drame de plus qui avait marqué les mémoires…

Après cet événement, Sixtine s'était renfermée, malgré l'aide d'un psychologue. Avec Richard, nous avions tout fait pour qu'elle ne s'imagine pas que les enfants pouvaient disparaître en un claquement de doigts, alors que leurs parents se tiennent juste à côté. Moi-même, j'avais vu un médecin pour ne pas sombrer dans la psychose. Finalement, j'avais occulté. Une part de moi refusait de se souvenir.

Se pouvait-il qu'il y ait un rapport entre cette disparition et celle de Sixtine ? D'après l'adjudant Courtial, on ne pouvait rien déduire, exclure ou conclure en l'état actuel des choses.

— Sixtine connaissait Luka ?

— Absolument pas.

Presque dix mois plus tard, le petit Maury n'avait toujours pas reparu.

La porte s'est entrouverte sur un gendarme. L'adjudant Courtial s'est excusée, elle en avait pour deux minutes, et m'a abandonnée avec mon angoisse. Je me suis contrainte à respirer. Non, elle n'allait pas m'apprendre qu'on avait retrouvé le corps de Sixtine. *Respire !*

Doris, Dora, Déborah…

Pour prolonger la dérive de mes pensées, je me suis forcée à détailler le bureau. Il n'y avait pas grand-chose. Pas de photos d'enfant, pas de dessins. Juste une boule à neige avec un décor de montagne, une boîte d'antimigraineux et un vieux porte-crayon contenant deux critériums et des gommes. On aurait dit qu'elle était de passage.

Quand la gendarme est revenue, j'ai cru défaillir. Sur ses traits, il y avait de la solennité, mais pas cette gravité feinte des gens qui annoncent des malheurs par devoir professionnel.

— Je vais vous libérer, m'a-t-elle informée. Votre mari vous attend à l'accueil. Pour vous, je suis joignable vingt-quatre heures sur vingt-quatre.

Elle m'a fait cette précision en me glissant une carte de visite sur laquelle figurait : « Adjudant D. Courtial ».

— Adjudant D., je lui ai dit, c'est un drôle de prénom.

— Je m'appelle Dahlia.

Je l'ai regardée, incrédule. Pas étonnant qu'elle déteste son prénom.

6

Les yeux écarquillés de Sixtine traquent l'obscurité.

Le coffre ne s'est pas ouvert.

Des pas sur des gravillons, des voix masculines. Pas fortes. Deux, peut-être trois. Comment en être sûre ? Un volet s'est déroulé. Ou enroulé. Et puis plus rien. Si, des oiseaux.

Depuis, la température monte dans sa boîte. De plus en plus. Sixtine s'y sent comme dans un four. Et avec la chaleur vient la panique.

Alors qu'elle avait prié pour qu'on la laisse tranquille, la fillette se met à espérer qu'on vienne la chercher. Puis à supplier. La chaleur n'a pas de limites. Six mille degrés à la surface du Soleil, quinze millions en son centre. Sixtine a lu ça dans un magazine. Sur le moment, elle s'était dit : *Quinze millions de degrés, ça n'existe pas.* Maintenant, elle est certaine du contraire.

Ses cheveux collent sur son front et ses joues, elle suffoque avec ce bâillon qui l'étouffe, et ses doigts sont comme des petits boudins. Une soif sans nom lui vrille les sens, et malgré ses efforts pour repousser l'idée, elle se focalise sur la bouteille de Coca rangée dans la porte du frigo chez ses grands-parents. Elle l'y a placée elle-même avant de partir à la plage, sachant quel régal ce serait à son retour. À présent, la perspective du plaisir s'est métamorphosée en torture.

La veille, le thermomètre de la terrasse a atteint les quarante. Sixtine adore guetter le mercure quand il grimpe à ses sommets. En plein soleil, elle l'a vu flirter avec les cinquante degrés, l'année dernière.

Dans le coffre de cette voiture, il doit faire au moins cent. Sixtine halète, ses lèvres craquelées saignent, et sa langue prisonnière du bâillon est comme du carton. Elle prie, jure, promet à Dieu, n'importe lequel, qu'elle sera la plus obéissante des enfants si seulement Il lui rend sa maman…

La température monte encore, emporte la conscience de Sixtine, qui s'endort en rêvant à une bouteille de soda qu'elle dégusterait dans un endroit où la chaleur n'existe pas.

7

Au mur, deux aiguilles phosphorescentes hachaient l'obscurité. Il était trois heures vingt. Soit quinze heures depuis la disparition de Sixtine.

Je ne voulais pas m'endormir, je ne pouvais pas. L'évidence m'écrasait. Si je sombrais, j'assassinais ma fille. Parce que le lendemain matin, l'espoir qu'elle se soit égarée ou qu'un grand trou l'ait happée, un trou où elle attendrait qu'on la secoure, se serait encore amenuisé. Et il finirait par disparaître entièrement avec la nuit suivante.

Jamais je n'aurais renoncé à Sixtine, jamais, mais je savais que le reste de ma vie serait horrible si on ne me la ramenait pas.

Les yeux rivés au plafond où dansaient des ombres, je m'occupais en cherchant un autre prénom pour l'adjudant Courtial. Franchement, Dahlia, ça ne lui allait pas. Qu'est-ce qui était passé par la tête de ses parents ?

Immanquablement, à la voir aussi noire que l'ébène, on songeait au Dahlia noir. J'avais alors décidé de la rebaptiser.

Dulce, Diandra, Dagmar, Dalida ?

Dalida, au moins, ça aurait eu de la gueule !

J'adorais écouter Dalida, même si tout le monde se fichait de mes goûts musicaux assez éclectiques, en particulier mes beaux-parents qui ne juraient que par le Jazz avec un grand J et les classiques – mais seulement à l'opéra, hein, parce que sinon on n'entend pas tous les instruments – et pensaient sans me le dire que, si j'appréciais ses roucoulements d'Orientale, c'était que j'avais une oreille de plouc.

J'avais beau porter leur nom depuis plus de dix ans, j'étais encore une étrangère chez les Vigier. Celle à qui on rappelle sans cesse son statut de pièce rapportée. La veille, à mon arrivée, Astrid avait même lâché, avec son air de ne pas y toucher : « Si au moins vous aviez été là… »

Pas d'autre commentaire. Pas besoin. Enfin si. Charles, le patriarche, avait ajouté au passage que la place d'une bonne épouse était auprès de son mari, surtout si ce dernier était incapable de surveiller une enfant de dix ans. Ça avait jeté un froid.

Dans l'intimité de notre chambre, Richard s'était excusé pour ses parents, et je lui avais répondu que leurs mesquineries étaient de la rigolade comparées à ce qui nous arrivait. Je m'en serais même régalée si notre adorable Sixtine avait été à nos côtés.

Oui, j'aurais voulu que rien n'ait changé.

Et pendant que je l'enlaçais de toutes mes forces, rêvant de lui tel qu'il était à notre rencontre, costaud, calme et rassurant, il me répétait comme un mantra : « On va la retrouver. »

Ses mots puaient le stress et la peur autant que lui, qui avait arpenté la plage et la forêt durant des heures à la recherche de notre fille.

J'ai craint qu'il ne capitule, j'avais besoin qu'il m'aide à espérer, parce que l'espoir gardait Sixtine en vie. Alors je l'ai caressé comme je ne l'avais plus fait depuis longtemps, puis je l'ai invité à me caresser à son tour, unique réconfort au cœur de cette nuit odieuse. C'était bon de sentir sa peau, ses mains sur mes seins, ses doigts dans mon sexe. Le plaisir montait, furieux et douloureux, assez puissant pour exorciser la mort qui rôdait, prête à nous arracher Sixtine.

Le plaisir sert à ça, non ? Jouir pour repousser le mal, gémir, crier pour l'expulser. C'était peut-être la seule chose qui nous ferait tenir debout pour les mille ans à venir. Alors je l'ai laissé me prendre comme il en avait envie, à la hussarde, à coups de boutoir contre la cloison, sur le précieux fauteuil d'Astrid, sur le tapis persan.

Dans ma bouche, par-devant et par-derrière, je me suis remplie de lui, et il s'est enfoui en moi avec sauvagerie, comme quand nous avions vingt ans.

Ses parents étaient dans la chambre voisine. Et je jubilais de les imaginer en train de nous écouter baiser. Scandalisés.

Richard et moi n'étions plus que des affamés, des assoiffés, conscients qu'ils n'avaient plus que l'autre pour ultime rempart contre la folie.

8

Un boucan effroyable réveille Sixtine. Le coffre de la voiture s'est ouvert sur… Quelque chose se plaque sur son visage, un tissu râpeux qui l'empêche de reprendre haleine… Des bras la soulèvent et l'emportent.

La fillette se fait pipi dessus, tente de se dégager. Elle n'a plus de forces, elle étouffe, halète comme un petit animal pris au piège.

L'odeur acide de l'ogre l'écœure. Une odeur effrayante. Sixtine s'imagine obligée de la respirer pendant des heures, et ça lui donne envie de pleurer.

À travers l'étoffe, elle devine des marches en béton, comme celles du blockhaus, et puis de la terre, peut-être. Rien ne semble réel, tout s'agite, la lumière va et vient. Trop rapide.

Sixtine, exténuée, ne se rebiffe même pas. Plus d'énergie. La chaleur lui a tout pris.

Bruit de porte, voix masculines… Les mots n'ont aucun sens.

On la dépose.

Le sol est froid, dur.

On lui retire le bâillon.

Lèvres écartées pour avaler des goulées d'un air qui n'entre pas assez vite dans ses poumons. Sixtine a soif, peur, la bouche ouverte. Comme un poisson crevé sur un étal.

Elle voudrait appeler sa maman, mais rien ne sort.

Porte qui claque. Plus de lumière. Noir.

9

Le premier jour à Oléron, un appel de maman m'a réveillée à six heures. Elle balbutiait que Sixtine passait à la télé, et qu'elle ne comprenait pas pourquoi je ne l'avais pas prévenue.

J'avais quitté Paris sans penser à elle. Un acte manqué, à l'évidence. Il ne fallait surtout jamais lui dire que notre Sissi avait probablement été dévorée par un monstre, homme ou océan.

Seule, ma chère petite maman avait basculé de son quotidien bien ordonné à l'odieuse fatalité, celle dont on imagine toujours qu'elle n'arrive qu'aux autres.

Je l'entends encore compatir devant les informations : « C'est horrible d'avoir à vivre ça, pauvres gens. » Je me souviens des trémolos qui agitaient sa voix, la façon dont elle expirait pour que le mal ne la contamine pas, mais aussi comme elle passait vite à autre chose.

J'ai enfilé un peignoir et je suis sortie pour lui répondre. Mais au lieu de l'appeler par son prénom, comme elle l'exigeait depuis mes dix-huit ans, j'ai soufflé : « Maman », avant d'éclater en sanglots. Quand je suis enfin parvenue à aligner trois mots, pour lui expliquer le peu que je savais sur la disparition de notre Sissi, elle a eu un cri d'animal blessé. Sa détresse était si palpable qu'elle m'a donné la force de reprendre mes esprits. Ma mère avait besoin de moi, même si elle était convaincue du contraire.

— Je peux venir, m'a-t-elle proposé. Si les Vigier sont d'accord, bien sûr.

Maman si discrète, si délicate.

Tous les soirs, elle prenait son dîner en lisant, juste à côté du vieux poste de télévision à tube cathodique qu'elle n'avait pas jeté parce qu'elle l'avait acheté avec mon père. Dans sa bibliothèque, il y avait tous les Simenon, les Agatha Christie, des romans à l'eau de rose et des centaines de numéros du *Nouveau Détective* classés par ordre chronologique. Elle disait toujours ce qu'elle pensait sans réfléchir, sans malice, parfois juste avec maladresse.

Elle n'avait rien à faire chez les Vigier.

— C'est très confus pour le moment, ai-je répondu. On patiente…

— La police ne sait vraiment rien ?

Un instant, j'ai songé à la corriger. Ce n'était pas la police, mais la gendarmerie qui enquêtait. Une histoire de zone, une histoire de… Aucune importance. Les recherches interrompues à minuit allaient reprendre. On attendait les brigades cynophiles de Bordeaux et d'Angoulême.

— Sixtine adore les chiens, a-t-elle commenté.

Face à mon silence, ma mère a compris que j'étais incapable d'échanger des banalités, et a raccroché.

Je ne voulais parler à personne d'autre que Sixtine, mais je refusais de gamberger sur ce qu'elle était hypothétiquement en train de vivre. Alors, j'ai repensé à mes dix-huit ans, à la dernière fois où j'avais appelé ma mère *maman*.

« Si tu veux devenir une adulte, m'avait-elle imposé ce jour-là, tu dois te débarrasser de ton enfance. Donc, à partir d'aujourd'hui, pour toi aussi, ce sera Rosemarie ! »

Ce que j'avais fait sans discuter, jusqu'à ce jour maudit.

10

Je marchais dans les couloirs de la demeure des Vigier en direction de la cuisine – j'espérais boire un café loin de leurs simagrées du petit déjeuner – lorsque j'ai croisé Charles, les lèvres pincées. Il m'a toisée, l'air de dire : « Ma fille, vous beuglez aussi vulgairement qu'une actrice de film porno », mais il n'a pas osé le verbaliser.

Affairée devant le plan de travail en marbre, Astrid, ma belle-mère, massait le gigot qu'elle venait de fourrer d'ail avec une brusquerie qui trahissait sa mauvaise humeur matinale.

Je l'ai regardée, atterrée.

— On n'allait pas le jeter, juste parce que…

Sa phrase est restée inachevée, suspendue dans l'air qui sentait bon un mélange d'huile d'olive et d'herbes de Provence. Moi, je savais bien ce qu'elle voulait exprimer : « On ne va pas se priver de se régaler *juste parce que* ma petite-fille a eu la bonne idée de disparaître le jour où je comptais lui préparer un gigot de sept heures ! »

Et le bouillon de onze heures, tu connais ?

J'avais des envies de meurtre.

Sa petitesse ajoutée à l'odeur de la chair de l'agneau a eu raison de mon estomac. J'ai vomi dans l'évier où traînaient encore les épluchures d'ail. Aujourd'hui, je regrette de ne pas avoir vomi sur ses mules Louboutin.

À cet instant, j'ai perdu les pédales. L'agneau sacrificiel, l'océan énorme qui grondait jusque dans la cuisine, les hommes se cachant derrière les ogres des contes, mademoiselle D. qui aurait dû s'appeler Dalida. J'ai hurlé une suite de mots sans queue ni tête à la figure de ma belle-mère, qui paniquait à l'idée que je postillonne sur son gigot. Puis je me suis précipitée dans la chambre de Sixtine.

Lit impeccable, elle n'avait pas dormi là. Tout ça n'était pas qu'un cauchemar.

Foutue vie de merde !

Chambre de merde !

Famille Vigier de merde !

Il y en avait pour une fortune, dans cette pièce, rien que dans la maison de poupée en bois et tous ses minimeubles « de chez l'ébéniste Trucmuche », les éléments de vaisselle en porcelaine à la con, les suspensions en cristal, la façade amovible.

Je ne souhaitais qu'une chose : balancer mon pied dans cette opulence, arracher la tête à ces poupées mieux fringuées que moi, écrabouiller d'une main le jardinet en plastique, mais non. Je n'allais pas faire ça, Sixtine ne me le pardonnerait jamais.

Richard m'a rejointe, et pendant qu'il prononçait des paroles réconfortantes en me serrant tout contre lui, je me demandais avec quelle pétasse ce salaud s'envoyait en l'air pendant qu'un porc enlevait mon enfant.

11

— Maman ! Maman !

Maman, l'ultime rempart.

Sixtine l'appelle depuis des heures.

La certitude qu'elle ne viendra pas s'immisce peu à peu dans son cœur.

Pour la contrer, la fillette, dont la voix s'est enrouée à force de crier, se berce, allongée sur le sol en position fœtale. À présent, elle l'appelle imperceptiblement.

— Maman ?

Maman qui sait guérir les bobos et connaît les mots qui rassurent.

En se concentrant, Sixtine parvient à sentir son parfum, la douceur de ses mains quand elle la porte jusqu'à son lit…

La faim, la soif, l'envie de faire pipi, de nouveau, la peur.

Maman est toujours là quand Sixtine a besoin de quelque chose.

Maman a toujours été là.

Le noir est si noir.

Maman n'est plus là.

12

Un psy a débarqué en urgence de La Rochelle, à la demande de mon beau-père. Il a dit que, dans la situation hyperstressante que nous traversions, il était normal que les plus faibles craquent. C'était moi, la plus faible, la pauvre folle à laquelle il venait d'injecter un calmant.

Du canapé où je luttais contre un sommeil ensuqué et chimique, je les entendais parler de moi, indifférents à ma présence. J'avais peur, j'avais mal, mais pour eux je n'existais pas.

De la part des Vigier, plus rien ne m'étonnait. Mais concernant Richard… S'il m'avait défendue, s'il s'était comporté en homme, en capitaine bravant la tempête, je l'aurais suivi jusqu'au bout du monde, quoi qu'il en coûte, quoi qu'il ait fait auparavant.

Ce jour-là, j'ai su que Richard serait un lâche à jamais, et j'ai refusé de lui trouver de nouvelles excuses, comme à son père narcissique ou à sa mère à l'esprit trop étriqué pour être capable d'aimer.

J'ai ri, j'ai pleuré.

Et je me suis sentie glisser en dehors de ma vie tandis que le somnifère m'emportait.

13

Dans cet endroit hors du temps, Sixtine ne perçoit aucun bruit, aucune lumière, et quand elle hurle, ses cris résonnent comme dans le parking du centre commercial où elle fait les courses avec maman.

Penser à sa vie d'avant ravage son cœur d'enfant. Sixtine a compris qu'elle ne reverrait jamais sa mère, à moins de trouver un moyen de s'enfuir. Mais peut-on échapper à l'obscurité ?

Un frisson d'horreur la parcourt tout entière quand elle prend conscience que…

… *il* est là !

L'ogre est là !

L'eau de Cologne dont il s'est aspergé ne couvre pas l'odeur de sa sueur, désagréable, acide. Sixtine se recroqueville sur le sol dur et granuleux en espérant s'y fondre.

Elle a dormi, elle a rêvé, elle ne l'a pas entendu approcher, ne sait pas par où il est entré. Maintenant, il détache ses liens et la soulève pour l'installer sur ses genoux.

C'est douloureux. Les cordes ont meurtri ses chairs. *Il* ne dit rien. Sixtine non plus. Elle se tend, aussi raide qu'un bâton sur le point de se briser. Effort insensé ! L'ogre l'oblige à se replier pour l'entourer de son corps immense.

La fillette veut hurler, mais aucun son ne sort de sa gorge. Son cœur bat si fort qu'elle a l'impression qu'il va exploser de peur.

Une main saisit son visage et le bloque tandis qu'un doux ronronnement s'élève. Sixtine se tétanise. Un objet vibre sur son crâne. C'est froid, et ça fait mal. Elle sait, elle a compris. La tondeuse de son papa émet le même bruit. Ses cheveux glissent sur ses épaules dénudées, par mèches compactes, puis sur son ventre.

Il la tond, comme on tond un mouton, et Sixtine ressent une honte horrible. Elle ne sait pas comment réagir, imagine la tête de Jérémie, celle de ses amies. Il lui a fallu des années de patience pour avoir de longs cheveux, et en un clin d'œil, ils sont à ses pieds. Perdus, salis. Maman les aimait tant…

Son travail achevé, *il* force Sixtine à relever le menton.

— Ouvre la bouche !

Il parle du nez. Sa voix est bizarre… Elle est haut perchée, différente de celle du « vieil homme au chien ».

Un objet fin et mou se glisse entre ses lèvres. Submergée par le dégoût, paniquée, Sixtine serre les dents, mais elle ne décide de rien, prisonnière d'une poigne de fer, surtout quand un pouce et un index lui pincent le nez.

Elle ouvre la bouche, tâtonne avec la langue, et le répugnant objet se transforme en une tétine. Prolongée d'un biberon.

Il y a du lait dedans. Sucré, sirop de fraise.

Assoiffée, Sixtine tète goulûment. Ça ne coule pas assez vite pour soulager sa gorge asséchée. Elle voudrait tout boire d'un trait, mais l'ogre écarte ses mains dès qu'elle essaie de s'en emparer. Et déjà le biberon est vide. Un bruit de succion, Sixtine n'aspire plus que de l'air.

Les mains la reposent sur le sol.

— Monsieur, je veux voir ma maman.

Elle a prononcé ces mots d'une petite voix. L'ogre lui a donné à boire, alors *il* n'est pas si méchant, *il* comprendra qu'elle doit rentrer chez elle…

— Non ! NOOONNN !!!

Sixtine ne veut pas qu'*il* lui retire son maillot de bain ! Elle se débat de toutes ses maigres forces, mais les mains sont si puissantes, ses soubresauts tellement vains…

Sixtine est anéantie. Elle voudrait disparaître, échapper à l'ogre…

Et surtout à son imagination, encore plus atroce que tout le reste. Fuir ces images de gros doigts qui farfouillent dans sa bouche, cette grosse langue qui s'insinue dans les recoins de ses oreilles et le corps gigantesque qui l'écrase et…

Une porte qui se ferme et un verrou. Non, deux verrous.

Les claquements secs la font sursauter.

L'ogre ne l'a pas encore touchée, et Sixtine, la tête rasée, nue comme un ver, hurle, prisonnière du noir.

14

Un nouveau jour commençait.

Encore une fois, le réveil avait été horrible. Huit heures s'étaient écoulées. Huit heures de vie en moins, où j'étais restée pétrifiée sur le canapé. Colis encombrant dans la vie des Vigier. Huit heures où Sixtine n'avait cessé de disparaître. De souffrir.

Astrid astiquait son argenterie à la cuisine. J'avais une tête de déterrée, les yeux gonflés, les cheveux sales, la bouche sèche. Elle m'a servi un verre d'eau, puis a dit :

— Personne dans cette maison ne mérite ce qui arrive.

J'étais dans un tel état de fragilité émotionnelle que je me suis mise à sangloter comme une môme. Ma belle-mère me maudissait depuis que Richard, en m'épousant, avait détruit les rêves d'alliance qu'elle nourrissait pour lui. Moi, la fille sortie du caniveau, rejeton d'une femme de ménage, j'avais gâché ses certitudes : « Pour être heureux, on baise avec les gens de son milieu. » À l'époque, les Vigier roulaient déjà en Jaguar, alors que ma mère n'a jamais eu de voiture et que mon père circulait en Renault 4L.

J'ai ravalé mes larmes et accepté le verre d'eau en m'accrochant à l'idée que, puisque nous étions mères l'une et l'autre, il devait exister un terrain où nous pourrions faire la trêve.

— Vous êtes calmée ? Parce que Richard est à la gendarmerie. Il vous attend.

Mon rêve d'union pacifique s'est évanoui dans son regard chargé de reproches.

Je suis partie sans un mot, incapable de comprendre comment elle pouvait encore respirer sous la carapace de sa morale. Ses émotions étaient sous contrôle, comme si elle sortait d'un roman de Jane Austen.

Nous n'étions vraiment pas du même monde.

15

— Une trentaine de personnes affirment avoir vu Sixtine depuis sa disparition. Certaines sur l'île, d'autres sur le continent. On note tout et on enquête sur chaque témoignage. Jusque-là, ça n'a débouché sur rien de probant.

Celle que je préférais appeler Dalida avait repris son rôle d'adjudant Courtial. Probablement à cause de la présence de Richard et de Charles Vigier dans le bureau. Un instant plus tôt, sur un ton sans équivoque, mon beau-père avait mentionné ses relations au ministère de l'Intérieur. Il méprisait les subalternes.

Elle a poursuivi, imperturbable :

— Près de douze mille véhicules ont été filmés à la sortie du pont le jour de la disparition de Sixtine. C'est un travail de fourmi d'inventorier les plaques minéralogiques pour identifier les propriétaires, mais sachez que l'état-major nous a envoyé du renfort.

Je découvrais combien le quotidien des enquêteurs était besogneux. Rien à voir avec ce que le cinéma et la télévision nous montraient. Tout se faisait à la main, vérification après vérification, et il suffisait d'en oublier une pour que l'ensemble soit vain.

— Les véhicules sortants sont, encore aujourd'hui, systématiquement contrôlés, ce qui crée un embouteillage monstre, mais les gens comprennent. L'île d'Oléron est une destination familiale…

Dans ses propos, j'entendais : « Ils ne protestent pas, parce qu'ils crèvent de trouille que ça leur arrive à eux aussi ! »

— Pourquoi vous ne perquisitionnez pas les maisons des délinquants sexuels de la région ? Vous devez bien avoir un fichier…

Les mots avaient franchi mes lèvres très spontanément. À mes yeux, ils étaient légitimes. Tout devait être entrepris pour retrouver Sixtine. Tout !

Je présumais qu'on allait m'opposer la loi, mais je m'en foutais. Si Dalida faisait fouiller les voitures, c'était bien qu'elle ne croyait plus à l'accident par noyade. Cela signifiait donc que Sixtine était entre les mains d'un sadique, et qu'il fallait la sauver avant qu'il ne soit trop tard !

— Je vais être tout à fait franche avec vous, madame Vigier. Nous ne…

J'ai interrompu Dalida avec un cassant : « Laissez tomber. » Elle m'agaçait, à vouloir nous donner des leçons du style : « Un pédophile est innocent jusqu'à preuve du contraire. » Parce que pour avoir la preuve du contraire, il fallait qu'il ait violé un enfant.

C'était insupportable de savoir que des informations cruciales étaient certainement accessibles *via* l'ordinateur qui ronronnait sur son bureau. Mais j'ai ravalé mes protestations, et j'ai tressailli quand Richard a posé sa main sur ma cuisse. Ce genre de contact « bienveillant » m'écœurait depuis qu'il avait autorisé le psy à me gaver de sédatifs.

D'après Dalida, la situation était plus complexe qu'il n'y paraissait : l'île d'Oléron était un endroit particulier où beaucoup de gens venaient se mettre au vert, des gens qui avaient eu des démêlés avec la justice, des gens qui voulaient se faire oublier. Des marginaux aussi, qui squattaient les blockhaus dissimulés dans la forêt, ou profitaient des terrains de loisir, déserts dix mois sur douze. Sans compter le trafic de stupéfiants, un fléau sur l'île : Sixtine avait très bien pu assister à une transaction entre grossistes.

— Avez-vous une piste, oui ou merde ?

Question idiote de mon beau-père parce que, à l'évidence, si Dalida avait eu l'ombre d'un début de piste, nous l'aurions su.

Ils ont continué à discuter entre eux, tandis que je me retranchais dans mes pensées. Je n'arrivais pas à rester calme dans ce bureau, à avoir cette conversation polie entre gens bien éduqués, alors qu'il suffisait d'aller toquer chez les pervers dont les adresses se trouvaient à portée de clavier… Comment garder son sang-froid ?

Quand l'entretien s'est achevé, Dalida a eu un sourire triste à mon égard. Ce rictus compassionnel signifiait qu'elle se résignait à vivre dans ce monde absurde où l'on ne peut pas forcer le domicile des ogres pour sauver un enfant. Et qu'elle m'encourageait à l'accepter aussi.

Ce jour-là, j'ai décidé que non, Dalida, ça ne lui allait pas. Finalement, son badge disait vrai : elle s'appelait D. Comme *dure*, comme *de marbre*, comme *détachée*.

Oui, puisqu'elle était tout ça à la fois, D. lui allait parfaitement.

16

Si elle pouvait remonter le temps, Sixtine retournerait au déjeuner qu'elle a partagé avec son papa, Jérémie et la mère de ce dernier. Elle serait la plus obéissante des enfants de dix ans, elle irait tout droit à l'école de voile sans chercher à se faire peur en s'aventurant dans des endroits interdits.

Hélas, Sixtine n'a pas ce pouvoir.

Une subite douleur la plie en deux. Son ventre lui fait tellement mal.

La fillette défèque dans le noir, inonde ses pieds d'urine. Le soulagement est immense.

Ses tripes vidées renforcent sa sensation de faim. Nouvelle douleur, nouvelle épreuve. Son corps manque d'énergie. Le froid ne tarde pas à s'emparer d'elle.

— S'il vous plaît, monsieur…

Sixtine explore tous les mensonges susceptibles d'infléchir la volonté de son geôlier. Elle ne dira rien à personne, promis, jamais ! Elle jurera de s'être enfuie de chez ses grands-parents parce qu'elle ne les aime pas. Elle, la petite princesse à son papa et à sa maman qu'on couvre de cadeaux du 1er janvier au 31 décembre ! Personne ne la croira ? Mais si, Sixtine joue la comédie à merveille. Elle pourrait aussi raconter qu'elle avait décidé de rentrer à Paris et qu'elle s'était perdue.

Les heures passent. La langue de Sixtine se délie à mesure que sa vigueur faiblit. Les mots se bousculent, alternent entre le délire et les confidences.

Sixtine révèle à l'ogre qui sent la sueur acide où grand-père cache ses montres de collection et son argent. Il y a aussi les bijoux de mamie dans le coffre, et des papiers importants qui valent sûrement très cher.

L'année dernière, grand-père planquait la clé au-dessus de la bibliothèque, mais depuis qu'il a été opéré du dos, il la range dans le troisième tiroir de la table à manger, derrière les ronds de serviette. D'ailleurs, ils sont en argent. Ça aussi, ça vaut cher, non ?

Elle parle, parle, parle. Le noir se remplit de ses paroles. Elle réussit même à rire en évoquant le gros Samuel qui rôde à chaque récréation près des toilettes des filles, au cas où une porte s'ouvrirait trop tôt. Il est dégoûtant, le gros Samuel. Et il n'est pas le seul. Sixtine a déjà vu des photos pornographiques. C'était horrible, mais on lui a dit que les vidéos, c'était encore pire.

Avec ses copines, elles ont discuté pendant des jours de ce que les garçons veulent vraiment faire aux filles. Il paraît que c'est pas juste aller au restaurant comme ils le font croire dans les films que maman regarde en pleurant.

Est-ce que l'ogre va lui faire toutes ces choses horribles ? Il va forcément essayer de la toucher et d'enfoncer ses énormes doigts partout, même dans ses fesses. Il va l'écraser en se couchant sur elle, et il va se frotter.

Sinon, pourquoi il la garderait ici, toute seule, toute nue ?

17

Nous n'avions aucun moyen d'agir. On nous avait enlevé le cœur de nos vies et il fallait supporter cette douleur atroce en essayant de rester dignes. Mais pour qui, pour quoi aurais-je dû rester digne ? J'étais groggy, perdue. Je ressentais mes limites physiques, comme si les strates musculeuses, tendineuses et osseuses de mon corps s'apprêtaient à fondre.

Mais notre organisme est robuste, et dans les moments de souffrance, il se cabre pour résister. À croire que nous sommes programmés pour en baver le plus longtemps possible.

Quand j'ai rejoint Richard sur le parking de la gendarmerie, après être passée me rafraîchir le visage aux toilettes, il était en compagnie d'une femme qu'il m'a présentée comme la mère de Jérémie, le camarade de Sixtine. Elle s'appelait Laurelia, m'a enlacée spontanément pour exprimer sa solidarité. Je n'ai pas douté de la sincérité de son geste, pas plus que de l'intensité du regard qu'elle et Richard ont échangé alors que j'approchais.

Ils baisaient.

Je me suis tue parce que le petit Jérémie m'observait de l'arrière de la voiture. Son sourire m'a permis de ravaler les horreurs que j'avais envie de leur cracher à la figure.

En un regard, Richard et Laurelia m'avaient montré le sens véritable de la trahison. Je me remémorais ses mots d'amour, quand il me prenait contre le mur, en ahanant dans mon cou, et ses mensonges quand je l'interrogeais sur ce qu'il faisait au moment de la disparition de Sixtine. « Je prenais un café avec la maman d'un de ses amis. Sixtine t'a forcément parlé de Jérémie. »

L'expression de ma fille me revenait : « Mon copain a les yeux verts, comme les huîtres que mange papa. C'est drôle, parce qu'il devient tout rouge quand il me voit. » Et je me souvenais d'avoir pensé avec fierté que ma fille donnait le tournis aux garçons.

J'ai songé que cette femme qui couchait avec mon mari avait les yeux couleur d'huître elle aussi, et que c'était peut-être ce qui excitait Richard, lui gober les yeux.

J'ai hésité à le lui demander, mais je me suis contentée d'un : « Je vous le laisse, il n'a pas que des défauts. »

Elle a blêmi. Je crois qu'alors elle a compris combien c'était moche de baiser avec le mari d'une autre, surtout quand cette autre venait de se faire enlever son enfant.

18

Cette nuit-là, j'ai quitté Richard.

Rien ne me rattachait plus à lui, et certainement pas Sixtine. Lorsqu'elle rentrerait à la maison, je lui expliquerais que son père et moi avions besoin de respirer, et que cela ne changeait rien à l'amour que nous lui portions.

Je me mettrais en quête d'un petit nid, un trois-pièces confortable pas trop loin de chez Richard, mais pas juste à côté non plus, pas envie de le croiser tous les matins. Peut-être dans le quartier de maman, elle serait folle de joie de nous avoir près d'elle.

En attendant, j'ai pris une chambre au Novotel de Saint-Trojan, dans le sud de l'île. J'ai payé avec la carte du compte commun, histoire de marquer le coup. Sur le balcon d'où je sentais l'odeur de l'océan, je me félicitais d'avoir pris cette décision. On s'empêche de vivre pour protéger les enfants, et souvent les enfants finissent par nous le reprocher. Là, mon monde se désintégrait. Je précipitais seulement sa chute.

Il était vingt-deux heures quand j'ai appelé D. (comme *dépannage* ou *deuxième choix*). Je n'avais personne d'autre sous la main. J'avais besoin de quelqu'un d'honnête, pas d'un faux cul qui m'endormirait en me baisant, ou en me racontant une fable que j'espérais entendre.

À peine arrivée, D. a compris. Et j'ai pleuré dans ses bras comme jamais je n'avais pleuré. Autour de nous, les clients du bar de l'hôtel comméraient et se repaissaient de mon chagrin. Indifférente à leurs regards, D. m'enlaçait avec fermeté. Avec elle, je me trouvais en présence d'un humain capable d'accepter ma détresse sans se barrer à toutes jambes.

Par quel prodige ? Je ne le saurais jamais.

D. était spéciale.

Pendant que je sanglotais et bavais, la joue sur sa poitrine, elle m'a parlé de son précédent poste dans la gendarmerie, en Guyane, des populations démunies venant des pays frontaliers, et du destin extraordinaire de certains individus, des gens qui auraient dû mourir cent fois et s'en étaient sortis sans une égratignure.

— Je ne lâcherai rien, Jeanne, gardez confiance, Sixtine n'est pas perdue, elle est peut-être de ceux dont l'étoile brille plus fort que les autres. Vous devez y croire. Vous devez même être celle qui y croit le plus fort !

C'était réconfortant de l'écouter, et tout aussi réconfortant de discuter avec elle, parce que je ne pouvais rien faire de plus pour ma fille que d'évoquer son souvenir.

Alors j'ai raconté nos vies, la naissance difficile de Sixtine, mes angoisses après l'annonce de cette malformation cardiaque qui nécessiterait plusieurs opérations durant la première année. J'étais passée par tous les stades, dont celui de regretter de n'avoir pas avorté, comme on me l'avait conseillé : « Ton enfant sera plus fragile que les autres, tu vas lui infliger d'horribles souffrances, comment peux-tu vouloir ça ? »

À D., j'ai montré qui j'étais. Sans fard. Avec cette impression d'être aux côtés d'une sœur, et qu'un lien fort et durable nous unirait.

Je lui ai même parlé de mon père, et des années pendant lesquelles j'avais imaginé qu'il était mort d'avoir préféré ses voyages d'affaires à sa famille. J'ignorais alors qu'il s'était pendu à l'hôpital psychiatrique où il séjournait régulièrement. Cet aveu, ma mère ne me l'avait fait que lorsque j'avais mis Sixtine au monde. Et le choc avait été tel que je ne l'avais jamais dit à personne avant D. Pas même à Richard.

Je préférais m'inventer à jamais comme l'orpheline d'un égoïste plutôt que d'être la fille d'un bipolaire, dans une famille où l'on se suicide de père en fils depuis des générations.

Dans les yeux de D., je n'ai vu aucun jugement, et j'ai su que j'avais eu raison de lui faire confiance. Oui, D., ça lui allait bien. D. comme *douce*, *dévouée*, *délicate*. Ou *début* d'une belle amitié, pour le moins inattendue.

19

Bernie s'est toujours exprimé comme un acteur de sitcom. C'était son style. On pouvait facilement le trouver léger, superficiel, voire égocentrique, n'empêche qu'il avait planté l'équipe en pleine élaboration d'une campagne pour débouler dans le hall du Novotel à l'heure du petit déjeuner.

— Ma chérie ! Mais comment j'ai pu te raconter toutes ces horreurs au téléphone ? Tu aurais dû me dire ce qui t'arrivait… Je suis là maintenant, je vais prendre les choses en main.

Il avait avalé mon café, gobé une huître chipée sur le comptoir et avait ajouté :

— Bouge-toi, tu enregistres un message à l'intention du ravisseur. Il passera au journal de treize heures !

Comme Bernie avait l'habitude de gérer l'artistique sur les tournages de publicités, il m'avait briefée : « Pas de maquillage, pas de coiffure particulière. Tu dois être madame Tout-le-monde si tu veux tirer une larme au monstre qui t'a enlevé ta fille. »

Après soixante-douze heures, les gendarmes avaient abandonné la thèse de la fugue et celle de l'accident.

On a tourné je ne sais combien de prises. Pour être honnête, la dernière est la seule que j'ai achevée sans m'effondrer. Certains mots ravagent le cœur, même lorsqu'ils défilent sur un prompteur.

J'ai oublié le texte qu'on avait écrit pour moi, oublié ces phrases que j'ai prononcées sans en comprendre le sens. Je les ai ânonnées, jetant parfois un œil vers l'assistant de Bernie et maman, arrivée par le train de onze heures. Elle était assise dans un coin de la salle mise à notre disposition par le directeur de l'hôtel.

Avant ça, nous étions longtemps restées blotties l'une contre l'autre, avec l'étrange sentiment que nous échangions nos rôles : j'étais Sixtine, maman était moi. Nous partagions notre chaleur dans cette belle illusion que rien de grave ne s'était produit et, en même temps, nous communiions dans une prière muette pour qu'aucun mal ne soit fait à notre Sissi.

Richard avait passé la nuit à tenter de me joindre. Chacun de ses messages était un plaidoyer pour la sauvegarde de notre couple, la promesse qu'il ne recommencerait jamais, qu'il m'aimait, que j'étais la femme de sa vie, et qu'aussitôt que nous aurions retrouvé notre fille, nous repartirions sur des bases solides. Et pourquoi pas déménager ? L'université de Montréal lui faisait des appels du pied depuis un moment, il suffirait de larguer les amarres.

Il s'est pointé en milieu de journée avec la tête d'un homme qui n'a pas dormi, les yeux rougis par un excès d'alcool. Pas l'idéal pour reconquérir la femme qu'on vient de bafouer pour l'énième fois. Il m'a encore suppliée de revenir, a prétexté qu'ensemble nous serions plus forts, et que Sixtine ne me pardonnerait pas que je le plaque. Dans son ton pointait un certain agacement.

— Avec tout ce qu'elle aura enduré, tu crois vraiment que c'est malin de lui imposer le divorce de ses parents ?

Richard m'avait fait le coup trois fois déjà. Et trois fois j'avais passé l'éponge, sans avoir conscience que je lui accordais le droit de piétiner ma dignité. Accorder un blanc-seing à un homme qui ne respecte pas les femmes, c'est une connerie.

De toute façon, je n'en étais plus capable. Depuis la disparition de Sixtine, quelque chose s'était brisé.

— Tu n'aimes que toi, Richard.

— Notre fille mérite que nous mettions nos querelles de côté, non ?

En entendant ces mots, j'ai vu rouge. Il n'avait pas le droit d'instrumentaliser le drame que nous vivions. Alors je lui ai dit ses quatre vérités. C'était trop, c'était stupide, et surtout sans retenue ni décence. Nous traversions la même tragédie. Pourtant, je lui ai balancé à la figure des années de ressentiment, et en retour, Richard, guidé par son orgueil blessé, a dressé un portrait de moi peu flatteur : celui d'une mère sans libido qui accomplissait le devoir conjugal en fermant les yeux. Pourquoi, d'après moi, était-il allé voir ailleurs ?

J'ai encaissé, parce que ce salaud touchait juste. La dernière fois que nous avions fait l'amour ne comptait pas, j'étais déchaînée par la douleur, dans une quête d'absolu. Du reste, j'en gardais quelques stigmates, des bleus sur les bras, et les chairs déchirées. Mais peu m'importait. Cette nuit avait été notre baroud d'honneur, une ultime halte avant la route qui m'emporterait loin de lui.

— Je veux divorcer.

Et je l'ai planté là, trouvant refuge dans la cabine d'ascenseur.

Ma vie foutait le camp et je m'en moquais.

Le message au ravisseur de Sixtine est passé au journal de treize heures, à celui de vingt heures, puis toutes les quarante-cinq minutes sur les chaînes d'info en continu.

Quiconque a perdu son enfant, ne serait-ce qu'une heure, sait de quoi je parle. Dans ces moments atroces, on devine que le plus dépendant n'est pas celui qu'on croit. L'enfant va de l'avant, quoi qu'il advienne. C'est dans sa nature : un jour il s'envolera du nid, il survivra à ses parents. La perte de l'autre est envisagée comme l'ordre naturel des choses.

Alors que moi, je n'étais rien sans ma fille…

20

Quand Sixtine se réveille, la faim est devenue une chose immonde qui lui dévore les entrailles. Le lait à la fraise de l'ogre ne suffit plus.

— Monsieur, s'il vous plaît…

Pleurer ne sert à rien. L'ogre doit rire pendant qu'elle chouine, alors Sixtine se met à quatre pattes.

La peur du noir est minuscule, à côté de la faim. Et l'instinct est là, encodé dans ses gènes. Pour manger, il faut bouger, fouiner, explorer.

Les petits doigts de Sixtine se promènent sur le sol, centimètre par centimètre. Subsiste la crainte de l'inconnu, la rencontre avec une araignée, une sangsue plus grosse qu'un steak ou des sales mains poilues…

Un mur. Plein, dur, un mur tout lisse. Sixtine se cale contre lui, et glisse vers la droite. Le noir prend des dimensions incroyables, s'allonge à n'en plus finir. Dans l'esprit de la fillette affamée, les mètres deviennent plus grands que l'univers.

Il lui faut du temps, lutter contre la peur du vide, des bêtes immondes qui dévorent les enfants dans la nuit. Pour ne pas devenir folle, Sixtine s'invente un courage de guerrière.

Peu à peu, elle cartographie mentalement son univers. Trente-quatre secondes pour la longueur, vingt-trois pour la largeur, en évitant la zone où elle a fait caca. Alors qu'elle achève une deuxième longueur, elle tombe sur une marche et une porte. Ce constat la bouleverse. Il y a forcément autre chose !

Sixtine recommence son exploration, debout cette fois, les paumes plaquées contre la paroi, sa joue effleurant la pierre froide.

Elle devine un renfoncement, des étagères, une texture douce, comme du papier de soie… non, c'est plus résistant. Du plastique. Ça a la même odeur que les protège-cahiers de la rentrée. Ses petits doigts regardent à la place de ses yeux, examinent cet objet et comprennent qu'il s'agit d'un vêtement. Ce n'est ni un pantalon ni un tee-shirt… En s'ouvrant, la longue fermeture Éclair l'informe que c'est une combinaison. Cette trouvaille arrache des sanglots à Sixtine. S'habiller lui prend un temps fou – la combinaison est trop grande, il faut qu'elle la retrousse –, mais la matière retient la chaleur de son corps, et c'est bon.

À présent, il lui reste à visiter le centre de sa prison, même si elle rechigne à s'y aventurer. La nuit peut faire disparaître les longueurs et les largeurs, Sixtine en est sûre. Mais il faut y aller, tout tenter !

Dix secondes à quatre pattes et un nouveau mur apparaît au bout de ses doigts. Un mur au milieu de la pièce, ça sert à quoi ?

En fait, de l'autre côté, ses doigts épousent la forme d'une cuvette. Oui, pas de doute, ce sont des W.-C. Elle enfonce le poussoir, provoquant le bruit attendu. De l'eau ! Sixtine éprouve une joie intense, comme un naufragé du désert découvrant une oasis. De l'eau ! Elle puise dans la cuvette, incapable de résister, et s'humecte les lèvres.

À force de se craqueler et de saigner, elles vont tomber et sa langue se collera à son palais...

Sixtine se relève en prenant soin de garder sa main contre le mur. D'un coup, elle imagine qu'il y aura un lavabo à côté des W.-C., comme chez ses grands-parents, et il est bien là, avec deux robinets. L'eau coule sur sa peau, fraîche. Jamais elle n'a bu une eau plus délicieuse.

Au-dessus des robinets, il y a un bloc de savon accroché à une tige de métal fixée dans la cloison. Il sent la vanille, comme la petite fiole que maman utilise pour la frangipane.

Maman... Où est maman ? Et papa ?

Et s'ils ne la retrouvaient jamais ?

Cette pensée jette Sixtine à genoux.

Jamais. Avant, elle ignorait le sens de ce mot. Aujourd'hui, il prend des contours terrifiants.

Pourquoi est-ce qu'on enferme une fillette dans le noir en lui fournissant une combinaison qui a l'odeur des protège-cahiers, et de l'eau, et du savon, et des toilettes et tout ça... ?

Un espoir la traverse. *Et si ?* Sa main rencontre une armoire à pharmacie dans l'alignement du lavabo, au même endroit que dans la salle d'eau chez mamie Rosie. Il y a un interrupteur sur le côté.

Clic !

En vain. Le noir s'entête à rester noir.

Et la certitude qu'elle ne reverra *plus jamais* la lumière s'enracine dans l'esprit de Sixtine.

21

— Serge Drot est connu de la justice pour le viol de quatre fillettes. Il a séjourné dix-sept ans en hôpital psychiatrique et cinq en centrale. Chaque fois qu'il est sorti, il a recommencé. Je suis désolée.

Moins de douze heures après la disparition de Sixtine, les gendarmes étaient tombés sur son petit sac de plage et le short en jean brodé que je lui avais offert, ensanglanté, dans la poubelle en partie carbonisée d'un criminel multirécidiviste.

D. avait choisi de ne pas nous communiquer cette information tant qu'il subsistait une chance que Sixtine soit encore en vie, le type étant introuvable.

Pendant des jours, nous ne l'avons pas su.

Quand je reprochais à D. de ne pas faire le nécessaire, quand nous participions aux battues avec maman et Bernie, quand nous nous portions à la tête de la marche blanche organisée par le maire de Saint-Pierre-d'Oléron, elle, elle savait.

— Où est Sixtine, ai-je crié en apprenant la nouvelle. Où est-elle ? Je veux ma fille !

L'île mesure trente kilomètres sur huit, elle est composée de forêts, de zones marécageuses, de parcs à huîtres, de marais salants, de systèmes dunaires, autant de lieux où un monstre comme Drot pourrait aisément cacher un cadavre.

— Le prévenu a été interpellé sur son bateau, Jeanne. Il a pris la mer quelques heures après la disparition de Sixtine. Il leste les corps et les jette au large, c'est son mode opératoire. Je suis désolée.

— Arrêtez d'être désolée !

J'ai hurlé mon désespoir, et autour de moi, le monde s'est effondré.

Les homards avaient dévoré ma fille.

L'Atlantique, ce cimetière immense, avait englouti l'amour de ma vie.

Après sept jours exactement d'une attente insupportable, j'ai flanché.

Dans ce bureau où j'avais cru rencontrer une amie, je vivais la trahison, la tragédie, et la certitude que tout ce qui avait pu être beau était mort à jamais.

D. comme *déloyale*.

D. comme *définitive*.

22

Il flotte dans l'air un parfum bon marché. C'est ténu, mais Sixtine reconnaît parfaitement l'odeur lorsqu'elle ouvre les yeux.

L'ogre est venu et elle ne s'est rendu compte de rien. *Il* est peut-être même encore là… Que veut-*il* ? Pourquoi l'observe-t-*il* en silence ? Est-il possible qu'*il* voie dans le noir ? Qu'*il* regarde *tout ce qu'elle fait* ? Quand elle fourre ses doigts dans son nez, quand elle se gratte le sexe ou quand elle fait pipi ?

— Arrêtez de me regarder sans rien dire, c'est dégoûtant !

Sixtine se redresse, tremblante.

Elle ne se souvient pas de s'être endormie. Le noir abuse ses sens et elle a tellement faim. Elle regrette aussitôt ses cris, elle n'aurait pas dû, *il* va certainement la punir.

— Monsieur, j'ai faim.

Que peut-elle faire de mieux ? Dire qu'elle sera obéissante ? Mais on ne lui demande rien. On ne lui parle pas ! C'est comme si elle n'existait plus !

— Monsieur ?

La voix de Sixtine part dans les aigus. Elle voudrait que l'ogre manifeste de l'intérêt pour elle, qu'*il* lui réponde.

Toute sa vie des gens se sont préoccupés de son bien-être, si elle avait assez à manger, si c'était bon, si elle en voulait encore. Manger était si banal…

— Monsieur !!! J'ai faim, j'ai faim, J'AI FAIM !

Sixtine enrage. La faim n'est plus une promesse tenue, elle est devenue une douleur qui vrille son esprit et galvanise sa peur. Pour un quignon de pain, Sixtine pourrait tuer. Elle se sent forte, si forte. Pourtant, ses jambes se dérobent sous elle.

Le goût du sang emplit sa bouche, elle s'est mordu la langue en tombant, et elle s'est blessée au coude. Dans la foulée, un bruit de frottement la tétanise. Là, tout près, comme une chaussure qui traîne sur le sol. Le parfum est plus fort aussi. *Il* est à côté d'elle !

Non !

Sixtine se ratatine contre le mur. Elle refuse qu'*il* la touche, elle voudrait disparaître.

Léger déplacement d'air. Bruits de pas.

Cliquetis de la serrure suivi d'un faible halo de lumière, juste derrière.

Sixtine aperçoit la silhouette de l'ogre avant que le noir ne l'enveloppe de nouveau.

C'est alors qu'elle se rue vers la porte pour tambouriner dessus de toutes ses forces. Elle vocifère, crie qu'elle veut sortir, qu'*il* n'a pas le droit de la garder, non, pas le droit, et qu'elle veut voir sa maman, et que la police le mettra en prison pour toujours quand elle l'attrapera…

23

Debout, crucifiée entre maman et Bernie, je tremblais de la tête aux pieds dans l'église Saint-Augustin bondée de monde. Les camarades de Sixtine et leurs parents, les amis de la famille, le clan Vigier, nos voisins, des journalistes et même des curieux, que l'affaire de la disparue de l'île d'Oléron passionnait, s'entassaient derrière nous pour rendre un dernier hommage à ma fille.

Les Vigier avaient organisé d'autorité une bénédiction en guise de funérailles pour Sixtine. Richard et moi n'y avions même pas songé, Sixtine n'étant pas baptisée. Nous étions comme tous ces gens qui pensent à Dieu quand ça les arrange, et encore, j'y pensais aujourd'hui parce qu'on m'y avait forcée.

On dit que se réunir après une perte fait du bien. Moi, je ressentais une souffrance indicible qu'aucun des regards de compassion qu'on m'adressait ne parvenait à apaiser.

Vous ne pouvez pas comprendre ! Sixtine avait dix ans ! On n'est pas censé mourir à dix ans !

Pour rendre ces adieux plus tangibles, les Vigier avaient commandé un cercueil. Celui-ci était si petit que c'en était obscène. Les employés des pompes funèbres l'avaient recouvert d'un drap mortuaire immaculé, et tous les enfants avaient déposé une fleur blanche dessus. Moi, je n'avais qu'une envie, prendre mes jambes à mon cou. Qu'est-ce que je fichais avec ces gens qui pleuraient en fixant une minuscule boîte vide sur laquelle trônait une immense photo de Sixtine ?

Je crois que je n'arrivais pas à établir de lien entre elle et tout ce tralala, ces sanglots, ces chuchotements dans mon dos, ces objectifs impudiques, prêts à traquer la moindre de mes grimaces ou, mieux encore, un pétage de plombs.

La mère vacille. Va-t-elle s'effondrer sur le cercueil et le renverser ? Va-t-elle vomir sur le drap et les fleurs blanches en essayant de deviner ce que le pédophile a fait à sa fille ?

Je ne leur ai pas accordé ce plaisir.

C'est horrible, mais, dans le fond, l'idée du cercueil vide me rassurait. Ainsi, comme le chat de Schrödinger était et n'était pas à la fois dans sa boîte, Sixtine existait encore. Sixtine n'avait pas subi les pires outrages sur ce bateau où son assassin l'avait emportée. Sixtine n'avait pas servi de festin aux charognards de l'océan.

Non, Sixtine attendait quelque part que sa maman vienne la chercher.

C'était déraisonnable de penser ça, je le sais. Mais c'était ce qui me permettait de rester vaillante dans cette église, où je me retenais de dire à tous ceux que je croisais d'aller se faire foutre, Dieu y compris, parce qu'on n'assassine pas des enfants.

Face à ce cercueil, je gardais l'espoir dont j'avais été privée à la mort de mon père. Le savoir enfermé entre ces planches scellées par un couvercle m'avait paniquée, à l'époque. Je me le figurais suffoquant pour l'éternité, les narines et la bouche pleines de terre.

Au moins, ma Sixtine de Schrödinger, là où je l'imaginais, souriait encore.

24

— Maman ! Maman, viens me chercher, je t'en supplie ! Je suis là ! Enfermée dans le noir ! Tu ne me vois pas ? Tu ne m'entends pas ? Maman ! MAMAAAANNNN !

Maman ne vient pas.

Le noir reste. Il est la chose la plus entêtée au monde, toujours là quand Sixtine rouvre les yeux.

La fillette pleure durant des heures, puis elle dort, et elle pleure encore. Dans son esprit germe l'idée que tout retour à sa vie d'avant est dorénavant impossible.

La police aurait déjà dû la retrouver. Mais la police la cherche-t-elle au bon endroit ? Qui croirait qu'une petite fille soit assez bête pour aller traîner dans les blockhaus, seule, en maillot de bain ?

L'océan, voilà le responsable idéal ! Les gens la cherchent certainement sur la plage, sous les rochers, peut-être même jusqu'à l'île de Ré, au fort Boyard, ou dans les filets des pêcheurs de la Cotinière.

Sous l'océan, sur l'océan, dans l'océan, partout, mais pas dans le noir. Personne ne viendra ici, parce que le noir n'est pas un endroit. Le noir est…

25

Je suis retournée à l'agence malgré les conseils de maman et l'opposition de Bernie, qui m'avait accordé un mois de coupure. J'y suis allée pour… m'abrutir, me remettre la tête dans le guidon, oublier le monde, reprendre des habitudes, et surtout repousser loin de moi les images abominables de Sixtine violentée, torturée par son assassin.

Vingt-deux jours après sa disparition, la presse m'empêchait toujours de m'aveugler, elle refusait que j'imagine Sixtine heureuse, dans un ailleurs où elle ne souffrait pas. Partout où j'allais, on parlait d'elle, je voyais sa frimousse à la une des journaux ou sur les plateaux télé… Des consultants en tout genre – spécialistes des tueurs en série, psychologues, experts en faits divers – spéculaient sur ce qu'elle avait dû subir entre les mains du « monstre d'Oléron ».

Ces gens qui ne nous connaissaient pas jetaient notre intimité en pâture, racontaient comment une enfant laissée seule quelques minutes était devenue le jouet sexuel d'un prédateur.

Puis, une fois qu'ils nous avaient cloués au pilori, ils s'attaquaient au coupable, en dressaient un tableau terrifiant, détaillant son mode opératoire, le tout agrémenté du témoignage de sa première victime, une jeune fille de treize ans qui était parvenue à lui échapper.

Malgré moi, j'avais entendu plusieurs fois comment il l'avait séquestrée durant deux jours, ligotée à une planche, debout, violée à de nombreuses reprises avec des instruments plus odieux les uns que les autres. Et j'entendais encore et encore ces détails abjects, et je voyais Sixtine, mon amour, épinglée à cette planche de malheur comme un joli papillon, et elle criait dans ma tête, hurlait, m'appelait au secours.

Chaque nuit, je me réveillais en nage, affolée, le cœur sur le point de rompre, certaine que j'étais tout près d'elle et qu'il aurait suffi que je dorme une minute de plus pour découvrir où elle était détenue.

Cela n'avait aucun sens. Serge Drot n'avait laissé enfuir qu'une seule gamine. Il avait appris à chacun de ses meurtres, il s'était perfectionné, et celui qui dressait son portrait à la télévision, me tuant à petit feu, en parlait presque avec admiration. Oui, Sixtine avait été la victime d'un violeur en série retors et précis, qui recevait des tas de lettres d'admiratrices fascinées par son intelligence. Tandis que moi, sa mère, je me faisais insulter sur Facebook parce que je n'avais pas été là pour protéger ma fille, parce que je n'étais pas vêtue de noir lors de la bénédiction à l'église, parce que j'étais déjà de retour au travail.

Haïr demande une énergie que je n'avais plus.

Je m'étais installée chez maman, où j'étais une anonyme. Paris est parfait pour se fondre dans la masse. Mais à l'agence, tout le monde me connaissait. J'en ai vu se précipiter aux toilettes pour éviter d'avoir à me croiser, d'autres répondre à des coups de fil imaginaires, ou s'enfermer dans leur bureau. C'est dur à affronter, le chagrin des autres. Face à lui, on est démuni, on est lâche. Souvent. Presque toujours.

J'ai cru deux jours à mon mensonge. Deux jours à me concentrer sur un marché qu'avait décroché Bernie : redonner un coup de jeunesse à une vieille marque de pain d'épice. Mais les mots sur l'écran de mon ordinateur s'étaient vidés de tout sens. Mon métier m'avait toujours stimulée. J'avais aimé ça. Pourtant, au bout du deuxième jour de calvaire, j'ai su que ce ne serait plus jamais le cas.

J'étais morte en même temps que Sixtine. Il fallait que je l'admette, que je cesse de me cacher avec elle comme un chat imaginaire dans une boîte où nous n'existions plus.

Selon les gendarmes, Sixtine avait été jetée à l'océan trois semaines plus tôt. Elle était retournée dans la chaîne alimentaire, partie vers cet endroit où les âmes séjournent avant de renaître. Je n'étais plus une maman, définitivement. Sixtine avait rempli ma vie pendant dix ans, et à présent je devais me réinventer ou mourir.

À cet instant, devant mon stupide ordinateur, j'ai décidé d'arrêter de jouer la comédie. Tant que je n'accepterais pas la réalité, je ne trouverais pas le repos. Je devais absolument faire mon deuil.

J'ai donc remis ma démission à Bernie. Il était sans doute le seul à comprendre mon état d'esprit. Il a même eu la classe de me licencier avec un joli chèque, histoire que je ne manque de rien. Je l'ai embrassé, et j'ai quitté l'agence sans même dire au revoir à Samira, Carine et les autres. Juste un vague sourire à la fille de l'accueil.

Il faisait chaud sur le parvis de La Défense. Le vent transportait l'odeur des égouts en réfection. Une foule de touristes arpentait la dalle et les habituels amateurs de skate-board patientaient à l'ombre des tours. À mes yeux, plus rien n'avait d'importance. Ces gens qui s'ébaubissaient sur une arche de béton, cette ville puante, la silhouette de l'arc de Triomphe au loin, le ciel jaune de pollution, et même les rares oiseaux qui s'entêtaient à vivre ici.

J'ai éclaté de rire de me sentir si lucide sur ce qui m'entourait, lucide à me jeter par la fenêtre. Sixtine n'était plus là, et moi non plus.

J'ai ri à en avoir mal au ventre. Si seulement j'avais pu rire à en crever… Les passants ont dû me croire folle. J'ai peut-être même laissé un souvenir à certains, allez savoir. Parfois, on s'accroche à si peu de chose.

En signant mon chèque, Bernie avait tenu à me montrer la campagne que Sam avait achevée sans moi pour le chocolatier industriel.

Ni religion ni cloches de Pâques, rien qui fâche ou prête à polémique.

« Le chocolat, c'est tout ce qui me va ! »

Je lui avais dit que c'était parfait pour ce monde creux.

26

C'est une punition… Est-ce que c'est une punition ?

Personne n'a le droit d'enfermer les enfants. Ceux qui font ça sont des pédophiles. Sixtine connaît le terme. Elle en a entendu parler à l'école et aux infos. Son papa lui a expliqué qu'il s'agissait d'hommes malades dans leur tête qui s'attaquaient aux enfants.

« Pourquoi ils le font ? » avait-elle demandé.

Papa avait botté en touche en prétextant qu'il était question de désir pervers qu'une fillette de son âge ne pouvait pas comprendre.

« Peut-être que c'est comme quand tu as envie de manger quelque chose, une envie très forte, et que tu ne peux pas ?

— Non, pas vraiment, on en rediscutera quand tu seras plus grande. »

Fin de non-recevoir. Papa enseigne à l'université, mais il n'a pas trouvé les mots pour faire comprendre à sa fille ce qu'est un pédophile.

Alors, Sixtine n'a rien de plus que son imagination, mêlée aux photos pornographiques vues avec ses camarades, au regard torve du gros Samuel, aux bras de l'ogre qui l'a serrée contre lui en la forçant à prendre la tétine dans sa bouche, à son odeur si forte qu'elle s'accroche sur sa peau de longues minutes après son départ. Elle ne peut que se palper régulièrement, vérifier qu'il ne lui a rien fait pendant qu'elle dormait, se renifler pour traquer la moindre trace de sa sueur sur elle, chercher partout, surtout là où les pervers aiment aller, pour voir si elle a mal.

— Vous êtes un pédophile ?

Sixtine veut savoir. Elle hurle tout son soûl, frappe à la porte. Ses mains sont enflées tant elles tambourinent, et sa gorge est irritée à force de crier.

L'ogre ne vient pas. *Il* pourrait se mettre en colère, décider qui a le droit de faire du bruit ou non, sermonner l'enfant, la battre, la menacer de la tuer si elle continue. Mais rien ne se passe. Et Sixtine s'endort finalement contre le vantail, le corps fourbu, les paupières collées par les larmes.

À son réveil, la faim ouvre chaque jour un gouffre plus profond dans son ventre. Celui-ci vide ses muscles, en aspire la substance et annihile sa volonté.

L'idée qu'il finira par la happer est très dérangeante. Et tenace. Une nouvelle peur se propage dans l'esprit de la fillette : celle de devenir comme ces feuilles que l'on retrouve d'un automne à l'autre, dont il ne subsiste qu'une dentelle de nervures.

Desséchées, presque intactes.

La forme est toujours visible, mais la matière s'en est allée.

27

Mon retour sur l'île d'Oléron était inévitable.

En un mois, les gens avaient oublié Sixtine, le chemin où elle avait disparu était noir de monde, des gamins de son âge couraient partout en maillot de bain, parfois même les fesses à l'air, et je me suis demandé pourquoi le monstre n'avait pas préféré août à juillet.

Pourquoi avait-il fallu qu'il croise la route de Sixtine ?

Je me suis arrêtée à la Cotinière et, dans le restaurant où elle avait mangé ce jour-là avec Jérémie, Richard et sa maîtresse, j'ai commandé le même repas.

« Oui, monsieur, je désire le menu enfant, et je vous emmerde. »

Je n'ai pas dit ça, évidemment, mais j'ai pleuré quand le serveur a refusé de me donner satisfaction, arguant que le menu enfant était réservé aux moins de douze ans. Je lui ai dit que ma fille avait été enlevée ici, qu'elle était morte, et que c'était un pèlerinage. Puis j'ai avalé mon steak haché-frites sous le regard navré du personnel et des clients. J'ai même sucé la glace à l'eau saveur chewing-gum jusqu'au bout, et bu tout le sirop à la grenadine. Après, je me suis enfilé deux bières.

Besoin d'ivresse, un peu.

Ensuite, j'ai pris le chemin qu'avait prétendument emprunté Sixtine à sa descente du bus pour rejoindre l'école de voile. C'était en tout cas la version de Richard et de la mère de Jérémie, mais l'enquête avait déterminé que Sixtine s'était autorisé un détour par la maison de ses grands-parents, à moins d'un kilomètre de là. C'est là qu'elle avait dû enfiler le petit short en jean que je lui avais offert, son préféré.

J'ai suivi le même trajet, en passant par la dune. De mon fragile promontoire, j'apercevais la foule des estivants, chairs étalées sur le sable, corps luisants de crème ou rouges de trop de soleil, les algues échouées et les vaguelettes paresseuses. N'importe quel pédophile avait pu la repérer, deviner son itinéraire et certainement la devancer.

C'était à la Perroche, un lieu-dit constitué d'une poignée de maisons, qu'on perdait sa piste. À proximité, il y avait plusieurs campings, un ruisseau, des étendues de sable et la forêt de chênes nains où se cachaient une quinzaine de blockhaus de la Seconde Guerre mondiale.

La brigade cynophile avait fouillé les terrains privés et la bande littorale, Richard avait sillonné ces bois, nous avions arpenté les sentiers, passé au peigne fin chaque terrier de renard, chaque bosquet, en vain.

J'ai prolongé mon pèlerinage jusqu'au blockhaus qui surplombe la plage, comme posé en équilibre sur la dune. Sixtine adorait ce point de vue sur l'océan, et avec Richard, nous y organisions des apéros coucher de soleil quand nous étions encore une famille à peu près heureuse.

Je me suis faufilée à l'intérieur de l'édifice, rampant dans des couloirs ensablés jusqu'à mi-hauteur, j'ai visité les salles abandonnées aux pilleurs, saccagées, taguées, jonchées de détritus et de culots de bouteilles brisées.

Je suis ressortie tremblante, éprouvée. Terrifiée. J'avais eu l'horrible certitude d'être prisonnière d'un trou sans fond et qu'une partie de moi y resterait à jamais.

Sur cette île, plus rien n'était beau. Ni le soleil éclaboussant l'océan, ni la vue dégagée à trois cent soixante degrés sur les rivages et le camaïeu des forêts, ni le calme de l'anse de la Perroche, ni les rouleaux déferlant sur la plage de Matha. Aucune de ces couleurs magiques qui valaient à Oléron son surnom de « lumineuse », ni la chaleur vibrant sur les rives de la pointe Espagnole et de la forêt de la Coubre que je devinais plus loin au sud…

Comment aimer ce paradis qui m'avait tout pris ?

28

Sixtine est si affamée qu'elle goûte le savon. Les biberons de lait à la fraise semblent espacés de mille ans et ne la rassasient pas. Il en faudrait tout le temps… et pourquoi pas une vache entière ? Ce serait bien, une vache, pour le lait et la viande. Il suffirait d'en prendre un petit bout à la fois pour qu'elle ne meure pas. Ce serait une petite souffrance, une si petite souffrance en comparaison de…

Qu'est-ce que c'est ?

Cette chose n'était pas là avant. Sixtine connaît son environnement sur le bout des doigts. Il n'y avait rien à cet endroit.

C'est mou, c'est…

Sixtine renifle prudemment son index. Une odeur savoureuse lui parvient.

La chose est une tranche de jambon roulée. Sixtine s'en empare, la colle sous ses narines pour la respirer à fond, et l'engloutit en trois bouchées. Est-elle périmée, empoisonnée ? L'idée ne l'effleure même pas. Tout ce qu'elle retient, c'est qu'*il* est venu déposer de la nourriture. Aussi se met-elle en quête d'autres morceaux de jambon, à quatre pattes, ses mains palpant le sol autour d'elle. Fébrile.

Là, il y a autre chose. Pas le même goût, mais c'est proche, de la dinde, peut-être. Manger lui procure un plaisir nouveau, inouï.

Et ça, c'est quoi ? Arrondi, léger, entouré de papier qui se déchire. L'enveloppe craque, c'est du chocolat au lait, un Kinder. Sixtine le savoure, puis glisse la surprise dans sa poche.

La chasse au trésor se poursuit. Sixtine dévore tout ce qu'elle trouve : des gâteaux secs, une pomme, des raisins alignés en file indienne jusqu'au centre de la pièce où l'attendent des bâtons de surimi et des tranches de saucisson sec.

Sur les étagères, là où elle a déniché sa combinaison, il y a une banane. Sixtine la boude, elle déteste son goût autant que sa texture. Tout de même, elle emporte le fruit jusqu'au coin où elle se réfugie le plus souvent.

Pour plus tard, on ne sait jamais.

La surprise du Kinder est une figurine, mais Sixtine est incapable de deviner ce qu'elle représente. La lecture de ses doigts n'est pas encore assez fine.

Ses paupières s'alourdissent, le mouvement de bercement vient de lui-même, tout comme la comptine que lui chantait sa maman quand elle était petite, juste avant de s'endormir…

« Brille, brille, petite étoile, dans la nuit qui se dévoile. Tout là-haut au firmament, tu scintilles comme un diamant. Brille, brille, petite étoile, veille sur ceux qui dorment en bas. »

29

Je suis restée des heures sur l'immense blockhaus accroché à la dune, dix mètres au-dessus de la plage, à m'abîmer les yeux sur un horizon qui ne me faisait plus rêver, quand une petite silhouette courant le long des rochers découverts par la marée m'a violemment rappelée à la réalité.

Je me souviens d'avoir exigé un miracle. Je voulais que ce soit Sixtine. J'ai crié et agité la main pour qu'elle me voie. Cet enfant, c'était le mien. Ce ne pouvait être que le mien.

Un instant, je l'ai perdu de vue, avalé par la dune en dessous de mes pieds, puis il a surgi devant moi, comme émergeant du béton.

Mon cœur battait à tout rompre.

C'était Jérémie, le camarade de Sixtine. Un demi-miracle.

Il m'a observée sans un geste, puis s'est jeté dans mes bras. Il y avait mille ans que je n'avais pas embrassé un enfant. Ses cheveux sentaient bon le sable et l'océan, comme ceux de ma fille. Alors j'ai fermé les yeux, et l'illusion a duré une fraction de seconde.

— Maman, elle ne voulait pas que je vienne, m'a-t-il chuchoté à l'oreille, mais moi j'en avais envie.

— Et pourquoi ta maman t'interdit de me voir ?

— Elle dit que tu as trop de peine et que j'en rajouterais.

Je l'ai regardé en face, et j'ai caressé ses joues. Je pleurais, mais je m'en fichais, parce que lui aussi.

— Au contraire, je suis heureuse. Sixtine t'aimait beaucoup, alors moi, c'est pareil. Même si on ne se connaît pas, tu comprends ?

Laurelia nous a rejoints. La maîtresse de Richard était la dernière personne à qui je souhaitais parler, mais Jérémie n'a pas voulu lâcher ma main et nous sommes redescendus tous les trois vers la Perroche.

Jérémie marchait courbé en avant, à l'affût des étrilles. Moi, je contemplais l'horizon, et j'imaginais que je tenais la main de ma fille.

Laurelia a rompu le silence.

— Richard prétendait que vous étiez séparés. Je ne me suis pas méfiée.

— Vous l'avez revu ?

— Une fois. Je lui ai dit que je compatissais, mais que pour le reste, il pouvait se trouver quelqu'un d'autre.

Richard avait toujours adoré contrôler les autres, les valoriser pour mieux les briser ensuite. Je sais qu'il souffrait aussi d'avoir perdu Sixtine, mais cette souffrance était entièrement tournée vers son nombril. Richard était exactement comme son père, qui avait perdu *sa petite-fille*. Seule sa douleur comptait.

Nous nous sommes quittés devant l'hôtel du Grand Large. Jérémie m'a fait un câlin et m'a juré qu'il ne nous oublierait jamais, Sixtine et moi, et Laurelia m'a avoué qu'avec Richard ils avaient pris l'habitude d'expédier les enfants à la plage pendant qu'ils s'envoyaient en l'air dans une des chambres de cet établissement. Assez souvent pour qu'un monstre étudie l'emploi du temps de ma fille et lui tende un piège.

L'information m'a clouée sur place, et pourtant, je n'ai rien dit. C'était trop tard pour lui faire des reproches, et puis, elle n'était pas près de lâcher son fils des yeux pour recommencer à baiser avec le mec d'une autre.

Laurelia a ajouté qu'elle était désolée, qu'elle n'en dormait plus et ne savait pas comment j'arrivais à vivre avec cette douleur.

— Je ne suis pas certaine d'être encore vivante.

À force de respirer à moitié, à force de repousser les pires pensées, je m'effaçais peu à peu, pour ne pas crever.

Laurelia m'a aidée à fermer une de mes plaies, celle qu'avait ouverte Richard en me culpabilisant quant à mes trop nombreuses absences, alors que c'était lui qui avait abandonné notre fille à un prédateur.

30

Le week-end du 15 Août, l'île d'Oléron était noire de monde, pas une chambre d'hôtel de libre à trente kilomètres à la ronde, et pas question de me pointer chez les Vigier.

D. m'a ouvert la porte de chez elle, comme à une vieille amie qui vous a fait la gueule et revient sans s'excuser. J'avais compris pourquoi elle avait attendu d'être certaine avant de nous annoncer la nouvelle, et elle a deviné que je ne voulais pas entendre parler de son enquête, qui n'en était d'ailleurs nulle part. L'assassin de ma fille s'était retranché dans le silence, et personne n'y pouvait rien.

J'avais juste besoin d'un peu de chaleur. On a sifflé une bouteille du pineau des Charentes qu'elle fabriquait elle-même. Moins sucré, plus fort que celui du commerce. Ambré, un délice, aussi doux qu'un bonbon.

L'alcool dissout le malheur et lève des barrières. J'ai osé demander à D. pourquoi ses parents l'avaient appelée Dahlia, en sachant que, avec sa couleur de peau, on penserait fatalement à la célèbre énigme criminelle américaine des années quarante.

— Parce que je suis moi-même une énigme pour eux.

L'arbre généalogique de D. s'enracinait dans les Caraïbes, où chaque famille a du sang africain, mais ses parents étaient aussi blancs qu'on peut l'être.

— Je ne les vois plus, a-t-elle ajouté. Sauf aux enterrements.

Je n'avais jamais embrassé une femme, pourtant, avec son regard si intense, sa peau de jais et ses longues mains délicates, D. me fascinait.

J'ai eu envie de me coller contre elle, de comparer ma carnation de rouquine avec la sienne, j'aimais le contraste, et j'avais envie de jouir. Je l'avais découvert avec Richard lors de notre dernière nuit ensemble, le plaisir physique offrait l'oubli aussi sûrement que l'aurait fait n'importe quelle drogue dure.

D. n'a pas hésité quand elle a compris mon intention. Elle n'a pas essayé de me dissuader non plus, parce que j'aurais été fragile ou un peu alcoolisée. Non, j'en avais envie, elle aussi visiblement, même si, je l'apprendrais plus tard, elle non plus n'avait eu aucune aventure homosexuelle auparavant.

Peut-être espérait-elle m'apporter du réconfort, elle qui avait échoué à le faire d'un point de vue professionnel. Peut-être ne s'est-elle pas posé de questions. Peu importe. Nous avons suivi notre instinct, à la fois maladroites et amusées par notre inexpérience.

J'ai joui sous sa langue et ses doigts, j'ai aimé la faire jouir aussi. Puis elle m'a caressée encore et encore, jusqu'à ce que ma réserve d'orgasmes se tarisse. J'ai pleuré de sentir mon ventre dénoué et ma poitrine plus légère, et je me suis assoupie dans ses bras.

31

Le lendemain, une belle gueule de bois et un mot sur le comptoir de la cuisine m'attendaient : « Appelle-moi dès que tu te réveilles. »

Prise d'un mauvais pressentiment, j'ai allumé la télévision. Sur une chaîne d'info en continu, l'ancien codétenu de Serge Drot révélait les confidences qu'il lui avait faites en cellule.

Il détaillait la façon dont il repérait ses victimes sur la plage, son plaisir à mater les mômes jouant à touche-pipi en cachette des adultes, combien il les trouvait excitantes quand elles commençaient tout juste à avoir des poils, et comment il les terrorisait, les séquestrait et les droguait pour leur fourrer son sexe dans la bouche lorsqu'elles dormaient.

Je n'ai pas quitté l'île d'Oléron, j'ai détalé. J'étais devenue la grande spécialiste de la fuite en avant.

Je n'ai pas rappelé D., malgré ses messages.

D. comme *dommage*, je t'aimais bien.

32

La faim est revenue.

Sixtine boit au robinet. Elle l'a déjà expérimenté : l'eau dans l'estomac, c'est mieux que rien. Et pour passer le temps, elle dort, presque sans interruption. De toute façon, elle est fatiguée. Tellement fatiguée…

L'ogre se pointe dès que ça lui chante. Pas de rythme, pas de repères. Quand *il* repart, Sixtine rafle toute la nourriture, puis elle retourne dans son coin inventorier son butin. Elle l'examine, l'estime, le soupèse. Surtout, elle compte et recompte sa récolte à l'envi. Lorsqu'elle se trompe, c'est la fin du monde, le désastre absolu !

Pour se calmer, Sixtine se berce.

Souvent, elle pense à sa maman, son papa, les gens qu'elle aime, et même ceux qu'elle n'aime pas. Mais la plupart du temps, elle essaie de réfléchir à autre chose, d'inventer des histoires où tous ceux qu'elle connaît n'existent pas.

Elle se crée une nouvelle vie, faite d'obscurité et d'ogres qui enferment les enfants. Elle évite d'imaginer ce qui arrive quand elle dort, quand l'ogre la regarde. Est-ce qu'il vient tout près d'elle ? Est-ce qu'il la touche, comme le font les pédophiles ?

Sixtine n'a même plus la force de lutter, ni contre le sommeil ni contre les vagues successives d'angoisse qui lui ravagent le cœur.

Prisonnière depuis un temps qui lui semble infini, Sixtine n'a plus besoin de ses yeux pour voir puisqu'elle est plongée dans la nuit, plus besoin de ses oreilles pour entendre puisqu'on ne lui parle pas, plus besoin de sa voix puisqu'on ne l'écoute plus. Elle n'est plus qu'un nez et des bouts de doigts qui lui suffisent à percevoir son environnement, et c'est ce qu'elle raconte à la figurine du Kinder. Sans prononcer un mot, tout se passe dans leurs têtes à toutes les deux.

Le noir ne bouge pas. Il l'accompagne quand elle s'endort, l'attend à son réveil.

Fidèle, immuable.

33

Pendant des semaines, je me suis réveillée avec des envies de meurtre. J'ai respiré, je me suis endormie, j'ai pissé, avec des envies de meurtre.

Je rêvais de massacrer ce type pour avoir osé toucher ma fille. Je rêvais de massacrer son codétenu pour parler ainsi d'elle. J'en voulais au monde entier de protéger les assassins.

J'exigeais de comprendre pourquoi on se félicitait d'être assez fort et intelligent pour ne pas appliquer la loi du talion.

Étais-je stupide de réclamer vengeance pour ma fille ?

J'ai fait une demande de visite auprès du juge chargé de l'affaire. Je souhaitais rencontrer celui qui m'avait privée à jamais du bonheur. J'avais décidé de l'attendre à la sortie pour le tuer de mes propres mains, et je tenais à le lui dire en face.

On m'a fait savoir que Serge Drot refusait de s'entretenir avec moi.

Lui, il avait ce droit.

34

La douleur de la faim est lancinante. Elle rend fou.

Sixtine ne parvient plus à se concentrer sur ses histoires. Pourtant, ça lui changeait les idées. Alors elle se berce de plus en plus, mais ne chante plus. Maman est là, dans sa tête, pour le faire à sa place.

La porte s'ouvre !

Son parfum précède l'ogre. Il est accompagné d'autres odeurs. Banane, pomme et… fromage. Les effluves se mêlent. Les narines de Sixtine se dilatent. Un flot de salive envahit sa bouche.

Il entre et s'accroupit auprès d'elle. Dans le contre-jour, son visage appartient au noir, comme une créature des ténèbres, et Sixtine n'a pas de mots.

Elle attend.

L'odeur des fruits et du fromage est beaucoup plus forte maintenant. Il suffirait qu'elle tende le bras pour s'emparer de son trésor, mais quelque chose lui dit qu'elle ne doit surtout pas chaparder. C'est une épreuve, son épreuve.

Une main attrape son visage, presse ses joues, étire ses lèvres, examine sa denture. Puis l'ogre se relève, éparpille la nourriture dans la pièce et repart.

Le cliquetis de la serrure donne le signal.

Sixtine récupère quatre bananes, deux pommes et un morceau d'emmental qu'elle rapporte dans son coin pour s'en repaître. Elle aimerait dévorer l'emmental. Elle adore l'emmental. Mais l'expérience de la faim affine ses choix. Elle finira par ce qu'elle préfère, pour en apprécier chaque bouchée.

Et puis elle va se rationner.

On ne sait jamais…

TROIS MOIS PLUS TARD

35

« Ce qui est insupportable, c'est le mot "toujours". On ne connaît pas sa vraie signification, pas avant d'être frappé par un drame. Dans la vie, on ne se projette pas jusqu'à toujours. Les autres, ceux qui vivent encore dans l'insouciance, ne comprennent pas cette idée. Ils se disent que c'est horrible, mais qu'on peut se reconstruire, avoir un autre enfant, et que, dans le pire des cas, il reste l'échappatoire du suicide.

« En réalité, ils ignorent une chose, c'est que tu ne peux pas te donner ce choix. Toi, tu surnages, tu survis, et tu sais que tu pleureras ta fille jusqu'à ta mort. Jeanne, je te le dis parce que nous sommes encore des inconnus et que les inconnus peuvent tout se dire : ici, tu rencontreras des gens qui traversent la même tragédie que toi, des gens qui savent ce par quoi tu passes, et même ce par quoi tu vas passer. Ce sont des gens bienveillants. Alors je te conseille de participer à nos réunions, parce que ici on a tous morflé et qu'on va te chouchouter ! »

Léon Castel, soixante-dix ans et des poussières, la barbe grisonnante laissée en friche, était un ami de Bernie. Il me l'avait présenté courant septembre, après que j'avais consulté deux voyantes, dont une très réputée (qui, paraît-il, conseillait des membres du gouvernement). Celle-ci n'avait réussi qu'à m'angoisser encore plus en prétendant que Sixtine voulait entrer en contact avec moi depuis l'au-delà, mais qu'elle en était empêchée par une présence maléfique.

« Assez déconné, Jeanne », m'avait-il dit avant de me traîner dans les locaux d'une association d'aide aux familles de victimes. Baptisée « La guilde des emmerdeurs », celle-ci avait élu domicile dans une ancienne boutique de cinquante mètres carrés, située au rez-de-chaussée d'un immeuble en brique dans un quartier populaire du 17e arrondissement de Paris.

Des chaises étaient empilées dans un coin, et deux bureaux récupérés dans une antenne d'Emmaüs croulaient sous un tas de paperasse. Derrière l'un d'eux, Hervé, un type bizarre au cou épais et au front bas (le genre d'individu qu'on détesterait croiser dans une ruelle sombre) caressait le ventre d'un vieux doberman qui somnolait dans un panier.

Mon premier réflexe avait été de tourner les talons, jusqu'à ce que mes yeux se posent sur les dizaines, les centaines de photos d'enfants et d'adolescents disparus épinglées sur un mur. J'ignore pourquoi, mais j'avais alors songé qu'un jour, j'y accrocherais celle de Sixtine.

« Jeanne, avait ajouté Léon, comme s'il lisait dans mes pensées, tu es encore une mère, même si tu n'as plus d'enfant. Tu es une mère qui n'avance plus parce que tu ne peux pas te résoudre à accepter la mort de ta petite. Qui peut t'en vouloir d'espérer la retrouver ? »

Son regard franc et cet abîme de malheur que Léon cachait au fond de ses prunelles racontaient qu'il était aussi cabossé que moi. J'ai su plus tard que sa femme avait été assassinée, et qu'il avait perdu de nombreux amis dans un attentat.

Je l'ai aimé presque instantanément, parce qu'il incarnait la certitude qu'on peut rester debout malgré l'adversité. Mais c'est Hervé qui m'avait finalement convaincue d'aller aux réunions quand, en levant la tête, il avait dit : « T'as pas le droit de rester toute seule. *Sistine*, elle aurait pas voulu voir sa maman pleurer. »

Des cœurs simples, voilà ce qui m'attendait ici.

Je me suis rendue à ma première réunion de « La guilde des emmerdeurs » vers la fin novembre. La première et la plus terrible.

Les yeux de tous ces gens racontaient qu'ils savaient. J'y lisais la douleur qu'ils éprouvaient chaque jour au fin fond de leurs tripes. Ils avaient tous vécu un drame similaire au mien.

Certains, après vingt ans, espéraient encore. Ils espéraient parce qu'il n'y avait jamais eu de corps. Leurs cœurs comme le mien attendaient un signe, une manifestation de la mort ou de la vie. Tout valait mieux que ce rien qui nous dévorait en silence.

C'est à cette occasion que j'ai compris pourquoi Léon avait choisi ce nom pour son association. Parce que ces gens, qui se battent au quotidien pour que leurs disparus ne tombent pas dans l'oubli, emmerdent ceux qui veulent avancer et tourner la page. Ceux pour qui un short ensanglanté entre les mains d'un pédophile qui jette ses victimes lestées d'une pierre dans l'océan est la preuve d'une évidence.

Alors oui, j'étais comme eux. J'attendais que revienne mon enfant. Pourquoi abandonner ? Juste parce que d'autres avaient décidé pour moi d'organiser une bénédiction autour d'une boîte vide ?

Laissez-moi espérer ! Laissez-moi vivre, même si ça vous emmerde !

36

Une, deux, dix réunions se sont enchaînées. Je suis devenue une emmerdeuse de la guilde, une habituée du café du coin avec Léon et Hervé, que les piliers de comptoir jugeaient abrutis au dernier degré. Un jugement qu'ils auraient certainement révisé s'ils avaient vu ses regards malicieux quand il retournait auprès du vieux doberman, que les rhumatismes clouaient dans son panier près de vingt-quatre heures sur vingt-quatre, et lui disait : « T'as bien fait de pas venir, Mouchou, ces cons ont toujours le cul aussi crasseux ! »

Et puis un jour, Guillaume est arrivé. Ce devait être au début de l'année suivante. J'avais passé mon premier Noël sans ma fille. Avec maman et Bernie, nous avions décoré un sapin et déposé des cadeaux pour Sixtine à son pied. On pourrait en conclure que nous étions masochistes. En réalité, nous tenions le coup grâce à ce genre de détails. Des cadeaux que notre Sissi ouvrirait plus tard, quand elle reviendrait. L'espoir déraisonnable, inévitable, de son retour perdurerait. Léon m'avait prévenue.

Guillaume était le père de Luka, le môme qui s'était volatilisé en forêt de Rambouillet et dont la disparition avait tant perturbé Sixtine. J'ai aussitôt reconnu son physique de grand gaillard bien planté, son sourire à tomber par terre qui m'avait fait rougir, ce dimanche de septembre, plus d'un an auparavant.

Il pique-niquait avec des amis, à quelques mètres de nous, et nous avions échangé des œillades qui m'avaient flattée. Avec le drame, ça m'était sorti de la tête. Mais en le revoyant, les souvenirs ont ressurgi au creux de mon ventre par vagues culpabilisantes. J'avais eu honte d'avoir envie de cet inconnu, alors que Richard et moi tentions de recoller des morceaux trop ébréchés pour qu'ils s'ajustent.

Tandis que Guillaume racontait au groupe des emmerdeurs ce dimanche maudit où sa vie avait basculé, qu'il disait d'une voix chaude et belle combien ce jour était idéal jusqu'à ce qu'il s'aperçoive de l'absence de Luka, je ne parvenais pas à détacher mon attention de ses longs doigts.

Ils me rappelaient ceux de D.

D. comme *débauche*.

Je n'écoutais pas Guillaume, j'étais sous le charme. Je cherchais un moyen de l'approcher, de lui proposer de faire un bout de chemin ensemble, parce que nous n'aurions pas de gêne à discuter de nos histoires, et que nous pourrions faire l'amour comme des fous pour chasser à deux la douleur. Je me fichais de savoir s'il avait quelqu'un dans sa vie, je voyais juste en lui la promesse d'instants heureux et de souffrances partagées. J'avais un tel besoin de sexe et de tendresse que j'en oubliais les convenances.

J'ai repris mes esprits au moment où Guillaume décrivait ces interminables mois sans nouvelles, l'attitude de certains policiers qui refusaient de le prendre au téléphone parce qu'il les « emmerdait » trop souvent à leur goût. Il regrettait que les pouvoirs publics ne prennent pas assez au sérieux les disparitions d'enfants. Trop peu de moyens, trop peu d'hommes. Il parlait, et ses mots ne faisaient pas que s'imprimer dans mon esprit, ils me ravageaient le cœur.

Alors je suis sortie.

Inquiet, Hervé m'a accompagnée et nous avons fait quelques pas dehors.

— Si ça se trouve, vos enfants, ils sont ensemble au paradis !

Depuis notre rencontre, Hervé me surnommait Penny, comme la fillette orpheline dans *Bernard et Bianca*. Il visionnait les Walt Disney les uns après les autres avec une sorte de ferveur gourmande. Je crois qu'il m'appelait ainsi à cause de l'ourson en peluche de Sixtine qui ne quittait jamais mon sac. Peut-être aussi parce que j'avais un regard triste.

— Jeanne, venez, allons prendre un café.

La voix de Guillaume, qui venait de nous rejoindre, m'a enveloppée. J'ai aimé cette familiarité avec laquelle il m'abordait, cette simplicité qui émanait de lui.

Je l'ai suivi jusqu'au bar du coin, comme une petite fille, avec l'étrange pressentiment qu'il n'était venu à « La guilde des emmerdeurs » que pour cet instant.

37

Depuis que Luka s'était volatilisé dans la forêt de Rambouillet, Guillaume suivait toutes les affaires d'enlèvements et de disparitions d'enfants. Il compilait les statistiques, les coupures de presse, les émissions de télévision, les hypothèses et les reconstitutions.

En France, on comptait cinquante mille disparitions de mineurs par an. La plupart étaient des fugueurs que l'on retrouvait au plus tard après un mois, mais on restait sans nouvelles de plusieurs centaines de gamins. Année après année, les visages de ces derniers s'accumulaient sur les murs de « La guilde des emmerdeurs », couvrant chaque centimètre carré et se chevauchant, devenant parfois invisibles aux yeux de tous, sauf de Léon Castel.

La justice les qualifiait de « disparitions inquiétantes », une expression qui regroupait les affaires dont les éléments d'enquête ne permettaient pas d'en déterminer la cause. Nous, nous les appelions plus pragmatiquement les « dossiers en cours ».

Guillaume n'était pas venu pour me parler de ces dossiers. Non, il voulait évoquer nos enfants, qu'on se remémore ensemble ce jour où son petit garçon s'était évanoui dans la nature à quelques pas de ma fille.

J'avais envie de passer du temps avec lui, alors j'ai accepté sans hésiter. Et nous nous sommes raconté ce dimanche qui avait bouleversé sa vie, neuf mois avant que ne soit bouleversée la mienne.

Plus tard, j'apprendrais par hasard que Guillaume vivait dans sa voiture. Il n'avait plus un sou en poche, son appartement avait été saisi, et il refusait d'aller en foyer. La rue, il connaissait depuis toujours et n'en avait pas peur.

À quatorze ans, il avait été chassé de la maison par son père. Il s'était construit seul, avait failli mal tourner, s'était rétabli de justesse. Guidé par une force incroyable, il avait résisté à la tentation de l'argent facile et fondé une famille. Puis sa femme était morte d'un AVC alors qu'elle était en train d'allaiter leur bébé. La mort. Violente. Celle contre laquelle on ne peut rien. La fatalité. Là encore, Guillaume s'était relevé, pour Luka. Parce qu'il le fallait. Parce qu'il ne se donnait pas d'autre choix. Et il avait tenu. À croire qu'il traversait la vie les poings serrés.

Finalement, j'avais eu plus de chance que lui dans notre malheur commun. Maman me soutenait et Bernie ne m'aurait jamais lâchée. Il me prêtait même parfois sa chambre pour que je n'habite pas tout le temps chez ma mère, « parce qu'à ton âge, ma pauvre, tu vas devenir chèvre ! ».

Sans compter qu'il y avait D. Elle ne m'oubliait pas, elle me téléphonait juste pour entendre ma voix sur le répondeur. Elle me parlait *via* cet intermédiaire, me détaillait ses journées à cavaler après des vieillards alcoolisés ou des chasseurs imprudents. Je n'arrivais pas à la rappeler, probablement parce que je la soupçonnais d'être amoureuse. Peut-être qu'une part de moi peinait à assumer cette nuit de plaisir entre ses bras, peut-être aussi la craignais-je autant que j'aurais redouté un rail de coke. D. comme *dépendance*.

Oui, j'étais chanceuse dans mon malheur, alors que Guillaume, mon compagnon d'infortune, ne possédait pas le dixième de ce qui me restait. Juste sa voiture et un garde-meuble rempli des souvenirs d'une vie. Il tenait debout par miracle, surmontant l'accumulation de rejets, d'échecs, de frustrations.

Au début, j'ai cru que Guillaume fouillait désespérément mes souvenirs à la recherche d'un indice qu'il aurait négligé, un détail qui aurait pu relancer l'affaire, un mot que Sixtine aurait prononcé et qui l'aurait aidé à comprendre ce qui était arrivé ce dimanche-là.

Un temps, D. avait envisagé qu'il puisse exister un lien entre la disparition de Sixtine et celle de Luka, comme si le fait que deux enfants enlevés à neuf mois d'intervalle se soient trouvés au même endroit au même moment un jour ne pouvait être une simple coïncidence. Mais en examinant mon passé et celui de Guillaume, j'avais acquis la certitude que jamais Luka et Sixtine n'avaient eu l'occasion de se rencontrer avant le drame. Il n'y avait aucun lien entre eux…

Je me rappelais cette journée comme si c'était hier, j'avais évidemment interrogé ma fille sur ce petit garçon disparu, inquiète de savoir s'il avait participé à la grande partie de cache-cache qui s'était organisée spontanément entre les gamins ; elle aurait pu alors croiser son ravisseur. Elle avait toujours nié et je l'avais crue. Sixtine ne mentait pas, un trait de caractère qui lui valait d'ailleurs souvent d'être punie par les enseignants, incapables de croire une fillette trop honnête.

Guillaume, lui, semblait courir après quelque chose, et je n'allais pas tarder à comprendre après quoi…

— Un pote flic m'a appris qu'un troisième enfant présent ce jour-là a été enlevé il y a quatre mois.

Il a attendu que je reprenne mes esprits avant de poursuivre. Il me regardait avec une curiosité enfantine, heureux de constater à quel point ses propos faisaient mouche.

— Vous me croyez, maintenant ?

Je n'ai pas essayé de lutter. Oui, j'avais imaginé un instant que Guillaume cherchait la petite bête sur une piste que D. avait essorée dans tous les sens avant de jeter l'éponge, achevant sa démonstration avec un argument imparablement cynique (que j'avais tu à Guillaume) : « Serge Drot ne consomme pas de petits garçons. »

— Pardon ? ai-je soufflé, tant mes tripes se nouaient.

— Ça n'a pas été ébruité dans les médias parce que la famille concernée n'est pas n'importe laquelle.

Alphonse Duval, onze ans, était le fils de Natalie Saros-Duval, P-DG du groupe Harfang, un consortium de sociétés dont les activités se concentraient sur la sécurité informatique.

Comme nombre d'entre nous, je connaissais cette femme de nom, elle faisait souvent la une des magazines. Sa famille possédait une propriété à Rambouillet, juste à côté de l'endroit où nous pique-niquions.

— Jeanne, a murmuré Guillaume, je suis sûr que les disparitions de Luka, Sixtine et Alphonse sont liées !

38

Commémorer, fêter, subir, survivre, honorer, pleurer… Il n'existe pas de mot qui traduise vraiment ce que la date à laquelle votre enfant vous a été arraché réveille en vous. Il est le jour de l'horreur, celui qui matérialise le passage du temps, un marqueur au fer rouge, le rappel éternel de cette plaie qui ne se refermera plus, quoi qu'on fasse, où qu'on aille, et qui vous confirme que vous auriez dû mourir à l'instant même où on vous a annoncé l'impensable. Si seulement on vous avait demandé votre avis…

Après plus d'un an d'espoir, il ne subsistait qu'une lueur ténue, cachée au plus profond de mon cœur. Ma raison me hurlait d'accepter l'inacceptable. Ma raison, mais aussi les faits, les statistiques, le profil de son ravisseur, le bon sens…

Ma fille était morte. Point final. Qu'il n'y ait pas de corps ne la rendait pas plus vivante. Elle n'était pas le chat de Schrödinger.

Et pourtant, même si je n'envisageais aucun rapport entre la disparition de ma fille, celle du petit Luka environ neuf mois plus tôt et l'enlèvement crapuleux d'un jeune héritier, les spéculations de Guillaume étaient tout ce qu'il me restait.

Pour chercher son fils, il avait quitté son travail et passait le plus clair de son temps dans la forêt de Rambouillet qu'il connaissait par cœur à force d'en arpenter chaque sentier. Guillaume avait échafaudé des théories expliquant les circonstances du drame, mais toutes s'étaient effondrées avec l'arrivée de Sixtine dans l'équation.

À présent, il explorait la piste du complot, du grand banditisme, du trafic de drogue, et même du scandale politique étouffé par les autorités. Pour lui, en tout cas, rien de tout ça ne pouvait relever du hasard.

« Il faut être sacrément tordu ! s'agaçait-il. Imagine, si j'ai raison, ça veut dire qu'ils visaient Alphonse et Sixtine des mois avant de passer à l'acte ! »

Je détestais ses hypothèses, mais je m'y accrochais de toutes mes forces parce qu'elles signifiaient que peut-être, un jour, j'aurais une explication au drame qui avait privé ma fille de sa vie d'insouciance.

Guillaume et moi étions deux êtres bancals tenant l'un contre l'autre, et guidés par l'espoir fou de ceux qui refusent d'abandonner leur enfant à l'oubli. Nous étions des naufragés de la douleur, des amants platoniques, sans cesse dans la retenue.

J'avais tant fantasmé sur lui qu'à présent, alors qu'il ne cachait plus son béguin pour moi, j'osais à peine le toucher. Le deuil nous empêchait tant ! Guillaume était tétanisé, certain que nous n'avions pas le droit de connaître des moments d'accalmie dans notre bataille. Il nous refusait la paix dont j'avais rêvé pour deux. Et moi, je n'avais pas le courage de le violenter dans sa peur du bonheur.

J'avais pourtant envie de lui crier qu'il n'existe pas de répit dans la peine, et qu'ensemble nous pouvions la rendre vivable. Elle nous prenait à la gorge de l'aube au crépuscule, même notre sommeil en était hanté. Nos vies oscillaient entre rêves et cauchemars, permission d'espérer et souffrance infinie.

Comme maman était partie en cure – quarante ans de ménage chez les autres, ça ruine les articulations –, j'ai proposé à Guillaume de venir dîner à la maison. Juste dîner, pas besoin de le rendre nerveux. Mais j'avais acheté une brosse à dents en douce, pour qu'il se sente à l'aise le lendemain. Car j'avais bien l'intention de l'inviter à dormir ailleurs que dans sa voiture.

Et où, sinon dans mes bras ?

39

Dehors, il y a un endroit où il fait toujours jour, c'est le soleil. Dedans, il y a un endroit où il fait toujours nuit, c'est le noir.

Depuis qu'une bestiole a frôlé ses doigts, Sixtine se montre plus méfiante. Elle s'est imaginé une araignée géante, velue, avec des yeux rouges et des mandibules capables de décapiter un cochon.

Pourtant, le noir est son ami, à présent. Il la protège. Ce qui ne l'empêche pas de veiller sur sa nourriture comme une chatte sur ses petits.

Sixtine ne compte plus vraiment ce qu'elle possède. Elle n'a qu'à poser les mains sur son trésor pour savoir immédiatement si tout est là. Procéder à cet inventaire intuitif la rassure.

Elle consacre beaucoup de temps à cette activité. Et quand le contact global ne suffit pas, Sixtine touche chaque chose, change son butin de cachette. Normalement, seuls le noir et elle connaissent l'emplacement de celle-ci, mais sait-on jamais !

Entre deux visites de l'ogre, il s'écoule parfois des siècles, parfois quelques années. Le temps écrase peu à peu Sixtine, son éducation disparaît, ses repères se volatilisent.

Ne subsiste plus d'elle qu'une créature intelligente obsédée par sa survie, pour qui séparer ses souvenirs réels de son imaginaire devient de plus en plus difficile.

Il lui arrive de confondre sa vie avec les dessins animés qu'elle a vus par centaines et qu'elle raconte à la figurine en plastique trouvée lors de son premier repas.

Il n'y a plus jamais eu d'autre Kinder Surprise. *Il* a dû considérer que c'était une mauvaise idée.

Sixtine en a bien quémandé à plusieurs reprises. Et puis elle s'est fait une raison. *Il* distribue ce qu'*il* veut, quand *il* veut. Elle s'adapte.

Aucun changement, aussi minime soit-il, ne peut survenir sans qu'elle le sache.

Plus jamais elle n'aura faim, plus jamais elle n'aura soif.

Tapie dans le noir, elle attend juste qu'*il* revienne.

40

Guillaume est arrivé à vingt heures tapantes. Il était originaire de l'Est, les gens là-bas ont des principes. Il avait dû prendre une douche quelque part, car ses cheveux sentaient la fleur d'oranger. Ses doigts étaient serrés autour d'une bouteille de crozes-hermitage, et dans ses vêtements froissés il avait l'air perdu du lauréat débarquant dans la chambre de Mrs. Robinson.

Rien ne s'est passé comme je l'espérais.

Octobre traînait des rideaux de pluie et Guillaume ne quittait pas son vieux loden, façon détective des années quarante. Il m'a expliqué :

— Tiens, c'est pour toi. Enfin, j'en boirai un verre aussi si t'es OK.

J'ai pris sa main pour le faire entrer. La bouteille est restée sur la table. Je l'ai débarrassé de son manteau et on s'est regardés quelques secondes.

J'ai parlé la première. J'ai voulu le rassurer dans cet instant silencieux qui exprimait tant de détresse. Je lui ai dit qu'on ne devait pas se gêner pour être heureux, nous aussi. Que personne parmi les gens qu'on fréquentait ne nous jugerait, et si par miracle on pouvait se faire du bien…

Je lui ai dit tout ça, et aussi qu'on se fichait que ça dure une nuit, une semaine ou toujours. Dans la survie, chaque minute de répit compte.

Guillaume m'a laissée l'entraîner dans la chambre, comme un petit garçon.

J'avais changé les draps et retourné le matelas pour ne pas avoir l'impression de faire l'amour dans le lit de ma mère. Ça n'avait pas vraiment de sens, mais je l'avais fait quand même.

Depuis mes vingt ans, je n'avais pas connu d'autre homme que mon mari, et D. avait été ma seule expérience extraconjugale. Je n'étais pas sûre de moi, pas certaine de satisfaire Guillaume. Richard était en général assez rapide à contenter, et ne prenait pas la mesure de mon plaisir ni même ne se souciait de savoir si j'en avais eu.

En fait, je me suis très vite aperçue que je m'inquiétais de ne pas mener au plaisir un homme qui était incapable de me désirer.

Guillaume n'avait pas fait l'amour depuis longtemps, et il n'arrivait même plus à bander. Sa libido déjà altérée par la mort de sa femme s'était envolée avec la disparition de son fils, l'homme s'était crashé en plein vol. Ne restait plus qu'un père obsédé par la quête de réponses introuvables.

Je n'ai pas tenté l'impossible.

J'ai câliné Guillaume comme un frère, et je l'ai recouvert d'un drap, alors qu'il s'endormait. Puis je me suis faufilée dans la salle de bains, et je me suis masturbée en songeant aux mains, à la peau et au sourire de D.

Le sommeil ne m'a emportée qu'à l'aube. J'étais si triste, déçue, et seule.

Tellement seule.

41

Pendant des mois, Guillaume a essayé d'obtenir un rendez-vous avec les parents d'Alphonse Duval. Dans ce milieu, je crois qu'on dit une audience. Mais jamais il n'a réussi à les avoir au téléphone. Des légions de secrétaires faisaient barrage.

Après notre ratage sexuel, Guillaume n'est jamais revenu dîner à la maison. Quand les premiers froids se sont abattus sur Paris, mes amis de la guilde et moi avons tenté de le convaincre de s'installer chez Léon, mais il a refusé. Guillaume se fichait de mourir congelé dans sa voiture, et nous étions impuissants à le faire changer d'avis.

La semaine, il était réglé tel un métronome : chaque matin à six heures, il partait pour Rambouillet, arpentait les bois, et se débrouillait pour être rentré à dix-sept heures. Là, il s'asseyait sur un banc de la rue Ordener et observait les gens, tout en regardant sa montre, comme s'il avait un rendez-vous qui tardait.

En réalité, il s'installait sur ce banc parce que c'est là qu'il avait l'habitude d'attendre Luka, à la sortie de l'école. Il n'y allait d'ailleurs ni les week-ends ni durant les vacances scolaires. Mais du lundi au vendredi, qu'il pleuve, qu'il vente ou qu'il neige, Guillaume attendait son petit.

Puis, lorsqu'il était certain que Luka ne viendrait plus, il reprenait la route de Rambouillet.

Je n'ai jamais compris ce rituel, mais je ne l'ai jamais questionné à ce sujet, j'ai préféré respecter son jardin secret. On en a tous un, nous les parents qui n'en sommes plus.

Le mien tenait dans mon sac à main.

Un jour où je dînais à la guilde avec Hervé, Léon et Bernie, celui-ci m'a mise en garde :

— Tu sais, ma grande, à ce rythme, ton Guillaume ne finira pas l'année.

Léon a ajouté :

— C'est dangereux de jouer les détectives avec une famille aussi puissante que celle des Duval. Ça va lui péter à la gueule…

Quant à Hervé, il a soupiré, a secoué la tête en répétant :

— C'est pas possible, bon sang de bonsoir !

Et il est retourné s'occuper de sa vieille femelle doberman.

Moi, j'ai répondu :

— Il fait ce qu'il peut.

Guillaume était tellement convaincu que nous passions à côté de la vérité sans la voir… Ça l'obsédait au point qu'il n'en dormait plus. Un soir, il s'est retrouvé avec un œil poché et de nombreux hématomes sur le corps.

Qui l'avait frappé ? Jamais il n'a voulu nous le dire. Tout ce que je sais, c'est qu'autour de la propriété des Duval il y avait des policiers en permanence et un service de sécurité privé.

Malgré cette mésaventure, Guillaume n'a pas renoncé. Il s'est même acharné, multipliant les courriers et les appels à ces gens qui refusaient de nous parler.

Si bien que, l'année suivante, un matin de février, nous avons reçu un coup de fil de Jozef Duval, l'oncle d'Alphonse, qui proposait enfin de nous rencontrer…

42

Guillaume était si tendu que j'ai été obligée de conduire jusqu'à Rambouillet, moi qui ai horreur de ça. Après avoir montré patte blanche au gardien, nous sommes entrés dans le parc d'une propriété comme on n'en voit que dans les films. Une grande et magnifique bâtisse en meulière, avec plusieurs pavillons autour, construits sur un immense terrain où des cèdres majestueux ployaient sous le givre.

Un majordome en livrée nous a précédés jusqu'au chenil, où une cinquantaine de chiens de chasse aboyaient furieusement dans notre direction. Un moment désagréable.

J'ai peur des animaux quand ils sont en nombre, tout comme des hommes.

Jozef Duval a surgi du bâtiment accolé à l'enclos. Sa tenue de fermier (bottes et salopette) et les deux seaux débordants de morceaux de chair sanguinolente tranchaient avec son allure distinguée.

Sur un premier geste de leur maître, les chiens ont cessé d'aboyer, sur le second, ils se sont assis dans un bel ensemble, tandis que Duval répartissait leur nourriture dans de larges écuelles.

Un frisson m'a parcourue tout entière.

Littéralement à l'arrêt, comme suspendus dans le temps, les bêtes ne quittaient pas leur maître des yeux. Ils ont attendu qu'il leur lance un nouvel ordre pour se jeter sur leur repas. En deux minutes, il n'est plus rien resté. C'était un spectacle fascinant et répugnant à la fois.

J'ignore pourquoi Jozef Duval avait tenu à nous recevoir pendant qu'il nourrissait sa meute, et le souvenir de cet homme me glace encore. Pourtant, il était aimable et plutôt séduisant, si l'on aime les quinquagénaires à la barbe entretenue et aux cheveux longs.

Ses bras, nus malgré le froid, trahissaient la musculature d'un gymnaste, et son regard d'une grande dureté rappelait celui d'un rapace.

Il a contourné l'enclos pour nous rejoindre et a commencé par nous présenter ses condoléances. Étrangement, il m'a paru sincère. Il faut dire que sa famille aussi avait été meurtrie.

— Pourquoi avoir refusé si longtemps de nous recevoir ?

— Nous n'avons pas souhaité répondre à vos sollicitations tant que mon frère était en négociation avec les ravisseurs. Cette information devait demeurer confidentielle pour ne pas compromettre nos chances de récupérer Alphonse. Malheureusement, toutes les tentatives de remise de rançon ont échoué, et nous sommes sans nouvelles de ces hommes depuis trois mois.

L'apparente franchise de notre interlocuteur a encouragé Guillaume à lui exposer sa théorie, à savoir que les enfants, coupables d'avoir assisté à une transaction ou un événement qu'ils n'auraient pas dû voir, avaient été enlevés par la même personne. Il n'en démordait pas.

— Trois mômes liés par ce lieu qui se volatilisent les uns après les autres, ça ne peut pas être une coïncidence !

Jozef Duval a écouté Guillaume jusqu'au bout, puis il a asséné :

— Ce jour-là, le jour de la disparition de votre fils, Alphonse n'était pas ici, mais en Suisse.

Cette information a ébranlé Guillaume. Son château de cartes s'écroulait.

En repartant, j'ai vu un rideau bouger au rez-de-chaussée de la bâtisse principale. C'était Kléber, le père du petit Alphonse. Guillaume et moi l'avons aussitôt reconnu, sa photo figurait dans nos dossiers. Il avait le visage d'un homme accablé, alors j'ai su que son frère ne nous avait pas menti.

Nous avons repris la direction de Paris dans un silence de plomb.

Je voyais bien que Guillaume gambergeait, qu'il essayait de faire entrer coûte que coûte des carrés dans des ronds. Et pour la première fois depuis que j'avais perdu Sixtine, je me suis demandé après quoi je courais encore.

43

Sixtine ne parle plus.

Sa relation avec le noir se passe dorénavant de mots. Ses paumes sont devenues son principal organe de communication. À longueur de temps, elle les plaque sur les surfaces qui délimitent son univers, sol, murs, porte, tuyaux, faïence. Une paume à la fois, et puis l'autre posée à côté, en parallèle ou en diagonale. Cette activité l'occupe quand elle ne dort pas, ne mange pas ou ne se lave pas.

Ses pensées se sont raréfiées. Manger le strict nécessaire, contrôler l'univers du noir, vérifier la persistance de l'eau au robinet, surveiller la nourriture est déjà un travail harassant. En plus, la seule évocation de *papa* ou *maman* la plonge dans d'horribles angoisses. Il vaut mieux ne pas songer à eux, ils n'existent plus, ils l'ont abandonnée.

Un bruit derrière la porte la fait sursauter.

C'est rare, en général annonciateur d'une distribution de vivres. Alors elle se prépare. Elle repousse dans son coin la demi-banane et la barre de chocolat qu'elle couve jalousement depuis son précédent repas. C'est tout ce qu'il lui reste de la dernière visite de l'ogre, qui remonte à…

La porte s'ouvre.

Peut-être le noir a-t-il mangé le couloir et l'ogre. Cette idée l'oppresse. Se peut-il qu'il ait aussi englouti ses provisions ?

Non, l'ogre entre, précédé par son odeur. Qu'est-ce que ça sent, aujourd'hui ? Quelles sont les bonnes choses qu'*il* apporte ?

Elle respire, ses muscles se détendent. Le noir charrie des effluves d'emmental… Mais il y a autre chose. C'est plus acide… Des tomates ?! Non, pas des tomates. C'est… *On verra bien*. D'abord, rester sagement dans le coin. Il ne faut pas qu'*il* se fâche et reparte sans rien laisser.

La nourriture lui tombe dessus. *Il* la lui a envoyée en pleine figure. Pourquoi fait-il ça ? Ça n'est jamais arrivé ! Elle déteste les changements, elle déteste qu'on joue avec sa nourriture !

C'est mal.

Silencieuse et furtive, elle ramasse les victuailles. Il y en a plus que d'habitude ! On fête sûrement un événement.

Tu parles, en mille ans, il y a eu mille Noël sans elle dans le monde du dehors. Et mille anniversaires et mille grandes vacances.

La terreur surgit, violente, douloureuse. Elle se recroqueville, se berce, le nez collé à ses provisions.

Il repart.

La porte claque, puis le cliquetis de la serrure résonne.

Le noir, son ami, l'enveloppe.

Elle se redresse, s'apprête à mémoriser son nouveau stock.

Étrange… Il flotte dans l'air une odeur de pipi… et ce n'est pas le sien.

Soudain méfiante, elle entasse son butin dans son coin, puis s'installe, accroupie, face au noir.

Ça respire près d'elle. Vite, très vite.

Elle reste aux aguets, tendue à l'extrême, le cœur au bord de la rupture, les narines dilatées, les yeux exorbités sur l'obscurité.

Des animaux féroces, velus, affamés se matérialisent dans son esprit. Et soudain, elle comprend. On en veut à sa nourriture !

Elle ne se laissera pas faire, jamais ! Personne ne s'emparera de son trésor. Subitement, elle est effrayée à l'idée de mourir. Son émotion enfle au point de la draper comme une deuxième peau dont elle sait que la moindre écorchure l'anéantira.

Le premier coup devra être fatal pour que la chose ne riposte pas. Ou alors elle déversera une pluie de coups avec ses mains, ses pieds et sa tête.

Elle s'approche.

Elle ne pense plus, elle est déterminée.

L'odeur est plus forte. Elle perçoit de la chaleur devant elle, un mur de chaleur qui provient d'un autre être qui vit, qui lui vole son air et pue. La chaleur délimite une zone, l'animal semble être une boule sans bras ni jambes, avec une bouche énorme hérissée de dents, une langue pleine de bave et un estomac rempli d'acides prêts à digérer la nourriture.

Sa nourriture !

Le noir s'écoule lentement tout à coup. Son pouls bat dans son crâne, ses poils se hérissent.

La chose ne l'a pas repérée. Elle halète. Il ne faut pas qu'elle sente que…

Le noir s'immobilise.

Les poings de Sixtine se sont serrés, aussi durs que des pierres… et ils tombent sur la chose, la frappent comme un tambour. Sixtine crie sa victoire et tape encore, encore, hurle d'une joie sauvage tandis que la chose hurle aussi, de peur. Elle frappe des parties molles et dures à s'en faire mal elle-même, et la chose hurle cette fois : « Arrête, arrête » au milieu de cris stridents, mais Sixtine n'entend plus, tout entière qu'elle est à sa victoire sur la chose qui voulait lui voler son butin, et les poings ne suffisent plus, alors elle la mord si fort qu'elle goûte au sang de la chose, et déclenche des beuglements atroces.

44

Huit jours après notre visite à Jozef Duval, la tête d'un enfant a été retrouvée au fond d'un étang.

La nouvelle a anéanti Guillaume.

Pendant des semaines, l'Institut de médecine légale a été à l'œuvre. Puis les résultats sont tombés. L'ADN s'était légèrement altéré, mais pas suffisamment pour laisser planer le moindre doute.

Et par un matin de mars, deux ans et demi après la disparition de Luka, la boîte vide de Guillaume s'est remplie d'un petit crâne.

Qu'était devenu le reste du corps ?

Cette question hanterait ce père à jamais.

J'étais à ses côtés ce jour-là, avec Bernie, Léon, Hervé et la plupart des membres de la guilde. Interdite de séjour au pays des morts, Mouchou était couchée à l'entrée du cimetière. J'aurais voulu être à sa place. Car être ici, c'était côtoyer ce que l'on redoutait tous le plus.

Mais quelque part au fond de moi, et c'était terrible à dire, j'enviais Guillaume. Il n'espérait plus. Il pouvait à présent choisir son avenir, quel qu'il soit.

Nous étions nombreux à penser ainsi. Il n'existe rien de pire que l'incertitude. Cette saleté vous ronge le cœur et l'espoir, tout en entretenant ce dernier. C'est inhumain.

Avec la fin de l'incertitude, Guillaume n'avait plus la force d'aller de l'avant.

Il voulait seulement sombrer.

On s'est quittés sans se le dire. On ne s'est plus donné de nouvelles que par périodes de plus en plus espacées. Comme si on se détachait morceau après morceau.

La vérité, c'est que nous étions devenus l'un pour l'autre l'incarnation de l'absence. J'étais Luka, il était Sixtine. Chacun de notre côté, nous avions eu notre petite boîte. Mais la donne avait changé. La mienne était toujours vide, celle de Guillaume contenait désormais un crâne. Ce qui nous séparait, c'était le *peut-être* qui subsistait pour Sixtine.

Pourtant, j'aimais tant Guillaume que j'aurais pu m'oublier pour lui. J'aurais tout donné pour faire entrer un peu de bonheur dans sa vie, mais lui-même ne le voulait plus.

Que pouvais-je opposer à cela ?

Ça ne sert plus à rien ni à personne, mais parfois, me souvenir de lui me fait du bien. En revanche, je n'ai pas cherché à le revoir. Il y a des plaies qui ne se referment pas, et je ne crois pas qu'un cancéreux en rémission retourne par sympathie dans le service d'oncologie où il a failli mourir.

45

Sa conscience émerge avec difficulté. Son crâne est douloureux, ses perceptions sont cotonneuses. Et puis, surtout... L'odeur du noir a changé.

Sixtine reçoit cette information comme un uppercut dans le ventre. L'angoisse la ravage, elle se sent happée par ses émotions, et la certitude d'avoir été dépossédée de son trésor la traumatise au point qu'elle refuse un long moment de laisser ses paumes partir à la découverte de ce noir effrayant.

Qu'a-t-il pu se passer ? Elle venait de triompher de la chose, s'était tapie dans son coin pour profiter de sa nourriture... C'est incompréhensible.

Ses mains explorent un monde qui lui est étranger.

La mauvaise nouvelle, c'est qu'elles ne reconnaissent rien et que son garde-manger s'est volatilisé. La bonne, c'est que la chose a disparu avec sa vilaine odeur de pipi.

Mais est-ce une si bonne nouvelle ?

Et si c'était un enfant ?

M'en fous !

Sixtine ouvre les paupières. Elle ne le fait plus très souvent, mais là... un minuscule point de lumière rouge brille au firmament du nouveau noir !

C'est extraordinaire ! On dirait une étoile à l'autre bout de l'univers.

Elle se dresse et tend les doigts vers cette merveille. Peut-être parviendra-t-elle à la toucher. En tout cas, elle va apprivoiser ce noir encore inconnu. Il deviendra son ami et l'aidera.

Soudain, son monde bascule dans l'horreur.

Une lumière s'allume, éblouissante, écrasante. Elle lui transperce le crâne. Et ça lui fait mal, même quand elle ferme les yeux. La lumière persiste à pénétrer jusqu'à son cerveau, rouge du sang de ses paupières.

Elle hurle. C'est la vengeance de l'ancien noir, qui s'est acoquiné avec la chose.

— Arrêtez ! implore-t-elle. Arrêtez, j'ai mal.

Le noir était son ami, la lumière ne l'est pas. On dirait qu'elle s'intensifie de plus en plus pour la faire souffrir.

Sixtine se réfugie dans un coin, à la recherche du noir qu'elle a caché au creux de ses mains.

Il faut du temps pour que la douleur cesse. La lumière est si cruelle, si blanche et insidieuse, mais elle parvient à s'apaiser. La peur reflue.

C'est alors qu'une voix nasillarde s'élève dans le blanc, les premiers mots entendus depuis si longtemps qu'il lui semble que ça fait une vie entière…

« Quels sont les cinq piliers d'un esprit sain ?

L'obéissance est le premier pilier.

L'hygiène est le deuxième pilier.

La curiosité est le troisième pilier.

L'humilité est le quatrième pilier.

Le talent est le cinquième pilier. »

SIX ANS
APRÈS LA DISPARITION

46

Maman est morte un 25 décembre, il y a quatre ans. Morte en regardant les cadeaux que nous avions déposés pour Sixtine au pied du sapin, morte de chagrin, ce que moi-même je n'étais pas parvenue à faire. Depuis, Noël était une sorte d'épreuve à contourner.

Le jour du réveillon, tout le monde se bousculait dans les allées du magasin, si bien que j'avais tout juste le temps de réapprovisionner les rayons. Certaines personnes se servaient à même les cartons, et la plupart des clients faisaient comme si je n'existais pas. J'étais la dame qui range, la dame avec sa blouse de travail et son badge affichant son prénom. « Bonjour, c'est moi, Jeanne, la dame des chocolats. »

Le mois précédent, j'étais la dame des conserves.

Vingt fois par jour, on me sollicitait pour trouver un produit, rarement un « bonjour », parfois un « s'il vous plaît ». Œuvrer dans l'ombre des consommateurs, ça remet les idées en place.

« Non, madame, les toilettes sont à l'étage. Je sais, le magasin est mal fichu ! »

C'est dur d'exercer son métier sans la moindre considération. Les gens sont…

Stop, Jeanne, les gens, ça n'existe pas. Les gens, ça ne veut rien dire. Ils n'agissent pas tous ainsi, c'est juste une illusion.

Et qu'est-ce que ça pouvait faire qu'ils piochent directement dans les cartons ? Dans le fond, ça me faisait gagner du temps. J'aurais quand même dû les prévenir que ce produit était mauvais pour la santé. Trop gras, trop sucré, et bourré d'additifs. Mais mon boulot se cantonnait à poser les marques en évidence, en respectant l'alignement ; important, ça, l'alignement. Enfin, quand les clients m'en laissaient l'occasion.

Le soir du 24 décembre, on fermait à vingt-deux heures, histoire d'assurer jusqu'à la dernière minute les réveillons de ces messieurs dames.

« Du papier cadeau ? Je suis désolée, je n'en ai plus du tout. Joyeux Noël aussi, mademoiselle ! »

La jeune femme était belle comme un cœur, et le sourire qu'elle m'avait adressé respirait la sincérité.

Sixtine aurait eu son âge, à peu de chose près…

Seize ans.

Avant, j'aimais des choses futiles, et d'autres qui l'étaient moins. J'aimais plaire, j'aimais les vacances, les dîners entre copines. J'aimais l'image que les autres avaient de moi, j'arrivais même à apprécier le regard des femmes sur Richard. Sans un mot, juste avec mon attitude, je leur disais : « Vous pouvez toujours mater, il est à moi ! » Certaines crevaient de jalousie et ça me plaisait. C'était pathétique. (D'autant plus qu'aujourd'hui je me demande s'il ne couchait pas déjà avec elles. Après tout, l'aveu de trois incartades ne signifiait pas qu'il n'y en avait pas eu davantage.) Avant, j'aimais le soleil, mon travail, remporter des marchés publicitaires pour Bernie. J'aimais ma vie.

Aujourd'hui, mon avenir s'est évaporé. Volatilisé comme ma fille, parti en fumée comme mon cœur.

Un petit tas de cendres.

Quand tout va bien, on peut mordre la vie à pleines dents, se projeter dans des futurs radieux, mais quand ce qui était beau s'en est allé, on devient philosophe par la force des choses. Ou alors on s'aigrit.

Bernie m'avait prévenue : « Tu rempiles quand tu veux, ma belle, et si t'as plus la niaque pour le terrain, tu peux faire du secrétariat. Mais tu ne vas pas bosser pour dix balles de l'heure à Monoprix ! »

Eh bien, il faut croire que si.

Je n'avais plus aucune ambition, plus l'envie de convaincre, plus de moteur.

L'ironie du sort avait décidé que je m'occuperais de la mise en place des boîtes de chocolat produites par le fabricant pour lequel je travaillais avec Bernie au moment où j'avais perdu Sixtine. Il devait s'en écouler cinquante cartons par jour rien qu'ici. À peine posés, déjà emportés. Tout se vendait en flux tendu dans une ambiance hystérique.

« Des marrons en bocal ? Non, on est en rupture de stock depuis trois jours. Vous avez raison, ils auraient dû en commander plus. Oui, surtout à Noël. » Ils sont marrants, les gens, ils voudraient que les autres pallient leur manque d'organisation. D'ici quinze jours, quand tout le monde se lancerait dans la confection des galettes des Rois, ce serait pareil avec la poudre d'amande.

À vingt heures, j'ai pris ma pause dans l'arrière-cour avec quelques collègues. Comme d'habitude, je les ai regardées fumer, je les ai écoutées parler du réveillon. Dinde aux marrons, couscous ou canard laqué. Et puis l'une d'entre elles m'a demandé :

— Et toi, Jeanne, tu fais quoi, ce soir ?

— Rien, Hervé et Léon s'occupent de tout.

Je leur avais avoué que je vivais avec deux hommes, et depuis leur regard sur moi n'était plus le même. J'y lisais désormais un mélange d'admiration et de jugement. Elles ignoraient si ça voulait dire « coucher » avec les deux. Ensemble ou séparément. Mais en clair, j'avais atteint le statut de martyre, de putain et de femme gâtée par l'existence. Et j'entretenais joyeusement ce mythe bancal qui leur collait des fantasmes plein la tête.

La vérité, c'était que je n'avais eu que trois aventures en quatre ans et demi, et certainement pas avec mes colocataires. La première, c'était aux Baléares, lors d'un séjour dans un hôtel-club – cadeau de Bernie qui cherchait à me distraire de mon quotidien –, avec un type de trente ans, beau comme un dieu, un maître nageur qui donnait des leçons d'aquagym à des bataillons de vieilles dames. Il avait peu de conversation, faisait très bien l'amour et m'a refilé ses chlamydias. La deuxième fois, c'était avec un homme marié rencontré dans un bar. Et la troisième, avec un fringant sexagénaire. Je m'étais envolée pour la Norvège, je refusais d'être en France à la date anniversaire de la disparition de Sixtine. Je ne saurais jamais s'il était en couple, veuf, à voile ou à vapeur. Il ne parlait pas un mot d'anglais, et moi pas un mot de norvégien.

Je m'y suis risquée pour goûter de nouveau à la tendresse. Depuis le divorce, le sexe me manquait, et je ne pouvais l'ignorer sans devenir dingue.

« T'as jamais envie de baiser ? me demandait souvent Bernie.

— Si, mais c'est pas simple, quand t'es une nana. »

En réalité, c'était facile de coucher avec un inconnu. Internet regorgeait d'applications destinées à réunir les aficionados du sexe. Certaines allaient même jusqu'à noter les utilisateurs en fonction de leur gentillesse, leur douceur ou leurs performances. Mais mon truc à moi, c'était la peau de l'autre, son odeur, ses yeux. Il fallait que son regard reste doux même dans l'excitation. Pas facile de réunir ces trois conditions.

La seule qui était parvenue à me donner tout ça à la fois, c'était D. Comme *désirée*.

Elle avait arrêté de me téléphoner après la mort de maman. Malgré mon attirance, jamais je n'ai réussi à la rappeler.

47

Le réveillon est une nuit particulière. On croise des passants essoufflés, un sapin sur l'épaule, une bouteille de champagne à la main, des sacs remplis de cadeaux sous le bras. Avec un peu d'imagination, on peut provoquer un sourire, un « joyeux Noël » de la part de gens qui ne nous auraient même pas remarqué d'ordinaire.

Je suis rentrée par la place de Clichy. Les terrasses débordaient de monde. Il y avait trois pères Noël à dix mètres d'écart, et les plateaux de fruits de mer se multipliaient sur les tables de la brasserie Wepler, avec la douzaine d'huîtres à soixante-dix euros.

Dans une autre vie, j'aurais pu être là, de l'autre côté de la vitre, à manger des produits hors de prix avec Richard et ses parents. Sixtine aurait préféré des frites avec du ketchup. Vers minuit, chacun aurait regagné son chez-soi en se disant « à demain », parce que le déjeuner du 25 décembre se déroulait traditionnellement chez les Vigier, dans leur maison du Vésinet. J'ai pensé un instant à Richard qui, je l'avais appris tardivement, s'était remarié, et vivait avec les enfants d'un autre.

Passer par la place de Clichy m'obligeait à emprunter la partie aérienne de la rue Caulaincourt, celle qui surplombe le cimetière de Montmartre. Sous mes pieds, il y avait les morts de Paris, enfermés dans leur caveau par familles entières. Dans la nuit, on n'en voyait presque rien, mais ils étaient ici, des dizaines de milliers de personnes humbles ou célèbres. Sixtine était une enfant mystique. Elle aurait aimé visiter cet endroit, c'était certain.

Comme il a commencé à bruiner, j'ai pressé le pas. Les morts et les cimetières, c'est bien quand il fait beau. Et puis mes hommes m'attendaient.

Aucun des deux ne m'a lâché la main durant toute la durée du procès de l'assassin de Sixtine. Trois ans. Un enfer sans fin. Parce que le droit le leur permettait, les avocats ont fait durer le plaisir, les experts se sont opposés, les médias s'en sont mêlés. Une partie du public criait grâce autant que moi, les gens trouvaient que c'était dégueulasse de remuer le couteau dans les plaies de la famille avec leurs reconstitutions, leurs expertises et leurs contre-expertises psychiatriques. D'autant que des détails atroces sur ce que ce monstre faisait subir à ses victimes fuitaient dans la presse avant même que les juges en aient eu connaissance. Notre monde ne manifestait plus aucune pudeur ni commisération. Rien à foutre, de la compassion. Du respect.

Au final, Serge Drot n'a pas dit un mot à son procès. Il a juste haussé les épaules quand il a écopé de la réclusion criminelle à perpétuité. Puis il m'a souri en affichant une mine contrite. Moi, j'avais envie de hurler, de lui arracher cet air niais qu'il arborait pendant que le juge énonçait les chefs d'accusation comme autant de coups de poignard dans mon cœur.

J'ai seulement été capable de calculer que, une fois les années de préventive retirées, il lui restait *grosso modo* quatorze ans à purger.

C'est court, la perpétuité.

La mienne, si Dieu ou un autre me prêtait vie, durerait un demi-siècle.

48

J'y étais…

La porte d'entrée de l'immeuble, rue Joseph-de-Maistre, le carrelage descellé dans le hall, l'odeur de la cage d'ascenseur qui datait des années trente, et qu'il n'était pas question d'emprunter, car à quarante-deux ans, j'avais plutôt intérêt à grimper jusqu'au sixième par l'escalier.

À mi-parcours, j'entendais déjà Léon et Hervé se chamailler à propos du sapin. Hervé préférait quand il clignotait. Sur le palier, j'ai tourné la clé dans la serrure, tout doucement, pour les surprendre.

Mes hommes étaient là. Léon montait des blancs en neige à la main. Il n'utilisait jamais de batteur, à cause du bruit des robots ménagers qu'il avait en horreur. Dans son dos, Hervé changeait le mode d'éclairage de la guirlande électrique, en sachant pertinemment que, si Léon s'en apercevait, ça susciterait une nouvelle dispute. Sur le canapé, Bernie sirotait un verre, smartphone en main. Une chanson de Richard Gotainer résonnait dans les enceintes.

Ce soir-là, on célébrait le septième Noël sans Sixtine.

Trois ans plus tôt, alors que je m'apprêtais à emménager dans l'appartement de maman dont j'avais hérité, Hervé, éprouvé par la perte de son chien, m'avait dit : « Dis donc,

Penny, pourquoi tu ne viendrais pas habiter avec nous, maintenant que Mouchou elle est plus là ? »

Un esprit simple avec un cœur immense, et des évidences qu'il lâchait sans qu'on s'y attende, comme des fulgurances assez géniales.

« C'est vrai, ça, on ferait mieux d'intégrer Penny à notre ménage de vieux schnocks avant qu'il ne soit trop tard, avait renchéri Léon, que l'idée semblait séduire. Mais faut que tu sois d'accord aussi. »

Je les avais regardés. Je pensais aux cartons que nous avions déjà montés, au canapé et à toutes les affaires qui restaient à sortir du camion. Je les connaissais et je les appréciais, mais trouverais-je ma place dans leur duo ? Ces deux-là étaient faits pour s'entendre, et je les soupçonnais d'être liés par de grands secrets. Je craignais d'être de trop.

« On n'a qu'à te prendre à l'essai ! » avait ajouté Léon, comme s'il comprenait mon hésitation.

Hervé m'observait avec attention. Il voyait là l'occasion de combler le vide laissé par son doberman. Nous l'avions bien poussé, avec Léon, pour qu'il adopte une autre chienne, mais, dans le refuge, la vue de ces animaux en cage l'avait tant remué qu'il avait décidé qu'elle était irremplaçable. Les méandres du cerveau de cet homme n'étaient pas accessibles au commun des mortels, pourtant, à cet instant, j'avais su ce qu'il ressentait. Je ne voulais pas non plus d'une autre Sixtine.

J'avais donc mis l'appartement de maman en location meublée, histoire d'avoir une solution de repli si la colocation se passait mal. Et la période d'essai durait depuis trois ans.

Léon et Hervé étaient mes remparts. Auprès d'eux, j'étais parvenue à un point d'équilibre, avec des périodes où je me foutais de tout, d'autres où j'étais accablée de tristesse. Mais pour souffler, il suffisait que je m'asseye sur le canapé et que je les écoute.

— Petit cours de rattrapage, a annoncé Bernie, que le duo amusait tout autant. Hervé prétend que, pour préparer des œufs à la neige, il faut d'abord congeler les blancs, et Léon a beau lui mettre les recettes de Marmiton sous le nez, rien à faire, il s'obstine.

Dans la cuisine, Léon venait de capituler – Bernie et moi l'avions deviné au son du batteur électrique.

— Et voilà, bougre d'andouille ! a crié Léon. Je crois pas que chez SEB, ils seront d'accord pour faire marcher la garantie. Et viens un peu par là ! Qui c'est qui va me ranger ce bordel ?

En tout cas, pas Hervé, qui nous rejoignait avec nonchalance, soupirant d'aise d'avoir échappé à la colère de Léon.

— Et si on ouvrait les cadeaux ? a-t-il lancé en attrapant la télécommande du téléviseur. Tu sais qu'ils passent un dessin animé ?

Parfois, Hervé et moi nous lovions sur le canapé devant la chaîne Gulli, lui pour se plonger dans l'univers de *Bob l'éponge*, moi pour me laisser happer par les Winx, en souvenir de Sixtine.

L'échange des cadeaux était toujours un moment de paix. Bernie avait fait des folies, à son habitude, et Hervé était aussi heureux qu'un môme. Quant à Léon, il jetait sur son petit monde un regard bienveillant. À la fin, il ne restait qu'un paquet sous le sapin, celui que j'avais confectionné pour Sixtine, comme chaque année. C'était avec ce genre de rituels que je tenais debout, parce que, au fond de mon cœur, il demeurait l'espoir que Sixtine rentrerait. Et qu'en lui offrant alors ces cadeaux, on retrouverait sûrement un peu du temps perdu.

Invariablement, je lâchais quelques larmes, et Hervé me câlinait. Cette fois, il n'a pas bougé. Il paraissait figé face à moi, la bouche en cul de poule, avec dans les yeux l'expression d'un gamin qui a commis une bourde.

Puis il est allé chercher un colis qui patientait dans l'entrée.

— J'ai oublié de te le donner ! Faut pas m'en vouloir, Penny, avec toutes ces choses à faire, ça m'est sorti de la tête !

J'ai déballé la boîte remplie de papier bulle, en me demandant qui pouvait m'envoyer un cadeau. Je ne fréquentais personne en dehors des trois hommes qui m'entouraient ce soir-là.

Ma vie était devenue toute petite, même mon corps s'était rabougri. En six ans, j'avais perdu onze kilos. Mais j'allais bien, aussi bien qu'il était possible.

Jusqu'à cet instant où j'ai cru défaillir en découvrant une feuille Canson protégée dans une enveloppe matelassée.

Dessus, un mélange de lentilles et de nouilles collées formait trois mots : « Joyeux Noël, maman ».

49

Un tsunami peut tuer vingt mille personnes, à l'autre bout du monde, les gens continuent leur petit bonhomme de chemin sans sourciller.

Ce 26 décembre, j'étais du matin, et notre manager avait prévu le déménagement des rayons décorations de Noël.

Logique.

J'ai passé la matinée en mode zombie, incapable de réfléchir à des choses simples, ou même d'envoyer balader mes collègues qui, voyant ma mine fatiguée, se livraient à des blagues salaces sur la soirée arrosée que j'avais dû partager avec mes hommes.

Je me suis mordu la langue. Ces femmes ne savaient rien de ma vie. Elles discutaient de leurs enfants sans savoir, et quand on me demandait si j'en avais moi-même, j'éludais.

Les plus folles idées m'ont traversé l'esprit, les plus immorales, les plus autodestructrices. Serge Drot depuis sa cellule ? Un complice toujours en liberté ? Un cinglé prêt à tout pour nourrir ses fantasmes ? Et parmi elles rôdait la quasi-certitude que l'expéditeur du colis n'en resterait pas là. Sinon, à quoi bon ?

Le problème, c'était qu'il avait attendu plus de six ans pour se manifester, il pouvait donc attendre longtemps avant de recommencer. C'était insupportable. Et puis je me suis dit qu'il vivait peut-être à Paris, et pourquoi pas dans mon arrondissement, ou carrément dans ma rue. Je le croisais à la boulangerie, au café où je décompressais en sortant du travail. Tout était possible, ou plutôt, rien n'était impossible.

Il… Forcément un homme. Je n'ai jamais pu me résoudre à l'idée qu'il puisse s'agir d'une femme. Il était peut-être ce nouveau voisin du cinquième, ou quelqu'un dans l'immeuble d'en face. Il connaissait mon adresse, il avait dû me guetter pour voir les effets de son sadisme sur mon visage.

La veille, Léon avait contacté Richard pour le tenir informé. Celui-ci avait refusé de lui parler. Il avait tiré un trait sur notre vie d'avant et me demandait d'oublier son numéro de téléphone.

« Ton ex m'a tout l'air d'être un sacré connard ! s'était exclamé Léon après cet échange. Même pas un "joyeux Noël" ! » Et je m'étais remise à pleurer sur le collage de Sixtine, que Léon avait ingénieusement glissé dans une pochette en plastique. Pour les empreintes digitales, avait-il précisé.

Les empreintes ? Je ne comprenais pas.

Je crois qu'une crise d'épilepsie vous laisse dans un état proche de celui dans lequel je me trouvais.

— Quelles empreintes ?

— Jeanne, ne t'emballe pas. C'est sûrement un faux.

Je ne m'emballais pas, j'étais comme en dehors de moi-même.

— Pourquoi, qui, comment ?

— Je sais pas. Mais te mets pas en tête que ta fille est vivante. Je t'en supplie. Souviens-toi des moments terribles que tu as traversés. Raccroche-toi à ta peine, nourris-toi d'elle.

Fais tout ce que tu veux, mais ne tombe pas dans le piège que ce salopard te tend. Tu m'écoutes, Jeanne ?

Pour écouter, ça oui, j'écoutais. En fait, encore sous le choc de la découverte du collage de Sixtine, je n'avais toujours pas pris la mesure de son sens. Léon fourbissait donc mes armes, et au contraire de ce qu'il me demandait, j'ai dit :

— Tu crois que Sixtine peut être vivante ?

Si Léon était le psychologue de l'équipe, Bernie tenait le rôle du pragmatique.

— On ne tire pas de plans sur la comète, m'a-t-il intimé en m'enlevant la feuille des mains. On appelle les flics et…

— Je ne veux pas que ça recommence !

Les mots m'étaient sortis du cœur.

La police, ça signifiait des fuites dans les médias, le collage de Sixtine en première page, des reporters au bas de l'immeuble. Je ne voulais plus de ce sordide déballage.

J'ai hurlé : « Non ! », et j'ai quitté la table.

La première nuit a été terrible. Les mauvaises pensées n'ont cessé de me hanter. J'étais incapable d'imaginer ce qu'il était advenu de ma fille au cours de ces six années, mais ce dessin la faisait revivre.

Je me suis effondrée au petit jour et j'ai dormi presque toute la journée de Noël. Un sommeil entrecoupé de rêves, de courtes périodes d'éveil où la douleur m'expédiait aussitôt vers l'oubli. J'étais engluée dans une torpeur détestable. C'est seulement le soir que j'ai décidé qu'il fallait coûte que coûte connaître la vérité. Un homme m'avait arraché mon enfant, je ne permettrais pas qu'il le fasse une seconde fois.

La deuxième nuit, je n'ai pas fermé l'œil, et au matin, je me suis surprise à me préparer pour aller travailler. Comme un jour normal. Au moment d'enfiler mon bonnet, j'ai hésité. Rien ne m'obligeait... Si, on ne laisse pas tomber les gens. Mes collègues comptaient sur moi. Alors je me suis rendue au magasin et j'ai fait ce qu'on attendait de moi, étonnée de constater à quel point je savais me transformer en petit robot-automate. L'alignement des boîtes de guirlandes, la blouse avec mon prénom qui faisait de moi une invisible, les clients et leurs questions qui déshumanisent, l'absence de considération.

J'ai craqué quand le manager est venu m'informer que, dès le lendemain, je m'occuperais du rayon charcuterie. L'idée de toucher des cadavres, de la chair froide, m'a...

Je n'ai rien dit. J'ai simplement retiré ma blouse et la lui ai remise entre les mains. Je l'entends encore me crier après : « Tu te prends pour qui, Jeanne ? Il y en aura dix, demain matin, pour te remplacer, tu le sais, ça, au moins ? »

Un majeur tendu bien haut a été ma seule réponse. Pas très classe, mais ça m'a fait un bien fou. Et je suis rentrée chez mes hommes.

Comme ils étaient partis en goguette, je me suis retrouvée seule, assise devant le sapin branché par Hervé en mode clignotant, à me demander ce que j'allais faire de ma vie à présent que tout recommençait.

C'est à cet instant que j'ai décroché le téléphone. Je ne connaissais qu'une personne qui m'aimait assez pour me conseiller sans couler avec moi.

D., comme *désespoir*.

50

Elle avait changé. Son visage s'était endurci, ses traits s'étaient émaciés, et elle portait les cheveux si courts qu'elle ressemblait autant à une femme qu'à un homme. C'était troublant parce qu'elle était belle à sa façon. Si belle que je n'ai pas tardé à remarquer combien cette ambiguïté qu'elle paraissait cultiver attirait le regard des deux sexes.

Depuis le réveillon de Noël, j'étais perdue. Incapable de savoir si je devais me réjouir ou m'horrifier du « cadeau » inattendu que j'avais reçu. Au téléphone, D. m'avait sobrement répondu : « On se voit le 4, à Paris. »

Quand nous nous sommes enlacées, après plus de six ans de séparation, j'ai senti qu'elle était tendue, presque stressée. Plus que moi, même. Elle serrait contre elle l'enveloppe en kraft contenant le collage que je lui avais envoyé, et son cœur battait à tout rompre.

Moi, j'étais plutôt sereine, car après des jours d'angoisse et des nuits blanches, je retrouvais enfin une personne dont la seule présence m'apaisait. Ça peut avoir l'air déplacé, mais j'ai aussitôt eu envie de coucher avec elle. Je ne pensais qu'à passer des journées sous la couette, peau contre peau. Tout serait bon pour oublier cette douleur qui me ravageait la poitrine et le ventre. Jouir pour exister, simplement. Ne plus être qu'un corps en perpétuelle souffrance. Oui, je voulais D. tout entière, et je n'en avais pas honte.

— Je ne sais pas comment tu tiens le coup, m'a-t-elle dit dans un souffle. Faut du cran, quand la vie est aussi salope.

J'ai tenté de l'embrasser, mais elle m'a repoussée tout doucement.

— J'ai des choses à te dire.

Son ton a refroidi mes ardeurs, et je n'ai pas insisté. Nous étions au bord du lac des Minimes, dans le bois de Vincennes. Il faisait doux pour la saison. Je me souviens d'avoir remarqué une primevère qui sortait de terre à mes pieds. Début janvier, c'était si précoce.

Nous avons marché un moment en silence. D. réfléchissait probablement à ce qu'elle était sur le point de m'annoncer, et plus elle tardait à me parler, plus je pressentais que ça ne serait pas simple à entendre.

— J'ai quitté la gendarmerie pour une société de protection rapprochée.

— Tu ne peux pas m'aider, alors ?

La lueur d'espoir que j'attisais tout au fond de mon cœur s'est subitement éteinte. Si elle ne pouvait rien pour moi, vers qui allais-je me tourner ?

— Tu ne comprends pas, Jeanne. Au contraire, j'ai les mains plus libres qu'avant.

— Libres jusqu'où ?

— Aussi loin que je le veux, tant que je ne me fais pas prendre.

D. s'est tue de nouveau, comme pour que je digère ce que ses paroles impliquaient.

— Le collage que tu m'as confié s'est trouvé entre les mains de ta fille, a-t-elle repris. Ses empreintes y figurent. Des empreintes plus grandes que celles du fichier.

Mon souffle s'est suspendu. Et mon cœur s'est emballé, au point que j'ai dû m'asseoir sur un banc.

Malgré les vêtements tachés de son sang, malgré ce cinglé qui nous avait laissés croire qu'il lui avait infligé les pires sévices avant de jeter son corps dans l'océan, malgré le temps, cet horrible temps qui dissout tout, jusqu'au souvenir des traits de mon enfant, malgré tout cela, Sixtine avait... survécu !

— Jeanne, a poursuivi D., je ne suis pas en train de te dire que ta fille est vivante aujourd'hui. Juste qu'elle n'a pas été assassinée par Serge Drot. Maintenant, nous sommes face à une multitude de questions auxquelles nous devons répondre.

J'avais l'impression que ma tête allait exploser. Tout au long de ces années soigneusement j'avais étouffé cette intuition qui me disait que ma fille était en vie. J'avais failli abandonner, tuer cet espoir. La tuer. Seulement failli, parce qu'il m'arrivait encore de dresser la table pour elle et moi, quand Hervé et Léon partaient en balade. Ou de lui envoyer tout mon amour le soir quand je tentais de m'endormir.

— Tu vas m'aider, alors ? lui ai-je demandé.

— Oui, je vais t'aider.

Puis elle a ajouté, en glissant le bout de son doigt sur ma joue :

— Et arrête de me draguer, Jeanne, j'en ai trop bavé quand tu es partie. Je ne veux pas morfler une deuxième fois.

Je me suis aperçue à cet instant-là que je serais capable de tout accepter d'elle, même qu'elle me repousse.

— Nous avons trouvé une autre empreinte, a-t-elle lâché. Elle appartient à un certain Léo Rabal, dit Manou, dix-huit ans, casier judiciaire déjà bien chargé.

Dix-huit ans ? Cela signifiait qu'au moment de la disparition de Sixtine, il en avait douze. L'idée m'a fait froid dans le dos. On avait tous entendu parler de sordides histoires d'adolescents assassins ou violeurs. Ces affaires étaient pour moi les plus mystérieuses. Comment envisager qu'un môme s'en prenne à une fillette ?

— Rien ne prouve qu'il est impliqué. Les empreintes nous racontent seulement qu'il a touché le collage, c'est tout.

— Tu m'énerves avec tes raisonnements logiques.

Je ne comprenais pas. On avait un nom, il suffisait d'exiger une explication de la part de ce jeune homme. C'était simple, non ?

— Manou ne vit pas à l'adresse qu'il a donnée à son agent de probation. Et comme c'est un petit voleur de voitures, les flics laissent couler.

— Qu'est-ce qu'on fait, dans ce cas ?

— Mes meilleurs limiers l'ont localisé. Le gamin vit planqué comme un type en cavale. Il ne voit personne, à l'exception de son demi-frère qui le ravitaille. À présent, tu dois me dire jusqu'où tu es prête à aller pour connaître la vérité.

Jamais je ne m'étais demandé si je pourrais me salir les mains pour retrouver Sixtine. Jamais je n'avais eu à le faire. Bizarrement, je n'ai pas songé un seul instant aux conséquences, je n'ai pas eu peur non plus. Je n'avais qu'une idée en tête : Sixtine aurait seize ans, bientôt dix-sept. À quoi ressemblerait-elle aujourd'hui ?

— J'ai besoin de savoir. Ma mère est morte de chagrin. Ma fille est je ne sais où… Je ferais n'importe quoi pour la revoir !

51

« Pas la peine de me cogner pour ça ! Je te dis que j'ai jamais vu cette fille ! Je le jure, alors arrête !

Quoi, mon nom ? Pourquoi ? T'es flic ?

Mais arrête, merde !

OK, je vais te le dire ! Je m'appelle Manou. Enfin, Léo Rabal, mais pour tout le monde, c'est Manou.

Mon âge et mon job ? Mais pourquoi tu veux savoir si j'ai un boulot ?

C'est bon, j'ai compris... J'ai dix-huit ans et j'en ai pas, de boulot.

Depuis quand je tire des caisses ? Je sais pas, moi ! Je vis au jour le jour et ça me va très bien. Y a qu'une chose que j'ai besoin de savoir, c'est la marque, le modèle et l'année. La couleur parfois. C'est un peu plus cher, surtout si c'est autre chose que du noir, du gris ou du blanc. Mais les mecs, ils veulent tous pareil : des berlines noires avec vitres teintées, grosses cylindrées, pneus taille basse et intérieur cuir.

Quoi, je fais le malin ? Mais c'est pas vrai ! C'est vous qui venez faire les gros durs pour me parler d'un truc je sais même pas ce que c'est ! Mais arrête, je te dis ! Ça fait mal, putain !

OK, t'as gagné, je vais te dire ce que j'ai vu ! Mais je te préviens, je veux une protection, parce que je préfère crever que de me retrouver face au type qui a fait ça.

Jure !

Quand c'était ? Je me souviens jamais des dates, mais celle-là, je suis pas près de l'oublier. C'était le mois dernier, le 3.

Tu plaisantes ? Tu veux vraiment que je te raconte tout depuis le début ? Ça va prendre une plombe, mec...

Bon, ça a commencé parce que je travaille avec un grossiste, il s'appelle Sarlo. Comme Sarko, mais avec un "l", tu vois ? En général, il me dit le modèle et l'année et je me débrouille pour lui livrer ce qu'il veut. Je touche dans les mille euros, parfois moins, parfois plus, ça dépend. Y a des clients plus ou moins pressés...

Le 3 décembre, Sarlo me passe une commande bizarre. Il me dit : "Manou, des potes collectionneurs cherchent à se faire un délire vintage, ils veulent une voiture avec le moins d'électronique possible. Mais attention, faut que ça carbure à fond ! Et de préférence un 4 x 4 !"

Tu parles ! Les potes en question, c'est des braqueurs ou un truc dans le genre. Même si c'est pas mon délire, je me mets en action, surtout que Sarlo m'a promis une prime si je ramenais du lourd.

Comment je fais ? La plupart du temps, je chasse sur les parkings d'aéroport ou de gare. Mes préférés, c'est les parkings longue durée. Là, je suis sûr que le proprio risque pas de revenir trop vite. D'abord, je vole une caisse de merde, pour pouvoir entrer sur le parking avec un ticket, et je l'abandonne à la fin. Ni vu ni connu, j't'embrouille !

J'ai trouvé une perle à Roissy. Un putain de Range de 88. Rien qu'à regarder la peinture, tu savais que son proprio la bichonnait !

Deux minutes après, je me tirais avec, direction Clamart, où Sarlo a un entrepôt. En milieu d'après-midi, j'en avais pour deux heures à cause des bouchons. Sauf que cet enculé m'a rappelé pour me dire que la commande était annulée. Je lui ai dit : "Mais je suis au volant de ta commande annulée, j'en fais quoi ?" Sarlo est pas du style à s'excuser, alors il m'a proposé de me la carrer dans le cul ou de partir en week-end avec, au choix.

J'étais vénère comme ça m'est pas souvent arrivé ! Je suis sorti de l'autoroute, histoire de faire le point et de me prendre un McDo, j'avais rien bouffé depuis la veille. C'est là que je suis tombé sur le bip de porte dans la boîte à gants, avec le GPS. Dans ma tête, ça a fait tilt. Le type s'était taillé en voyage en laissant tout le matos pour que je me la coule douce chez lui. Faut être sacrément débile, pour faire ça !

J'ai maté le GPS, pour voir où ça m'emmènerait si je mettais "retour domicile". Putain, mec, le pied ! Je rêvais d'aller au bord de la mer !

Ben si j'avais su, j'aurais largué la caisse dans un bois, j'y aurais mis le feu, et je me serais barré en courant...

Oui, attends, j'y viens. T'as pas un truc à boire, là ?

Merci, mec. Alors, j'en étais où ? Ah oui, je suis passé à la cité, pas question de faire cette virée au soleil tout seul comme un loser. Mon pote Farid était certain qu'on pouvait grimper à six dans un Range, du coup on a embarqué quatre meufs : Clotilde, Tamar, Rebecca et Helin. Helin, c'était ma préférée. Un jour, elle m'a raconté que son prénom, en turc, ça voulait dire « nid d'oiseaux ». Je pensais plus qu'à ça, son nid d'oiseaux.

OK, tu t'en fous. Mais quand même, tu veux tout savoir !

Sur la route, mes potes ont fait les cons, mais quand on est arrivés devant le portail de la baraque, je leur ai demandé de se calmer. Fallait être sûr qu'on pouvait entrer sans risque. Farid est allé sonner, et comme personne n'est venu, il a utilisé le bip. C'était du délire. Le portail s'est ouvert, on s'est garés sur le terrain et on a vu que la porte du garage s'ouvrait aussi. Même pas besoin de forcer les serrures, la maison était à nous ! »

52

— Manou s'est couché facilement. Le pauvre môme, il avait besoin de cracher le morceau. Il était tellement terrorisé qu'on l'aurait cru sous coke. Une vraie pile électrique, il n'arrêtait pas de parler.

D. avait obtenu la coopération du gamin contre la promesse de faire disparaître tout élément de preuve le rattachant à cette histoire. Elle savait juger les hommes, et Manou lui avait paru fiable, d'autant plus qu'il avait révélé où il avait planqué la voiture pour qu'elle puisse enquêter sur son propriétaire.

Je n'avais rien vu de l'interrogatoire, juste entendu les enregistrements, et j'en étais encore saisie d'effroi tandis que nous roulions sur l'A10 en direction du Sud-Ouest. Une violente nausée m'a secouée quand nous nous sommes engagés sur le viaduc d'Oléron. Et lorsque nous nous sommes garés devant une demeure isolée dans les bois, j'ai compris que Sixtine n'avait certainement jamais quitté l'île.

« Au début, j'étais vénère à cause d'Helin qui faisait la gueule dans le Range. Elle voulait pas descendre de la caisse parce que les proprios étaient pas là, et elle m'interdisait de la foutre dans le garage. C'était pas très prudent de laisser la bagnole dehors, mais bon, je me suis dit que derrière les murs et le portail on était pas mal planqués. Alors on est entrés par le garage pendant qu'elle faisait le guet et on a visité cette baraque de ouf. Avec Farid, on a pensé qu'on allait louer un camion pour déménager ce qui valait des thunes. »

Une fois débrayé par les hommes de D., le portail s'est ouvert, et nous nous sommes glissés dans le jardin en file indienne. Selon les voisins, personne n'était venu ici depuis le départ du propriétaire. Je la trouvais sinistre, cette maison, tapie dans la nuit, entourée de chênes dépouillés que le vent de janvier agitait. Dans la lumière de nos lampes, elle ressemblait à un préfabriqué recouvert d'un crépi épais et inégal. On aurait dit une grosse meringue.

Nous étions vêtus d'une combinaison intégrale pour ne laisser aucune trace, et nous progressions avec précaution, aussi silencieux que des ombres.

Derrière la bâtisse, il y avait une sorte de chai en pierre du pays dont on avait muré les ouvertures. C'était étrange. En faisant le tour de cette construction, nous avons constaté qu'il était impossible d'y pénétrer.

Au-delà s'étendait un grand terrain piqué d'arbres, inaccessible parce que situé de l'autre côté d'une grille. Encore une bizarrerie.

Plus loin encore, un haut mur d'enceinte masquait la vue.

« Ouais, elle était vraiment ouf, cette baraque. Tu sentais qu'y avait deux parties, une avec des meubles classe, et l'autre plutôt dans le style IKEA, avec des dessins de gamins accrochés aux murs, tu sais, genre avec des pâtes et des gommettes. Nous, on s'en battait les couilles, de tout ça, on faisait les beaux devant les meufs.

Dans la cuisine, y avait rien à becter. Et quand je te dis rien, c'est vraiment que dalle. Frigo débranché, et pas une goutte de picole, même pas une bière. Une baraque de bourges pour les vacances de leurs gosses. Quand t'as grandi dans ma cité, c'est dans des endroits comme celui-là que tu comprends comment vivent ces fils de pute. »

Les mots de Manou m'ont fait penser à la maison de la Perroche. La propriété des Vigier était située à quelques kilomètres de là. Une coquille vide dix mois sur douze, au bord de l'océan.

« Il fallait que j'aille faire un tour pour aller nous chercher de quoi tiser. Mais autant le garage ça avait été du gâteau, autant la porte d'entrée voulait pas s'ouvrir, c'était du costaud, avec du verre anti-effraction et tout. Les fenêtres, pareil. Je connais ces trucs-là, tu peux pas en venir à bout, y a rien à faire.

C'est quand même ouf, de blinder sa baraque au point qu'on peut pas en sortir, non ? Heureusement, y avait Helin qui tirait toujours la tronche dans la caisse. Elle m'a vu m'agiter à la fenêtre et elle m'a ouvert la porte d'entrée, parce que le garage aussi s'était refermé tout seul. Tu te rends compte ? Une maison qui s'ouvre que de l'extérieur ! C'était le monde à l'envers ! Aujourd'hui, je me dis que si à ce moment-là j'avais réfléchi un peu plus au lieu de penser qu'à fourrer son nid d'oiseaux, on n'en serait pas là. »

Je m'en remettais à D. tandis que nous pénétrions à notre tour dans la maison, et que ses hommes s'affairaient à bloquer le battant pour qu'il ne se referme pas. J'avais une main crispée sur son épaule gauche, comme elle me l'avait demandé.

Toujours silencieux, nous avons exploré les pièces sur les traces de Manou et de ses amis. Il flottait dans l'air une odeur d'eau de Javel.

— Vidéosurveillance en circuit fermé, pas de téléphone, pas d'ordinateur, a remarqué D. Si Helin avait suivi ses petits copains, ils n'auraient eu aucun moyen de ressortir.

Elle m'a expliqué ça en pointant du doigt un boîtier accroché dans un coin du salon. Il s'agissait d'un brouilleur d'ondes. On ne pouvait capter aucun réseau quand il était en fonctionnement.

D. marchait lentement. Je la sentais tendue à l'extrême. Ses deux gars et elle étaient armés. On aurait dit qu'ils braquaient un troisième œil devant eux et que le sort du monde dépendait de leurs pistolets.

« Avec Helin, on a été au plus près, dans un Intermarché. On a pris de la Kro, du Coca et du whisky, et comme on n'était pas loin de Bordeaux, une bouteille de bordeaux, histoire de consommer local. Quand on est retournés à la baraque, j'ai coincé la porte pour qu'elle reste ouverte. Pas question de me faire baiser deux fois.

Les autres avaient dû partir faire un tour pour voir l'océan, parce qu'ils étaient plus là. Helin et moi, on a commencé à se bécoter.

C'est là qu'on a entendu un cri.

(silence)

Ça venait du fond de la baraque. J'ai dit à Helin de pas bouger et j'ai fait style le mec courageux. Dans la partie IKEA, y avait du sang sur le carrelage, comme si on avait rampé. Ou alors comme si on avait traîné un corps. Un truc bien dégueu, quoi !

J'avais qu'une envie, et c'était plus de baiser. Sauf qu'y avait mon pote Farid et les filles, je pouvais pas me tirer sans vérifier. J'ai appelé, personne répondait. Alors j'ai avancé tout au bout. Là, y avait un escalier qui descendait dans le noir.

Putain, mec, je tremblais de ouf, une vraie gonzesse. Mes jambes, c'était du chewing-gum. En bas, ça donnait sur un couloir glauque, avec des lumières qui grésillaient.

(voix altérée)

J'ai entendu crier encore une fois, et j'ai vu Clo débouler. Elle était à moitié à poil et elle avait du sang partout. J'ai pas vu ce qui lui courait après, mais elle s'est arrêtée net, avec une drôle de tête. Sa bouche, elle faisait comme un "O" qui dégueulait un truc noir.

J'ai... J'ai pas compris ce qui se passait quand j'ai capté le bras qui l'étranglait, parce qu'il était aussi gris que le béton du couloir, et puis j'ai vu une grosse lame sortir d'elle.

Mec, son nichon, il a explosé. C'était... Ça pissait le sang, et des trucs jaunes, genre de la graisse. Et puis ça sentait la pisse, parce que je m'étais fait dessus tellement j'étais flippé.

J'ai pas essayé de voir à qui appartenait ce bras tout gris, et j'ai pas cherché à récupérer Helin. Plus rien à taper, de son nid d'oiseaux. J'ai foutu le camp. Ouais, je me suis barré comme un salop, et maintenant tous mes potes sont morts ! »

Au fond de la maison, nous avons trouvé l'escalier dont Manou parlait, au pied duquel une porte blindée béait sur le couloir souterrain en béton. S'il y avait eu une tuerie, là aussi les traces avaient disparu.

Au bout du couloir, au-delà d'une seconde porte blindée ouverte, nous attendait la gueule sombre d'une pièce enténébrée. Soudain j'ai voulu faire demi-tour, je n'avais plus du tout envie de savoir ce qu'il y avait là-dedans, je voulais sortir, respirer l'air de l'océan, même si je l'avais détesté, cet océan, de m'avoir volé ma vie.

Mais il fallait que je sache ce que les ténèbres recelaient.

53

Des néons ont clignoté, faisant émerger un escalier de l'obscurité. Nous devions nous trouver sous le chai muré que nous avions longé un peu plus tôt. En haut, une nouvelle porte blindée, elle aussi entrebâillée, a provoqué un courant d'air suffocant. Une odeur pestilentielle nous a pris à la gorge.

Par réflexe, on s'est mis la main sur la bouche, comme si ce geste pouvait empêcher la puanteur de pénétrer nos poumons. C'était affreux. J'étais littéralement incapable de bouger. D. elle-même a refusé d'avancer pendant un instant. Mais cette femme est l'être le plus fort que j'aie jamais connu.

Elle a été la première à surmonter son dégoût en poussant le lourd vantail. Derrière, il y avait un vaste espace bétonné surplombé d'une charpente à l'ancienne. On devinait les tuiles romaines par en dessous. Au centre, une construction plus récente nous barrait le chemin. Je n'ai compris à quoi elle servait qu'en la contournant. Il s'agissait de deux studios équipés d'un bloc sanitaire, avec un lit pour une personne, une table, une chaise.

Deux cellules en réalité.

On pouvait voir à l'intérieur par une vitre blindée.

À deux pas, il y avait également une petite pièce aveugle, une sorte de vestiaire agrémenté d'un W.-C. et d'un lavabo.

Je me souviens d'avoir remarqué qu'il était possible de sortir du chai par deux moyens : la porte par laquelle nous venions d'entrer, et une trappe qui donnait sur le jardin, de l'autre côté de la grille.

Stupéfaite et nauséeuse, j'ai entendu D. m'expliquer que les ouvertures magnétiques se commandaient depuis un poste de contrôle situé devant les cellules. Comme dans une prison de haute sécurité. Il y avait aussi des écrans, censés restituer les images de la vingtaine de caméras réparties sur l'ensemble de la propriété.

« Tu tiens le coup ? », a-t-elle soufflé. J'ai dit « Oui, ça va », mais dans ma tête il y avait le feu. Il demeurait tant d'interrogations. C'était quoi, cette maison où on ne pouvait pas communiquer avec l'extérieur et où on circulait entre des portes blindées dignes d'un bunker ? C'était quoi, cette grille au fond du jardin ? Pourquoi tout avait visiblement été pensé de telle sorte que, une fois entre ces murs, on ne puisse plus s'en échapper ?

En mon for intérieur, je connaissais la réponse, mais j'étais incapable de l'accepter. En revanche, je commençais à comprendre les mesures draconiennes que D. avait imposées. Combinaisons intégrales pour ne laisser notre ADN nulle part, interdiction d'allumer nos téléphones portables pendant le trajet et sur place. Moi qui l'avais prise pour une paranoïaque…

C'était glaçant d'imaginer que des gens avaient vécu là, et en même temps, je ne pouvais m'empêcher de chercher le rapport avec Sixtine. Manou avait parlé d'une pièce avec des dessins d'enfants, des centaines de dessins, mais nous n'avions rien vu de tel. Tout semblait avoir été nettoyé entre-temps, ce qui rendait la puanteur encore plus infecte, parce qu'elle était mêlée à de puissants relents de détergent.

En longeant les cellules, nous sommes tombés sur une dernière porte. Entrouverte. La pestilence provenait de là. Qu'y avait-il derrière ? Qu'espérais-je y découvrir ?

N'y va pas.

De cette salle, je ne connaîtrais ni la couleur des murs ni la nature du mobilier, s'il y en avait. J'ai seulement vu ce qui provoquait cette odeur insoutenable.

Au centre, cinq corps décapités gisaient dans des positions obscènes. Leur nudité renforçait le sentiment d'horreur parce que leur peau était verdâtre et que leurs têtes avaient été placées entre leurs jambes écartées.

J'ai hurlé et je me suis jetée dans les bras de D.

— Tu veux vomir ?

J'ai fait oui de la tête tout en essayant de retenir le flot de bile qui me brûlait la gorge. Je ne pensais qu'à une chose, surtout ne pas laisser de traces sur la scène de crime ou dans le reste de la propriété.

Rien qui puisse prouver que j'étais passée par cet endroit maudit. Rien qui aurait pu compromettre l'enquête destinée à retrouver ma fille.

54

— Manou est venu avec quatre filles et un garçon, et il y a cinq cadavres. Ne cherche pas midi à quatorze heures ou tu vas devenir dingue, m'a intimé D. Tu dois tenir le coup, Jeanne, c'est capital !

Ce soir-là, elle nous a réservé une chambre dans un hôtel de Rochefort, et m'a collée devant une bluette avant de s'activer sur son ordinateur.

— Je vais appeler la gendarmerie de Saint-Pierre, j'y ai encore quelques amis, qui sauront fermer les yeux sur l'origine de mes tuyaux. Si ta fille a vraiment vécu là, les OPJ de La Rochelle prendront contact avec toi. Je te propose donc qu'on reste dans le coin quelques jours au cas où. Pendant ce temps, tu vas envoyer un message à tes colocs pour leur dire que tu passes deux ou trois jours chez une copine, histoire qu'ils déboulent pas ici en posant plein de questions. Pigé ?

Les infos sont tombées toute la nuit. Au début, D. m'a tenue à l'écart, puis elle a renoncé. C'était mon droit de savoir, mon devoir, même. Et je le lui ai dit.

Le propriétaire de la maison, un certain André Charbonneau, la louait depuis sept ans à un homme au type asiatique qui le payait en liquide, douze mois d'avance livrés par coursier. Net d'impôts, net de problèmes. Il n'avait vu ce locataire qu'une fois, et s'était engagé à ne jamais fourrer son nez dans ses affaires. Charbonneau ne savait rien de ses activités, et ignorait qu'il avait fait murer le chai ou pratiqué des modifications substantielles à l'intérieur de sa demeure.

Concernant le Range Rover, retrouvé sous une bâche dans une casse de la région parisienne, D. n'avait rien raconté à ses anciens collègues, refusant d'impliquer Manou malgré mes doutes. Elle lui avait donné sa parole de le tenir loin de cette affaire, et elle honorerait sa promesse. Après tout, il n'était qu'un petit voleur de voitures !

D. comme *digne de confiance*.

Elle s'était chargée d'enquêter elle-même sur le véhicule. Le 4 × 4 avait changé de mains plusieurs fois sans régularisation de la carte grise. Mais au lieu de l'accabler, ces impasses l'avaient stimulée. D. était de ces personnes qui rentrent par la fenêtre si on leur claque la porte au nez.

Déterminée.

— On va le tracer, d'une manière ou d'une autre. Tout commence à Roissy, quand il gare sa voiture le 2 décembre à douze heures quinze. Le ticket de parking dans la boîte à gants en atteste. Le seul souci, c'est que Roissy, c'est Fort Knox et qu'il faudrait une décision de justice pour accéder aux fichiers de vidéosurveillance. Ça va être compliqué, mais je vais trouver un moyen. Que ça te plaise ou non, Manou reste en dehors de ça.

Depuis que le jeune homme s'était confessé, D. s'était occupée de l'exfiltrer vers le Portugal où elle lui avait déniché un job dans la sécurité. Là-bas, elle comptait sur le fait qu'il pourrait vivre tranquillement, en attendant qu'on arrête le meurtrier de ses amis. Pas question qu'il paie, par des années de préventive, des apparences trompeuses qui le désignaient comme le coupable idéal.

Quand les photos de la scène de crime sont arrivées dans sa boîte mail, *via* un de ses contacts de l'IJ, j'ai tenu à les voir. Il fallait que j'affronte, que je sache. De toute façon, la brève vision que j'avais eue des cinq cadavres me hantait déjà.

J'ai traqué le visage de Sixtine dans les traits affaissés de ces malheureux. Et pourtant, D. m'avait prouvé, empreintes digitales des victimes à l'appui, qu'elle n'en faisait pas partie. Je ne sais pas ce que j'espérais, j'étais déboussolée. Le collage reçu à Noël ne prouvait rien, mais dans ma tête il rendait tout de nouveau possible. Restait à découvrir qui me l'avait envoyé, et pourquoi.

Et puis, au petit matin, il y a eu ce coup de fil.

La mine de D. trahissait sa nuit sans sommeil. Moi, j'étais affalée sur le lit, prête à m'écrouler. Au regard qu'elle m'a jeté, j'ai su qu'il se passait enfin quelque chose. Elle a raccroché et m'a annoncé ce que je savais déjà : malgré le nettoyage minutieux des lieux, des empreintes partielles de Sixtine avaient été relevées dans une des cellules.

55

Pendant près de sept ans, j'avais appris à être une mère sans enfant, avec de l'amour à revendre. De l'amour pour personne, de l'amour qui fait mal.

Un temps, je m'étais occupée du suivi scolaire de mômes issus de milieux défavorisés. Ils étaient durs, ces gosses, à l'image de leur vie. Je n'en avais jamais fréquenté de tels, si bien que j'ignorais par quel bout ça se prenait, un écorché vif de dix ans. J'avais été instinctive, après tout, nous n'étions pas si différents. Ils m'avaient aimée en quelques jours, alors que moi, j'avais freiné des quatre fers…

En donnant de l'affection et de la tendresse à d'autres, j'avais l'impression de trahir Sixtine, et pourtant ma fille n'était plus là pour me traiter de mère indigne. C'est difficile d'être généreux quand la vie vous a tout pris. C'est difficile aussi quand elle vous comble. Finalement, il n'y a pas de règles. On se débrouille comme on peut.

J'ai fini par déserter les cours du soir, honteuse, sans véritable explication. Et je ne me suis jamais résolue à y retourner.

Ces dernières années, j'avais réduit le nombre de mes fréquentations, découvert qui étaient mes véritables amis, perdu ma mère, mon couple, abandonné le travail dans lequel j'avais tant investi. J'étais devenue une ombre pour les clients d'un supermarché, je n'avais plus guère de passion, et je respirais encore pour je ne sais trop quelle raison, peut-être l'habitude, peut-être aussi pour poursuivre mon monologue avec Sixtine.

La vie souvent ne tient pas à grand-chose. Alors, quand D. m'a appris que ma fille avait sans doute grandi dans cette maison sur l'île d'Oléron, à quelques kilomètres de l'endroit où elle avait disparu, j'aurais voulu pouvoir souffler, m'accorder du temps pour accepter la plus grande des injustices. Pourquoi m'avait-on privée de mon enfant ? Pourquoi ?

Le grand déballage médiatique ne me l'a pas permis.

D. ne m'avait pas seulement annoncé qu'ils avaient identifié les empreintes de Sixtine, elle avait ajouté dans la foulée : « Celles d'Alphonse Duval ont été relevées dans la cellule voisine. » À présent, le lien que soupçonnait Guillaume entre les deux affaires était indéniable.

La fuite dans la presse émanait-elle de la gendarmerie de Saint-Pierre-d'Oléron, ou du service de PJ parisien qui avait aussitôt été chargé du dossier ? Je ne le saurais jamais. Ce qui est certain, c'est que, moins de quarante-huit heures après la découverte macabre, la mise en évidence de l'ADN de l'héritier Duval dans la maison de l'horreur avait fait le tour de toutes les rédactions.

Alors que j'étais de retour à Paris, des journalistes se sont mis à camper devant ma porte, des chaînes d'info m'ont contactée pour obtenir une interview exclusive. On m'a offert de l'argent, un éditeur m'a même proposé de raconter mon histoire dans un livre.

À cette époque, Bernie était en Afrique du Sud pour le tournage de plusieurs spots de pub, et D. avait été contrainte de s'envoler pour l'Allemagne afin d'assurer une mission de « protection de personnalité » dont elle n'avait rien voulu me dire. Heureusement, il y avait mes hommes pour me soutenir. Surtout Léon.

Un jour, il a décrété qu'il était mon attaché de presse, et à partir de ce moment toutes mes déclarations sont passées par lui. Évidemment, il en a profité pour promouvoir « La guilde des emmerdeurs », et a enchaîné les plateaux de télé. C'était un « bon client », comme ils disent. Capable de taper du poing sur la table si un intervenant s'opposait à lui ou de se lancer dans des logorrhées où il mêlait humour, trémolos et attaques contre les politiques gouvernementales des trente dernières années.

« Nous vivons dans le pays des *pas assez* et des *trop*. La preuve ! Y a pas assez de flics et pas assez de juges ! Y a trop de lois et trop d'avocats prêts à tous les mensonges ! Y a trop de lobbys et trop de législateurs qui se laissent acheter ! Y a pas assez de bon sens dans la vie publique et pas assez de gens qui se lèvent contre les abus ! »

C'était du grand Léon Castel et tout le monde se l'arrachait, du talk-show aux émissions politiques.

Moi, je me suis retranchée derrière lui, cachée, protégée.

Il ne m'a jamais interrogée sur ces quelques jours passés chez une copine juste avant la grande explosion médiatique. Il n'avait qu'un but, me porter à bout de bras, m'empêcher de sombrer tandis que je tournais chèvre, ne vivant plus qu'avec une seule obsession en tête : qu'était devenue ma fille ?

Par la force des choses, j'ai finalement revu Richard. Il avait vieilli. Plus que moi, je crois. Certainement la faute aux soucis qui n'en sont pas, à son travail, aux enfants de sa nouvelle femme, à ses maîtresses aussi. Il m'a fait de la peine avec ses drôles de questions. Il a parlé d'un immense gâchis, de vies brisées, et puis il m'a dit :

— Qu'est-ce qu'on va faire, si on retrouve Sixtine ?

Je me suis étranglée avec mon croissant du Café de Flore où il avait proposé de m'offrir le petit déjeuner.

— T'as peur pour ta petite famille parce que notre fille *est peut-être toujours vivante* ?

J'ai écourté notre rencontre. Je ne sais pas ce qui m'avait pris de l'accepter. Richard n'avait toujours pensé qu'à lui.

Il y a des choses qui ne changent pas.

56

À l'annonce de la mort de Luka, Guillaume avait abandonné sa voiture, qui avait fini désossée par des voyous, et s'était installé sur le banc où il avait l'habitude d'attendre son fils, devant l'école. En le voyant aussi misérable, je m'en suis d'abord voulu de ne pas avoir cherché à prendre de ses nouvelles ces dernières années, puis je me suis souvenue pourquoi je ne l'avais pas fait. Guillaume m'aurait entraînée au fond du désespoir, et je serais peut-être morte à l'heure qu'il est.

Dans le quartier, il était connu comme le loup blanc. Les résidents lui déposaient des livres, qu'il lisait avant de les stocker religieusement autour du banc, comme pour se constituer un rempart. Il y en avait partout. Les jours de pluie, il les protégeait sous la bâche qui lui servait de tente. Par tous les temps, Guillaume était là, comme le gardien d'un phare reste à son poste quoi qu'il arrive, parce que c'est son devoir, parce que dans la tempête d'autres comptent sur lui. Et même s'il ne subsistait plus aucun espoir de voir Luka se précipiter vers lui, il était là.

J'ai hésité à le rejoindre, plus par lâcheté que par crainte. Et puis je me suis trouvée mesquine. J'avais aimé tendrement cet homme, qui m'avait en retour gratifiée d'une amitié profonde, simple et sans calcul. Nous avions eu la malchance de nous rencontrer dans la pire période de notre vie. Jusqu'à ce que lui soit définitivement privé de cette lumière qui ne s'était jamais totalement éteinte pour moi.

Aujourd'hui, des portraits vieillis de Sixtine circulaient partout. Des portraits d'Alphonse Duval aussi. Seul le visage de Luka, enterré près de cinq ans plus tôt, ne vieillirait jamais.

J'ai traversé la rue.

Guillaume portait les cheveux longs et une barbe en broussaille, lui qui avait toujours eu une allure soignée. Emmailloté dans un duvet épais doublé d'une couette, il marmonnait tout en lisant *Au cœur des ténèbres*, de Conrad. Je me suis fait la réflexion que ceux qui lui faisaient cadeau de ces livres lui confiaient des textes qu'ils devaient juger opportuns. Ou s'en fichaient, tant qu'ils lui laissaient des bouquins comme ils les auraient jetés à la poubelle.

En m'approchant de Guillaume, j'ai pris conscience du fossé qui nous séparait. Il ressemblait à un clochard, il était un clochard. Le voir ainsi démuni m'a retourné le cœur. Je me suis arrêtée au pied de son banc, j'allais lui parler, mais il a levé le bras, comme un gamin qui demanderait à prendre la parole en classe, et m'a dit sans quitter son roman des yeux :

— Ne venez pas me faire chier avec vos auteurs contemporains, c'est de la daube…

J'avais vieilli, j'avais maigri, changé de coupe de cheveux, de look vestimentaire. Restait le regard, on n'oublie pas le regard d'une femme qu'on a aimée.

— Jeanne…, a-t-il soufflé quand il a redressé la tête.

Sur son visage, j'ai vu défiler tous les sentiments du monde. Le doute d'abord, l'image d'un souvenir lointain qu'il ne parvenait pas à accrocher, et puis l'éclair de lucidité, le pont entre l'instant présent et l'avant. Il me remettait, et cette reconnaissance a engendré une peur sans nom, il aurait voulu se cacher dans un trou, me forcer à garder en mémoire ce qu'il était quand nous nous étions connus.

J'ai assisté à la lutte entre le téméraire et le couard, l'alcoolique d'aujourd'hui et le sobre d'hier. Sur le moment, je n'ai pas su qui l'emportait, et des larmes sont venues brouiller le jeu.

Les effluves de charogne qui émanaient de sa barbe m'ont écœurée quand il a enfin bougé. J'ai cru qu'il allait m'enlacer, mais non, il m'a saisie par les épaules et m'a annoncé, franc :

— J'avais pourtant dit que tout était lié. Personne ne m'a écouté, mais j'avais raison ! Elle est où, tu crois, ta petite ?

Je l'ignorais. J'étais tellement déstabilisée par son enthousiasme. Il paraissait sincèrement heureux de savoir que Sixtine était peut-être vivante, quelque part. Je n'avais pas prévu cette attitude. Qu'avais-je prévu, d'ailleurs ?

Rien. Prévoir n'a jamais été mon fort.

On s'est réfugiés dans un café, où il s'est excusé pour son apparence et l'odeur qu'il dégageait. Il se désolait d'imaginer ce que les gens allaient penser de moi en me voyant traîner avec un SDF. Puis il m'a raconté sa rue :

— Ce n'est pas n'importe laquelle, ici tout le monde m'aide. Je ne me suis pas souvent fait dépouiller. De toute façon, je suis armé, et les autres le savent.

Il a exhibé le poignard qu'il dissimulait sous ses vêtements, et dans ses yeux couvait le feu de la folie. Son regard s'embrasait au gré de ses paroles ou de ses réflexions.

Nous sommes restés longtemps à discuter. Je lui ai parlé de mon travail à Monoprix que j'avais quitté, de ma colocation avec Léon et Hervé, de mes rares voyages, de mes rares amants, de l'appartement de maman que j'avais décidé de rénover. Je lui ai tout dit ou presque. La matinée avançait, je l'aurais volontiers invité à déjeuner, mais il a refusé.

— J'ai pas eu mon compte. Ça rend fou, tu sais.

Il m'a avoué son alcoolisme en me tendant ses mains qui tremblaient. Il avait l'air naturel, comme s'il évoquait une chose anodine.

— Non, tu sais pas, et vaut mieux que tu le saches jamais. Je suis désolé, faut que j'y aille. Dans une heure, t'auras plus envie de me fréquenter.

J'ai voulu le retenir. Il existait des solutions, il pouvait se faire aider.

— Te mets pas en tête que tu pourrais me sauver, y a plus rien à sauver !

Son ton montait, ses poings se serraient. Soudain il s'est arrêté de trembler, a planté ses yeux dans les miens et m'a dit :

— Tu t'es jamais demandé pourquoi ils auraient gardé deux enfants en vie pendant plus de six ans, alors qu'ils ont tué Luka ?

Après quoi il a filé, me laissant seule avec cette question dont je ne parvenais pas à saisir le sens.

57

Depuis que la ronde des auditions et des rendez-vous avait pris fin, j'espérais, immobile, pétrifiée. Les policiers échafaudaient mille théories possibles, ou du moins vraisemblables, pour tenter d'expliquer le quintuple assassinat de la maison d'Oléron, maison qui avait également été le lieu de séquestration de deux enfants.

L'une des victimes étant fichée pour délinquance, il n'avait pas été compliqué d'identifier les autres. Mais justifier leur présence sur les lieux était plus complexe. Rien n'était exclu, du deal de drogue qui aurait mal terminé au tournage d'un film porno qui aurait changé de genre. En revanche, personne ne comprenait comment ces jeunes gens étaient arrivés sur place sans véhicule.

Moi, je le savais. Mais je rechignais à trahir D., même si, après des semaines de vaine enquête, je me demandais s'il n'était pas temps de tout balancer. Manou avait été identifié comme un proche des victimes et était recherché en tant que témoin. Les policiers, qui perdaient sa trace en Espagne, nageaient en plein flou. Et moi, j'étais pendue à mon téléphone, nouée à l'idée de recevoir le moindre appel qui me donnerait des nouvelles de Sixtine.

Les rares témoignages recueillis auprès des voisins de la propriété d'Oléron décrivaient deux hommes, dont un typé asiatique. La rumeur locale prétendait qu'il s'agissait de trafiquants de drogue, et qu'il ne faisait pas bon fouiner dans leurs affaires.

Pour ma part, j'avais dû de nouveau répondre aux questions que l'on m'avait déjà posées après la disparition de Sixtine. Sur ce dossier, comme sur celui d'Alphonse, ils reprenaient tout depuis le début à la lumière des récentes découvertes et du lien évident qui unissait désormais ces deux drames.

Étonnamment, le plus dur, c'était de croiser Richard dans les locaux de la police, surtout lorsqu'il était accompagné de sa nouvelle femme, Églantine. Je restais distante malgré ses tentatives de communication, parce que, même s'il était naturel qu'elle le soutienne dans cette épreuve, je trouvais sa présence déplacée.

C'est à l'occasion d'une convocation chez le juge que j'ai rencontré Natalie Saros-Duval. La P-DG du groupe Harfang était une femme brillante, en état d'hyperlucidité (ou cocaïne-addict) et, ce qui m'a le plus surprise, à l'écoute des autres. Elle m'a abordée très spontanément, stoppant d'un geste son secrétaire et le garde du corps qui créaient autour d'elle une sorte de bulle protectrice. Car au-delà des différences, nous étions deux mères en souffrance.

— Tout ce que j'apprendrai, je vous le transmettrai, Jeanne. J'ai su que mon ex-mari vous avait envoyés vers son frère, Guillaume Maury et vous. J'étais très occupée à l'époque, mais cela ne se reproduira plus. Jozef n'est vraiment pas l'interlocuteur idéal.

Elle m'a tendu sa carte avec son numéro perso avant de faire volte-face, l'oreille vissée à son téléphone.

Apparemment, son travail l'accaparait toujours autant. Moi, depuis que j'avais lâché le mien, je ne faisais rien de particulier. L'attente du retour de son enfant ne permet pas d'entreprendre.

Le retour non plus.

58

— Madame Vigier ?

À la façon qu'a eue le juge de prononcer ce nom que je n'avais jamais considéré comme le mien, mais que j'avais conservé après mon divorce pour continuer à m'appeler comme Sixtine, j'ai su que nous étions arrivés au moment où la vie bascule, de nouveau. Pendant une fraction de seconde, j'ai entrevu le paradis et l'enfer, le deuil et l'euphorie, les ossements de Sixtine et son joli visage souriant.

— On a retrouvé Sixtine. Elle est vivante !

Envie de pleurer et de rire, envie de m'envoler jusqu'à elle et de la prendre dans mes bras, même si elle n'était plus la petite fille que j'avais perdue hier, même si elle était devenue une étrangère, bonne pour une vie de thérapie…

Oui, à cet instant, je pensais que j'étais la mère la plus chanceuse au monde. En effet, qui pouvait prétendre avoir retrouvé son enfant après lui avoir dit adieu devant une petite boîte vide ?

Mais l'incrédulité me ramenait aussi à une autre forme de réalité, celle qui vous ronge, vous nourrit de culpabilité et de regrets pour le temps qu'il vous reste à vivre, celle qui vous assène chaque seconde que plus rien ne sera jamais comme avant et que le bonheur sera pour toujours une illusion.

Tout se mêlait dans ma tête, c'était vertigineux. Le sol se dérobait sous mes pieds, mais cette fois j'allais vivre. C'était l'incroyable différence. Dorénavant, je souhaitais connaître la suite, car tout recommençait. Je ne travaillerais plus, je passerais mes jours et mes nuits aux côtés de ma fille, jusqu'à ce qu'elle exige que je la laisse respirer.

À mon arrivée à l'hôpital, Richard était déjà là. Le juge l'avait appelé en premier. Bien sûr… C'était encore lui le chef de famille.

Il s'est proposé de me raconter comment Sixtine avait été retrouvée. Moi, je ne voulais pas qu'on m'explique, je voulais juste la voir ! Après tant de malheur, un instant de paix, ça n'était pas trop demander, si ?

— Jeanne, Sixtine est très éprouvée.

Normal, elle n'a pas vu sa maman depuis ses dix ans !

Mais Richard ne parlait pas de cette épreuve-là.

— Elle a été retrouvée hier matin, en hypothermie, recroquevillée sous un banc, dans une église de montagne.

Dieu pouvait parfaitement être de la partie, ça m'allait très bien. Je me fichais des détails, mais Richard a tenu à me les exposer tandis que nous grimpions dans les étages. Peu m'importait qu'on ait attendu le résultat du test ADN pour me contacter, et à tout prendre, j'aimais l'idée qu'on ait cherché à s'assurer de l'identité de ma fille pour ne pas me balancer de faux espoirs.

Sixtine errait probablement dans la région de Saint-Lary depuis des jours, mais les chutes de neige des dernières vingt-quatre heures empêchaient de retracer son itinéraire. Difficile pour les enquêteurs de déterminer où elle avait été détenue, d'autant que, d'après les premières constatations, Sixtine s'était échappée lors d'un transfert en véhicule.

— Pour le moment, elle dort.

Qu'à cela ne tienne, je la regarderai dormir jusqu'à ce qu'elle se réveille, même si c'est dans une semaine !

— Jeanne, elle est désorientée et tient des propos incohérents. Les psychologues préconisent d'y aller en douceur. Nous ignorons ce qu'elle a vécu.

La réalité est toujours plus brutale que nos pires cauchemars. Et je n'osais pas m'aventurer à imaginer ce que ces monstres avaient fait subir à Sixtine.

— Elle est comment ? Je veux dire, tu l'as reconnue ?

— Elle a beaucoup changé.

C'est finalement dans la lumière ténue d'une veilleuse que j'ai revu ma fille.

Enfin.

Comme c'est compliqué d'exprimer l'indicible !

Elle avait le crâne rasé, elle… *Elle a un très beau crâne* a été ma première pensée. Puis j'ai songé qu'elle devait être plus grande que moi, un mètre quatre-vingts, pas loin. Une jeune femme trop maigre.

J'ai eu l'idée bizarre qu'elle était sortie de mon ventre et qu'elle ne pourrait plus y retourner. Et puis… j'étais indécise… Je ne savais pas si je la trouvais belle.

Ma Sixtine de dix ans était la plus jolie des enfants, mais là, ses pommettes étaient saillantes, ses joues creusées. C'était sûrement à cause des cheveux rasés, je ne m'y attendais pas. J'ai approché la main de son visage. Sa peau était moite. Moi qui l'avais crue froide au fond de l'océan…

Soudain, mon attention s'est focalisée sur son sexe, son ventre, ses seins que je devinais sous les draps, et j'ai eu la nausée. Ma fille, mon bébé avait probablement été salie, violée et violentée dix fois, cent fois.

Et j'ai eu envie de hurler.

Je n'en ai rien fait, je ne voulais pas la réveiller. Je suis restée les yeux rivés sur elle, entre rêve et réalité.

Nous sommes ressortis de la chambre après plus d'une heure. Mon chemisier était trempé de larmes alors que je ne me souvenais pas d'avoir pleuré.

La psychologue de garde m'a demandé si j'éprouvais le besoin de lui parler. J'ai décliné, je voulais juste apprécier l'instant avant d'affronter le reste de ma vie avec cette enfant, ma fille, que j'avais du mal à reconnaître.

Et c'est ce que j'ai fait. Je me suis laissé porter. Tout était beau. Cet hôpital en béton des années deux mille, cette pauvre plante en plastique à côté de la machine à café où Richard m'a payé un chocolat.

Même les journalistes des chaînes d'info qui poireautaient devant l'établissement ne m'ont pas dérangée avec leurs questions stupides : « Jeanne, vous êtes heureuse de retrouver Sixtine ? »

Étais-je heureuse ? J'étais bien au-delà de ce que les mots peuvent décrire.

Ce jour-là, Penny s'est endormie vers six heures du matin avec l'ours en peluche qu'elle trimballait dans son sac depuis la disparition de sa fille. Elle ne songeait qu'à une chose : bientôt, Sissi rentrerait à la maison.

59

— Sixtine manifeste le comportement d'une enfant de cinq ans, elle fait ses besoins sur elle et semble avoir perdu la plupart de ses acquis. La lecture, les manières, son élocution. Elle va devoir tout réapprendre.

Le transfert de ma fille dans une clinique privée du Vexin s'était opéré le jour même. Un écrin de verdure, un endroit magnifique où des personnes riches venaient rafistoler leur esprit et leur corps à l'abri de la presse et des curieux. Un établissement hors de prix, même pour les Vigier, rendu accessible grâce à la générosité de Natalie Saros-Duval. Richard et moi avions accepté sans hésiter, désireux de donner à notre fille toutes les chances de s'en sortir, le temps qu'elle soit jugée apte à retourner à la vie « normale ».

On nous a reçus comme des gens importants, on nous a présenté l'équipe, les médecins, les psys, les deux agents du renseignement intérieur qui avaient repris l'enquête sur l'enlèvement et la séquestration d'Alphonse Duval, toujours introuvable.

Moi, je voulais juste passer du temps avec ma fille. Mais Sevane (elle tenait à ce qu'on l'appelle par son prénom), la chef du service psychiatrie, personnellement attachée aux soins de Sixtine, s'y était opposée. Et j'ai vite saisi pourquoi.

La vidéo enregistrée par les experts psychiatres la veille, à l'hôpital Georges-Pompidou, pour évaluer, suite à la demande du juge, l'état de Sixtine, la montrait en train de se bercer sur le lit. Pas allongée comme le font d'ordinaire les enfants, elle était agenouillée sur le matelas et se balançait d'avant en arrière, parfois avec violence.

— J'imagine que vous vous accrochez au souvenir que vous avez conservé de Sixtine. Cette petite fille n'existe plus, vous allez devoir l'admettre dans un premier temps, l'assimiler ensuite. Le maître mot, dans votre situation, c'est la patience.

Personne ne comprenait comment Sixtine avait puisé en elle la force de marcher dans la neige pendant des kilomètres pour trouver refuge dans cette église de montagne où un prêtre l'avait découverte au matin.

C'était un miracle.

— Elle se souvient de nous ?

C'était tout ce que je souhaitais savoir.

— Ça ne va pas être facile à entendre, Jeanne…

Avec ses méthodes quelque peu « directes » et son franc-parler, Sevane s'exprimait sans commisération. Pourtant, j'ai détesté sa façon de ne s'adresser qu'à moi. Je n'étais pas certaine d'avoir envie qu'elle poursuive.

— Votre fille ne reconnaît que son père.

Mes jambes sont devenues toutes molles.

— On arrête les conneries, je veux la voir ! Laissez-moi la voir !

J'étais outrée, choquée, coincée comme un rat de laboratoire dans sa cage. On m'interdisait de renouer avec ma fille après une interminable absence. C'était trop…

— Tu dois affronter la réalité, Jeanne, est intervenu Richard. Sixtine n'est plus vierge, et elle porte la marque d'un collier étrangleur… Alors, qu'elle te reconnaisse ou pas, on s'en contrefout !

Je n'écoutais plus, je n'en pouvais plus.

J'avais beau entendre Sevane prononcer des mots comme « choc post-traumatique », « réappropriation », je n'avais qu'une obsession : voir ma fille, la consoler, effacer tout ce qu'elle avait vécu.

Comment Sixtine avait-elle pu m'oublier ?

La dernière fois que nous nous étions vues, nous étions à la gare Montparnasse, je l'avais installée en première classe, j'avais réservé tout un carré pour qu'elle n'ait pas à supporter d'autres voyageurs. Je lui avais préparé son repas préféré, j'avais confectionné des gâteaux rien que pour elle, je lui avais prêté ma liseuse et même offert un téléphone pour l'occasion. Sixtine n'avait encore jamais voyagé seule pour aller chez ses grands-parents, et nous nous étions longtemps câlinées avant le départ. « Je suis contente, maman, ne t'inquiète pas. J'ai l'impression d'être grande. »

On s'était dit plein de « Je t'aime », on s'était fait autant de bisous pour rattraper ceux qu'on ne se ferait pas, et le train était parti, emportant ma fille dans un cauchemar qui allait durer sept ans.

Qu'avais-je fait qui puisse expliquer son attitude ?

C'était incompréhensible.

Sevane et ses assistants me racontaient des fables tirées de je ne sais quel ouvrage fumeux selon lesquelles Sixtine aurait au cours de sa longue détention défini un responsable de son malheur. En clair, moi. Pourquoi ? Personne ne le savait, mais les faits étaient indiscutables.

Sur l'écran, la vidéo défilait toujours. La voix de l'infirmier disait : « Regarde, Sixtine. Là, c'est ta maman, elle s'appelle Jeanne et elle va venir te voir bientôt… »

Les cris de ma fille couvraient la suite de ses propos.

Sixtine battait des mains devant elle, comme si elle se protégeait d'un coup imaginaire, et poussait des hurlements de terreur en fixant ma photo.

60

Léon, Hervé et moi revenions de Saint-Ouen avec le plein d'enduit, de peinture et d'outils censés finir de rendre son éclat à l'appartement de maman, où je comptais m'installer avec Sixtine dès qu'elle serait sur pied.

Les derniers locataires s'étaient volatilisés après avoir allumé un feu de camp dans le salon. Ils avaient abandonné une partie de leurs affaires sur place, les murs étaient couverts de crasse et la faïence des W.-C. cassée, sans compter le bac à douche qui méritait d'être remplacé tant il était sale. J'en avais déjà eu pour une fortune, mais c'était le seul moyen que j'avais trouvé pour surmonter le choc. Et mon chagrin. Avancer coûte que coûte. Sixtine était traumatisée, elle rejetait mon image, mais je devais rester forte pour elle. Oublier cette douleur qui me transperçait de part en part, oublier ses hurlements qui ne me quittaient plus.

Combien de temps ma fille avait-elle pleuré pendant sa séquestration ? Depuis quand n'était-elle plus vierge ? Qu'avait-elle subi ? Toutes ces questions m'obsédaient.

En voyant Guillaume assis sur les marches de l'immeuble, Hervé et Léon se sont dirigés vers la terrasse du café du coin pour nous laisser un peu d'intimité.

Je l'ai observé un instant. Il avait l'air sobre. Désespéré et honteux, aussi. Il a hésité, puis il s'est lancé.

— Je crois que j'ai besoin de toi, Jeanne. La réapparition de ta fille est mon seul espoir de comprendre ce qui est arrivé à Luka. Tu sais que je crève de ne pas savoir pourquoi ni comment il est mort. Avec des réponses, au moins, je crèverai debout.

Sa voix rauque était montée de plusieurs tons, et à présent tout le monde nous regardait. Léon et Hervé, installés à la terrasse voisine, étaient prêts à intervenir. Mais j'ai fait non de la tête. Léon a compris. Ils ont fini leur chocolat chaud et sont partis.

— Je vais arrêter de picoler, je te le jure.

Je détestais les promesses d'ivrogne. Ça me rappelait trop les infidélités de Richard, ses serments éternels de rédemption et ses attitudes de carpette quand il recommençait à me tromper. À force, je devinais s'il mentait rien qu'à son ton quand il me téléphonait pour s'excuser d'être en retard.

— Jeanne ?

— Je ne sais pas quoi dire, Guillaume. Tu débarques comme ça…

— Réfléchis-y au moins.

Réfléchir à quoi ? Il ignorait que Sixtine n'était pas en état de lui donner des réponses. Ni à moi non plus, d'ailleurs. Mais c'était Guillaume, et nous avions tant partagé…

Ce matin-là, l'avocat de Serge Drot avait annoncé qu'il demandait la révision de son procès, arguant que son client n'avait pas à payer pour un crime qu'il n'avait pas commis. Il n'avait aucun espoir de sortir de prison, puisque l'enquête avait montré qu'il avait tué trois autres fillettes, mais il avait trouvé là un nouveau moyen de se mettre en lumière.

C'était pour cette même raison qu'il avait laissé croire par son silence qu'il avait tué Sixtine.

Une victime de plus accrochée à son tableau de chasse, voilà qui lui avait permis de faire la une pendant des semaines.

Que serait-il arrivé s'il s'était défendu ? S'il avait crié au coup monté ? L'aurait-on cru ?

— Peut-être que ni toi ni moi n'aurons jamais de réponses, ai-je dit à Guillaume. Mais tu peux te poser chez ma mère. Ce sera toujours mieux qu'un banc, même si c'est pas folichon.

En entrant dans l'appartement de maman, je n'ai pas pu m'empêcher de repenser à cette soirée où nous avions tenté de faire l'amour. L'un des moments les plus tendres et tristes de ma vie. Depuis, tant de choses avaient changé. Sur les traits de Guillaume, je lisais les ravages de la rue, de l'alcool, du deuil. Bon sang, il avait sacrément morflé.

On s'est assis dans la cuisine. Elle était quasiment vide. Léon, Hervé et moi avions débarrassé les affaires des précédents locataires, jeté ce qui était irrécupérable et stocké les vêtements qui pouvaient être donnés. J'espérais que Guillaume y trouverait de quoi s'habiller proprement.

— La douche est fonctionnelle, le cumulus est tout neuf, et il y a des fringues dans les sacs qui sont dans la chambre, si tu veux.

Guillaume s'est levé avec difficulté. On aurait dit que prendre soin de lui exigeait un effort à la limite de ses capacités.

— Je connais le chemin, a-t-il murmuré.

Je l'ai entendu farfouiller dans les sacs, puis je n'ai plus rien entendu pendant un temps, jusqu'à ce que résonne la tondeuse électrique oubliée dans l'armoire de la salle de bains.

De loin, il m'a dit :

— T'inquiète pas, je nettoierai tout !

Lorsque l'eau s'est mise à couler, je me suis approchée de la porte. Dans mon souvenir, Guillaume était beau, robuste et bien proportionné. Aujourd'hui, je n'avais plus envie de lui, je voulais juste le regarder. Il s'était intégralement rasé la barbe et les cheveux et se tenait immobile sous le jet brûlant. Il pleurait.

Mon cœur n'a pas supporté sa détresse.

J'ai retiré mes chaussures et je l'ai rejoint.

Guillaume n'a pas bougé tandis que je lui savonnais le dos, la nuque, le crâne. Puis je me suis occupée de son visage, de sa poitrine, de ses aisselles, et même de son sexe. Comme s'il avait été un enfant.

Quand on eut fini de se sécher, on s'est enlacés, heureux de se retrouver.

Tout simplement.

61

Chaque matin je prenais un taxi pour rejoindre la clinique du Vexin avec l'espoir que tout allait changer. Mon soutien moral me venait de Bernie, que j'appelais sitôt montée en voiture, pour ne raccrocher qu'en arrivant à destination. Il avait entamé un régime strict depuis que son médecin lui avait raconté que son cœur, emprisonné dans une gangue de graisse, était sous pression comme une Cocotte-Minute. Finis, les plats cuisinés, les grands vins, les excès.

Bernie était passé aux légumes bio, aux viandes maigres et au poisson vapeur trois fois par semaine. Et il profitait de nos coups de fil matinaux pour sauter le petit déjeuner, au prétexte qu'on ne parle pas la bouche pleine. Qu'il soit à Paris ou ailleurs, Bernie ne m'avait jamais lâchée, c'était même plutôt moi qui l'avais abandonné de loin en loin, recroquevillée sur ma douleur. Mais depuis que Sixtine était réapparue, Bernie s'était empressé de reprendre toute sa place dans ma vie, et je lui en étais reconnaissante.

Les soirées, je les passais avec mes hommes, et les nuits en Facetime avec D., en mission à Vancouver pour je ne sais quelle multinationale. Elle me téléphonait désormais presque tous les jours. On ne se disait pas forcément grand-chose d'important, mais rien que la voir sur l'écran me rassurait. Je la soupçonnais d'être jalouse de Guillaume, dont elle ne voyait pas le retour d'un bon œil, pourtant elle ne m'a jamais fait la moindre réflexion à ce sujet.

À la clinique, seul Richard avait accès à la chambre de Sixtine, et malgré mon ressentiment, je me tenais à carreau. Comme il était mon sésame, il était hors de question que je me brouille avec lui. Mon ex-mari me détaillait les progrès de notre fille et les moments qu'il partageait avec elle, tandis que je devais me contenter de la regarder dormir à travers une vitre.

Apparemment, il peinait à retrouver notre enfant dans l'adolescente qu'elle était devenue. Elle avait tant grandi, changé, pris les atours d'une femme tout en se comportant comme un animal apeuré, que c'en était déroutant.

En plus de la perte de sa virginité, les examens radiologiques avaient montré que Sixtine avait accouché, probablement deux ans plus tôt. Les os de son bassin ne pouvaient pas mentir. En revanche, nul ne savait si le bébé avait survécu ni de qui il était. Dès que le sujet était abordé, Sixtine se mettait à hurler.

Pour ne pas crever sur place, je prenais ces informations comme des données cliniques sur l'état de ma fille. Elle avait été violée ? Je ne cherchais pas à savoir comment ni combien de fois. Ou plutôt si, mille questions m'assaillaient, mais je m'évertuais à les repousser, sans cesse. Quand, à quel âge, par qui ? Un homme, plusieurs ? Était-elle droguée ou consciente ? Silencieuse ou hurlante ? Enchaînée, torturée ? Avait-elle accouché seule ou avait-elle été aidée ? Et où était l'enfant ? Était-il encore de ce monde ? Étais-je grand-mère sans le savoir ?

Le sort de ce petit être virtuel dépendait des jours. De mon humeur. Il m'arrivait de l'envisager comme un minuscule cadavre pourrissant quelque part, comme un nourrisson abandonné, ou encore comme un monstre. Masculin ? Féminin ? Quelle abomination était sortie des entrailles de ma fille après ce qu'elle avait subi ?

Était-ce encore ma fille, d'ailleurs ?

La seule chose qui n'avait pas changé, c'était son odeur, bien qu'un peu plus marquée qu'avant, sans doute. Elle imprégnait la taie d'oreiller que Richard avait subtilisée dans sa chambre à ma demande.

J'ai attendu d'être dans la voiture pour enfouir mon visage dans le tissu. Les souvenirs sont remontés d'un coup. Le parfum de la nuque de mon enfant quand elle s'endormait sur moi, son empreinte, sa transpiration, ses larmes qui ont séché.

J'avais cru ce bonheur perdu à jamais.

Il demeurait quelque chose de Sixtine.

Mon bébé, ma fille.

Le chauffeur qui me conduisait quotidiennement n'a pas compris pourquoi je pleurais et riais aux éclats. Il a dû me prendre pour une folle. Et après tout, n'étais-je pas exactement la folle que les autres voyaient ?

À tout prendre, je préférais encore ce rôle plutôt que de ne plus en avoir du tout.

62

Jour après jour, les spécialistes tentaient de décrypter les vidéos où Sixtine exprimait cet incompréhensible rejet de ma personne. Psychiatres, agents de la DCRI, tous essayaient de comprendre pourquoi elle me craignait tant. Je crois qu'ils traquaient dans ce comportement des indices qui auraient pu les conduire vers une résolution de l'affaire et, surtout, vers l'héritier de la famille Duval.

Pour aider Sixtine, les médecins et les enquêteurs, j'ai apporté ses livres préférés, des dessins que j'avais conservés et son journal intime. Guillaume l'avait retrouvé derrière une plinthe dans l'appartement de maman où ma fille passait tous ses mercredis, appartement qu'il avait proposé de retaper pour s'occuper. J'avais accepté, à condition qu'il quitte la rue pour y dormir de manière permanente.

De crainte qu'on ne me restitue pas ces précieux originaux, ou qu'on les abîme, j'en avais fait des copies. Il était hors question de risquer de perdre ces pages rédigées de la main de ma fille, qui avait oublié l'écriture depuis, ses dessins où elle avait tracé avec application « Je t'aime, maman » avec des cœurs rouges par dizaines. C'était mon trésor.

Après sa disparition, nous étions partis en quête de ce carnet pendant des semaines dans l'espoir d'y dénicher un indice, et il était là, soigneusement dissimulé depuis tout ce temps !

J'avais été si avide de lire ses mots d'enfant quand nous l'avions enfin découvert… Mais le journal de Sixtine m'avait échappé des mains, tant son contenu m'avait ébranlée.

« Il y a eu un bébé dans le ventre de maman avant moi et ils l'ont tué. C'est horrible de tuer un bébé dans son ventre. Je les déteste ! »

Comment avait-elle su ? Nous n'en avions jamais parlé devant elle. À quoi bon lui révéler que j'avais avorté parce que Richard et moi nous étions séparés quelques mois, déstabilisés par l'hostilité de ses parents à mon égard ?

Je n'avais alors pas pu m'empêcher de songer que, si un grand frère ou une grande sœur avait été aux côtés de Sixtine pour l'écouter et la protéger sur la plage, nous n'en serions pas là.

Quel gâchis.

Depuis, Sixtine avait probablement perdu un enfant, alors qu'elle en était encore une elle-même, et cette idée avait achevé de m'écœurer. J'avais refermé le journal, abandonnant son analyse aux experts.

La plupart d'entre eux se sont entendus sur l'importance de ces textes. Pour eux, il ne faisait aucun doute qu'un autre événement était venu perturber Sixtine, au point qu'elle avait arraché les dernières pages écrites.

Hélas, personne ne pouvait remonter le temps. Personne non plus ne pouvait deviner pourquoi un prénom, révélé par les services scientifiques de la police sur la feuille suivant celles qui avaient été déchirées, revenait sans cesse : « Luka ».

Plusieurs fois, comme si ma fille l'avait écrit, réécrit et réécrit encore.

Personne…

Luka, Alphonse et Sixtine, trois innocents liés par l'horreur, la mort et le sang.

63

Sollicité par des professionnels bienveillants, le cerveau de Sixtine se réparait avec la facilité d'apprentissage que l'on prête habituellement aux enfants.

Au bout de huit jours, elle avait cessé de faire ses besoins sur elle. Après un mois, elle recommençait à parler intelligiblement.

J'avais beau me raisonner, c'était dur de la voir avec Richard. J'avais l'impression qu'il me volait mon temps avec ma fille. Même ses parents, sa nouvelle femme et ses enfants la voyaient plus souvent que moi.

Moi, je n'avais pas refait ma vie avec les mômes d'un autre, et pourtant c'était comme si j'étais punie au centuple.

— Elle ne sera jamais plus une personne ordinaire, ne l'oublie pas.

Désormais, ma fille supportait sans hurler de peur d'être dans la même pièce que moi, tant que je respectais une certaine distance et que son père était présent.

Richard n'avait pas tort. Je devais arrêter de m'apitoyer sur mon sort et me réjouir de la situation.

Les agents de la DCRI qui analysaient les interrogatoires de Sixtine caractérisaient sa séquestration d'« inhumaine ».

Elle avait passé une longue période enfermée avec Alphonse Duval. Par bribes, elle avait décrit sa cellule, les heures qu'on leur accordait dans le jardin, attachés par le cou à des longes reliées à des câbles aériens, les corrections qu'on leur infligeait s'ils émettaient le moindre son pendant leurs récréations.

La couleur du ciel, Sixtine ne s'en souvenait plus très bien, et elle n'acceptait de s'aventurer dans le parc de la clinique qu'au bras de son père, à condition qu'il n'y ait pas de nuages et qu'elle puisse marcher pieds nus.

Elle parlait d'un homme qu'elle nommait « le Maître ». Dans son discours, il était difficile de savoir comment elle le considérait. Il semblait être tantôt l'incarnation de Dieu sur terre, tantôt le diable en personne. Parfois, il la laissait jouer avec Alphonse, et c'étaient les uniques instants heureux qu'elle avait conservés de ces années. Jusqu'à ce qu'elle se retrouve totalement seule, quelques jours avant de quitter sa prison pour être transférée.

Un portrait-robot réalisé sur ses indications figurait un Asiatique d'une cinquantaine d'années, inconnu des fichiers de la police.

À partir de ce moment-là, l'enquête s'est emballée…

… pour finir droit dans le mur.

La fouille du jardin de la maison de l'île d'Oléron avait révélé la présence d'un cadavre enterré sous deux mètres de sable, reconnaissable à un tatouage qu'il portait au niveau du cou.

Une reproduction de celui-ci avait été confiée à Sixtine, qui l'avait aussitôt identifié comme étant celui de l'homme qui se faisait appeler « le Maître ».

Retour à la case départ.

Malgré les dires de Sixtine, convaincue qu'il agissait seul, ce type avait nécessairement eu un ou plusieurs complices.

Mais pourquoi ces derniers seraient-ils restés cachés aux yeux des enfants ? Et pour quelle raison les deux adolescents avaient-ils été brutalement séparés ? Alphonse était-il toujours en vie ?

Malheureusement, aucune de ces interrogations ne trouvait de réponse dans les auditions de Sixtine, qui exigeaient de ses interlocuteurs, en plus d'une grande attention tant elle était évasive et peu loquace, beaucoup de patience. Lorsqu'un des policiers, déçu de ne pas obtenir ce qu'il attendait, s'agaçait, elle se retranchait dans le silence. Parfois, elle se mettait à quatre pattes et se livrait à des gestes obscènes, ou baissait sa culotte pour mimer un accouplement.

Des instants effroyables.

Et ils étaient nombreux.

Pour éviter que Sixtine ne s'embrouille, les psys et les enquêteurs travaillaient sur des périodes précises, remontant toujours plus loin dans le temps.

Pièce après pièce, le puzzle s'est ainsi recréé.

J'assistais à l'audition filmée en compagnie de Richard, dans une pièce voisine, quand il a été question de ce dimanche où le petit Luka Maury avait disparu en forêt de Rambouillet.

Devant la photographie du garçon, Sixtine s'est décomposée. J'ai cru qu'elle allait encore s'effondrer, elle qui régressait régulièrement, plongeant durant des heures dans une sorte d'état catatonique. Mais non, cette fois elle a soutenu le regard du policier quand il lui a demandé si elle connaissait cet enfant.

— Le Maître nous tuera si on dit ce qui s'est passé !

Sixtine s'est refermée sur elle après cette déclaration, et il a fallu la laisser tranquille pendant des jours avant qu'elle se sente capable de revenir sur le sujet.

C'est Richard qui a permis de libérer sa parole, en évoquant le souvenir heureux de cette journée en famille. De cette partie de cache-cache géante qui s'était organisée entre plusieurs mômes, dont Sixtine. J'ai alors appris que notre fille avait assisté à une querelle de gamins à propos du chien d'Alphonse, qui effrayait Luka.

Guillaume avait donc encore vu juste ! Et Jozef Duval avait menti en prétendant que son neveu était en Suisse ce jour-là ! Pourquoi ?

Nous n'avons obtenu qu'une explication laconique de la part de Natalie Saros-Duval, affirmant qu'elle ne connaissait pas l'emploi du temps de son fils quand il était sous la garde de son père. De leur côté, les frères Duval n'ont pas daigné nous répondre, malgré nos nombreuses relances.

Cherchaient-ils, comme le laissait entendre Natalie Saros-Duval, à protéger l'honneur de leur famille, et sa réputation, en évitant de mêler Alphonse à une sordide histoire d'enlèvement d'enfant ? Quoi qu'il en soit, la suite des confidences de Sixtine nous a éclairés sur le triste destin de Luka.

Tout était allé très vite.

L'intervention d'un passant (l'Asiatique) pour mettre un terme à la dispute. L'insolence du fils de Guillaume, décidé à en découdre, qui avait déchaîné sa violence. L'acharnement de l'homme sur le petit garçon à coups de pied, le battant à mort.

Ensuite, il avait expliqué à Sixtine et Alphonse, tétanisés par la scène, qu'il tuerait leurs parents s'ils rapportaient ce qu'ils avaient vu.

Apparemment, l'Asiatique ne s'était pas contenté de ces menaces, il avait décidé d'enlever et de séquestrer les enfants pour les réduire définitivement au silence… Mais pourquoi avoir attendu aussi longtemps ?

64

Six semaines après le retour de Sixtine, Guillaume avait enfin mis un visage sur l'assassin de son fils, mais il peinait à accepter la mort de celui qui avait fait de sa vie un enfer. Une mort qui le privait de justice.

C'est à cette période que j'ai compris que Guillaume refuserait à tout jamais de quitter complètement l'enfer de la rue. Certains soirs, il passait des heures dehors, sur le balcon, le regard perdu dans la grisaille. Il ressemblait à un moine reclus, tentant d'expier une faute impardonnable.

Souvent, j'ai envié cette capacité qu'il avait de se détacher des choses, une faculté qui lui permettait de tenir depuis si longtemps. Moi, il fallait que je bouge, la contemplation m'effrayait. J'avais le sentiment de m'y noyer, mille pensées toxiques s'engouffraient dans mon esprit. J'ignore si on peut mourir de ne pas avoir su canaliser tout ça, mais dans ces moments terribles où nous espérions le rétablissement de Sixtine, j'aurais pu parier que c'était possible.

Guillaume, lui, se plongeait dans des introspections extraordinaires. Les chemins dans son cerveau devaient être tortueux, et je suppose que l'alcool avait grillé pas mal de neurones. Pourtant, il a su affronter le monstre suicidaire tapi au fond de lui.

Je ne dis pas que ça a été simple, quelquefois j'ai cru qu'il finirait à l'asile, mais il a réussi. Il a combattu la bête par la douleur, en courant inlassablement sur la piste du stade Championnet. « Tourner en rond, j'ai fait ça presque toute ma vie. Je ne vois pas pourquoi je ne pourrais pas continuer ! » Et il avait retrouvé sa fougue ainsi que son esprit mordant.

Si je n'avais pas vu malice dans la proposition de Natalie Saros-Duval d'offrir à Sixtine un écrin pour se reconstruire, Guillaume, lui, était méfiant. Un jour, en rentrant de sa course quotidienne de vingt kilomètres – cela faisait des jours qu'il n'avait pas bu une goutte d'alcool –, il a lâché :

— La Saros vous veut sous son contrôle. T'es vraiment trop naïve si tu la crois quand elle dit qu'elle ne savait pas qu'Alphonse était à Rambouillet ce dimanche-là.

Puis il est retourné dans l'appartement de maman qu'il restaurait seul, l'aide d'Hervé se résumant à la préparation de sandwichs dont il ingurgitait plus que sa part.

Mes hommes étaient de précieux remparts contre la dépression. Toujours très actif à « La guilde des emmerdeurs », Léon connaissait intimement le calvaire qu'endurent les familles de disparus, la culpabilité qu'elles nourrissent tôt ou tard vis-à-vis de l'être qui leur a été arraché. Ces familles, il les côtoyait depuis une quinzaine d'années, et il ne jugeait jamais. Il écoutait, avait une façon bien à lui de se gratter la barbe lorsqu'il cherchait les mots justes, ceux qui apaisent ou font exploser. Et quand, face à moi, il se trouvait à court d'arguments, parce que certaines souffrances ne peuvent être soulagées, Hervé et ses drôleries prenaient invariablement le relais.

En plus de chef cuistot, Hervé s'était désigné « coach de Guillaume », ce qui s'était traduit par l'achat d'un chronomètre, d'un sifflet et d'un bloc-notes pour inscrire ses performances sportives. Ainsi, à chacun des passages de son poulain devant la ligne d'arrivée, Hervé criait pour le stimuler. Et dès que Guillaume repartait pour un tour, il me racontait des histoires incroyables dont il était le héros.

Il y avait celle où il avait fréquenté des pirates de la Baltique, une autre où il avait tué un sale type avant de l'enterrer sous des plants de tomates, sans compter celle où il était tombé sur un trésor en Normandie grâce auquel il vivait comme un prince aujourd'hui sans jamais travailler ni rien…

Ces histoires me permettaient de ne pas sombrer. Sixtine progressait loin de moi, et ce sentiment d'être inutile m'était insupportable.

De son côté, Guillaume continuait à courir plusieurs heures par jour. Si la vie, qu'il traitait de « vieille salope », lui donnait une dernière chance, il aurait été bien ingrat de ne pas la saisir. Une dernière chance, c'était cent fois mieux que pas de chance du tout.

J'aurais dû comprendre que Guillaume parlait pour occuper les silences, et que vivre ne peut se résumer à tourner en rond dans la pollution parisienne.

65

À peine rentrée de l'étranger, D. nous avait rejoints pour nous informer, Guillaume et moi, des avancées de l'enquête qu'elle avait menée en parallèle de celle de la police.

Honnêtement, j'étais désemparée.

On avait retrouvé Sixtine, l'assassin de Luka était vraisemblablement mort, toute nouvelle autour de l'affaire devenait secondaire pour moi. Guillaume, lui, était plutôt de l'avis de D., et considérait que renoncer à connaître l'entière vérité revenait à offrir un blanc-seing aux complices présumés de l'Asiatique.

— Il ne s'est pas enterré tout seul !

Sans nous préciser comment elle était parvenue à l'obtenir, D. nous a rapporté un disque dur contenant des données sécurisées de l'aéroport de Roissy, à la date où le Range Rover avait été garé sur le parking. Il y avait des centaines de milliers d'images de passagers à analyser, et autant de scans de passeports.

D. comme *détective de haut vol.*

Elle espérait que l'Asiatique y figurerait et qu'il serait accompagné. La chance qu'un visage nous envoie sur une piste était infime, mais ça valait le coup d'essayer.

Après tout, à ce moment-là, que nous restait-il d'autre ? Que *me* restait-il d'autre ?

Dans quelques jours, Sixtine quitterait la clinique pour s'installer chez son père avec sa femme parfaite, ses deux enfants parfaits, et leur chien-chien parfait.

Même si je jugeais cette décision prématurée au vu de l'état de Sixtine, je n'avais même pas tenté d'aller contre l'avis des psychiatres ou celui de Richard et de sa famille, parce que la demande émanait de ma fille elle-même. C'était elle qui avait manifesté le désir de « rentrer à la maison ».

Clairement, « la maison », ce n'était pas l'appartement de maman que j'avais entrepris de restaurer pour elle.

Alors, à défaut de reconquérir le cœur de ma fille, je priais pour que, parmi ces réponses que nous allions, envers et contre tout, chercher ensemble avec Guillaume, nous trouvions, entre autres, les raisons qui avaient poussé l'Asiatique à couper la tête de son petit garçon.

66

On m'avait permis d'être là, pour la presse qui suivait l'événement, la famille au complet, c'était mieux pour l'image.

Trois ans plus tôt, Richard s'était installé à Rueil-Malmaison avec sa femme et ses beaux-enfants. Dire que lorsque nous vivions ensemble, il ne jurait que par Paris ! Il disait qu'il avait besoin de respirer l'air du boulevard périphérique et se moquait des banlieusards et de leurs week-ends barbecue-tondeuse à gazon.

Le pavillon était agréable, et le grand séjour offrait une vue dégagée sur la vallée de la Seine. Mais il y avait un je-ne-sais-quoi qui me déplaisait. Peut-être cet œil-de-bœuf sur la façade, à hauteur de la chambre de Sixtine, qui donnait la sensation que la maison vous observait.

Afin d'accueillir notre fille dans les meilleures conditions, Richard lui avait fait aménager un endroit rien qu'à elle dans le grenier. C'était une pièce chaleureuse, avec des poutres apparentes, deux vasistas et vue sur le jardin.

Sur le mur au-dessus de son lit, il y avait une affiche d'un des derniers concerts de David Bowie. Sixtine était fan de l'album *Ziggy Stardust*. Plus exactement, elle en avait été fan.

Quels seraient désormais ses goûts, après avoir été coupée si longtemps du reste du monde ?

Les psys supposaient qu'il serait bon de la faire réintégrer un environnement dans lequel elle aurait des repères, d'où elle pourrait envisager de nouvelles perspectives. Raison pour laquelle Richard avait rapatrié de chez ses parents la fameuse maison de poupée, moche à dégueuler.

Toujours pour amuser la galerie, j'ai pris le goûter *en famille*. Richard avait refusé que les médias y assistent, mais il avait autorisé les « photos volées » à travers les baies vitrées.

Il faut donner des biscuits aux chiens, surtout quand ils sont enragés.

Je me souviens de cet instant comme d'un calvaire, où je ne me sentais pas du tout à ma place. D'ailleurs, on m'avait mise en bout de table, loin de Sixtine, le plus loin possible de ma fille qui évitait mon regard, muette.

L'aînée d'Églantine, Fanny, treize ans, se moquait ouvertement de Sixtine parce qu'elle ne savait pas utiliser le smartphone que venait de lui offrir son père.

— Tu es certain qu'elle a besoin de découvrir les réseaux sociaux tout de suite ?

Églantine et Richard m'ont observée avec des yeux ronds, comme si j'étais un animal stupide. Dans quel pays vivais-je, pour poser des questions aussi nunuches ?

Nous avons débattu, je n'ai rien lâché et j'ai tout de même obtenu que son accès Internet soit restreint en temps et limité par le contrôle parental. Il fallait éviter que Sixtine ne tombe sur des images violentes. Le monde était cruel, trop pour une enfant en pleine reconstruction.

Au moment de partir, je suis allée saluer ma fille, qui s'était retranchée dans sa chambre. Nos chamailleries à son sujet semblaient l'ennuyer. Peut-être aussi lui donnaient-elles un prétexte pour rester à l'écart. Sixtine avait éprouvé la solitude depuis tant d'années qu'elle devait avoir envie d'être seule, parfois.

Debout près de la fenêtre, elle contemplait le paysage. Quand elle s'est tournée vers moi, son regard s'est chargé de curiosité. Ou du moins, c'est ainsi que je l'ai perçu. Puis elle m'a souri.

Je ne voulais pas craquer, je voulais juste montrer mon bonheur de la retrouver enfin. Mais je n'ai pas résisté, les larmes sont sorties toutes seules tandis que je réussissais bêtement à dire :

— Sissi, oh ma Sissi ! Je peux ?

Après une hésitation, elle m'a ouvert les bras, mais il n'y avait aucune chaleur dans ses gestes.

Ma fille feignait.

Et en voyant le sourire béat de Richard, qui nous observait depuis le seuil, j'ai compris qu'elle se prêtait à cette supercherie pour faire plaisir à son père.

67

En rentrant de Rueil-Malmaison, je me suis demandé ce que je pouvais faire de ma vie. Je n'avais plus de boulot, une enfant que je laissais indifférente, pas d'envie véritable en dehors de celle d'aller me cacher au fond d'un trou.

Nous étions à la mi-mars, mais le sapin de Noël clignotait encore dans l'appartement vide – Hervé capitulait rarement avant le 1er avril, quand il remplaçait les guirlandes par des poissons. Mes hommes devaient être au local de « La guilde des emmerdeurs », comme tous les jours.

Pour ne pas devenir chèvre, j'ai rejoint Guillaume chez maman. Il était dans le salon, attablé devant mon ordinateur, en train de manger des maquereaux en boîte avec des biscottes. Il avait l'air fatigué.

— Putain, Jeanne, ne tire pas cette gueule, ta fille est vivante !

— Ça va, tu ne vas pas me le ressortir chaque fois que t'auras un pet de travers. J'ai encore le droit de tirer la gueule !

Sur son visage se sont entrechoquées de drôles d'expressions, puis il a éclaté de rire et m'a tendu les bras. Il empestait la bouffe pour chat, mais je lui ai rendu son étreinte, honteuse de mes paroles. C'était étonnant de voir à quel point notre relation était devenue amicale. Il ne subsistait plus une once de séduction.

— Tu avances ?

Sur l'écran s'affichait un scan de passeport, une femme originaire d'Écosse.

— Tu parles, je n'en verrai jamais le bout.

L'aéroport de Roissy charriait au quotidien un flot de deux cent mille voyageurs. Guillaume scrutait chaque faciès deux ou trois secondes, analysant les passagers, avion par avion. Souvent il revenait en arrière, observait un passeport en particulier, toujours celui d'un homme, et puis grognait ou soupirait avant de poursuivre.

— Ce fils de pute est là, quelque part. Je finirai bien par le trouver. Il y a des yaourts dans le frigo, sers-toi et viens m'aider.

Je me suis préparé un encas, et j'ai regardé les visages défiler pendant des heures, avant de m'endormir, épuisée.

Au matin, Guillaume était encore à son poste. Il était impressionnant.

Ce travail de fourmi s'est prolongé une dizaine de jours. Comme Sixtine ne manifestait pas le moindre désir de me voir, je ne lui ai rendu visite que trois fois au cours de cette période.

Pendant que Guillaume et D., qui nous prêtait main-forte dès que son boulot lui laissait un peu de temps libre, passaient en revue les passagers de la journée du 2 décembre, j'ai repeint les murs de l'appartement.

Nos activités respectives transpiraient l'ennui.

En dehors de la mort du chien de Richard, empoisonné par malveillance, il ne s'est rien produit de notable jusqu'à ce que Guillaume réveille tout le monde aux aurores, un dimanche matin.

D. dormait sur un lit de camp et je somnolais sur la banquette, comme souvent ces derniers jours.

— Là, lui, c'est lui !

Guillaume était au comble de l'excitation. Il butait sur ses mots tandis que nos cerveaux embrumés peinaient à y voir clair.

— Je l'ai mis de côté cette nuit, parce que...

Je ne voyais qu'un homme ordinaire, de type occidental, chauve, la cinquantaine, qui semblait faire la gueule, un standard sur une pièce d'identité.

Julien Laffont, Français vivant à Nevers.

— Je ne comprends pas, c'est pas un Asiatique...

Puis je me suis tue, abasourdie. Il s'était rasé le crâne et portait la barbe, mais il s'agissait sans aucun doute de Jozef Duval, l'oncle du jeune Alphonse.

68

Je me souviens de cette étrange rencontre avec Jozef Duval comme si c'était hier. La propriété de Rambouillet, la meute qu'il nourrissait. Je me souviens de cette sensation dérangeante que j'avais éprouvée en voyant les chiens lui obéir au doigt et à l'œil, puis dévorer trente à quarante kilos de nourriture en quelques secondes.

« Ce jour-là, le jour de la disparition de votre fils, Alphonse n'était pas ici, mais en Suisse. » Il avait menti. C'était à présent une évidence. Il n'essayait pas de protéger l'honneur de sa famille, ou sa réputation, mais bien à dissimuler son implication dans cette histoire !

Guillaume tremblait d'émotion. Pour la première fois, il avait la conviction de s'approcher de l'entière vérité pour laquelle il avait failli devenir fou.

De nous trois, D. a de loin été la plus réactive. Elle a commencé par envoyer la photo du passeport à sa société pour la faire analyser par un logiciel de reconnaissance faciale, puis elle a cherché la destination du vol emprunté par le prétendu « Julien Laffont ». Dans l'heure, le logiciel nous confirmait l'identité de Jozef Duval, et nous apprenions qu'il avait atterri à Francfort.

Quel rapport y avait-il entre l'Asiatique qui avait assassiné Luka et Jozef Duval ? Pour quelle raison ce dernier était-il parti en Allemagne sous un faux nom ? Fuyait-il après avoir tué son complice ? Mais pourquoi aurait-il enlevé son propre neveu et ma fille ? Cela n'avait aucun sens !

Quoi qu'il en soit, pour D., le fait que Jozef Duval soit repéré à Roissy le jour où on y avait garé un Range Rover dont le GPS avait mémorisé l'adresse de la maison dans laquelle Alphonse et Sixtine croupissaient depuis des années comme des animaux n'était pas une preuve suffisante pour affirmer qu'il était complice de ce que l'Asiatique faisait subir aux enfants.

Et si Jozef Duval avait simplement rendu justice à Luka, en liquidant son meurtrier, et à la famille Saros en libérant Alphonse de la maison de l'horreur ? Ça pourrait expliquer pourquoi les adolescents avaient été séparés !

Mais dans ce cas, où était Alphonse ? Pourquoi abandonner Sixtine à l'autre bout du pays ? Pour brouiller les pistes ?

Cette hypothèse était assez troublante pour que D. décide de l'interroger.

— J'active mes contacts en Allemagne et on avance pas à pas, a-t-elle prévenu en enfilant son anorak. Je vous appelle demain pour vous dire où j'en suis.

D. est partie. Guillaume et moi étions soufflés par cette découverte. Il y avait si longtemps que nous tenions l'un et l'autre sur les nerfs.

— Un resto, ça te dit ? a-t-il fini par me proposer.

Le stress me coupait l'appétit. Mais nous allions devenir fous si nous restions là à nous regarder dans le blanc des yeux, à chercher des réponses qui toutes donnaient le vertige. Alors j'ai répondu :

— T'aimes les cuisses de grenouille ?

Nous sommes allés à pied dans le quartier du Marais. Le printemps s'apprêtait à éclore, il faisait encore froid, mais le feu brûlait en nous. Nous avons marché sans parler, côte à côte, comme deux êtres qui savent qu'ils auraient pu s'unir un temps et qu'ils ont laissé passer leur chance.

Quand je sonde mon cœur, je ne regrette rien. Guillaume et moi étions différents, et il retenait trop de colère en lui. Moi, malgré les coups durs, j'avais encore des envies. Parmi elles, il y avait Sixtine, bien sûr, qui me reviendrait comme elle était revenue à son père. Et puis il y avait D.

Un jour ou l'autre, j'aurais le cran de m'ouvrir à elle. Un jour ou l'autre, j'affronterais ma peur bourgeoise du qu'en-dira-t-on. Mais la perspective de cette conversation me terrorisait. Avec elle, je n'aurais pas droit à l'erreur, j'avais bien entamé mon quota.

En arrivant au restaurant, Guillaume et moi nous sommes heurtés à un chef de salle qui nous reprochait de ne pas avoir réservé. Alors on est rentrés en métro et on s'est invités à la table de Léon, qui avait préparé des crêpes pour un régiment. Dans le salon, Hervé retirait les décorations du sapin de Noël en râlant d'y avoir été contraint et en marmonnant que c'était « du gâchis de faire ça alors qu'on n'était même pas encore en avril ».

Sous le soleil de mes amis, rien ne changeait, et c'était bon de savoir qu'il existait un endroit en ce monde où je pourrais toujours me réfugier.

Car je le sentais, une nouvelle tempête s'annonçait.

69

Tout au long de la vie, on fait des choix compatibles avec la personne qu'on est, des choix acceptables, en accord avec sa propre morale, son vécu. On réagit aussi en fonction de qui on est au moment où les choses se produisent.

Je ne suis plus certaine de comprendre qui j'étais alors.

Cette Jeanne, que D. avait contactée quelques jours après son départ en Allemagne, était si seule… J'étais comme en errance, avec pour seule béquille une fille retrouvée qui ne me reconnaissait pas.

Grâce à son super-job dans la sécurité, D. travaillait avec toutes les polices d'Europe, et d'après ses sources, Jozef Duval s'était rendu début décembre en Croatie pour chasser l'ours avec son frère. La piste allemande s'arrêtait là, et D. comptait se rendre à Zagreb pour évaluer la situation sur place, voire rapporter des éléments de preuve avant de prévenir les autorités.

Contrairement à Guillaume, qui s'accrochait à la théorie selon laquelle Jozef Duval aurait rendu justice à Luka en tuant l'Asiatique, D. était maintenant convaincue qu'il était mêlé à cette affaire jusqu'au cou. Et qu'il n'avait rien d'un justicier.

Lequel des deux avait raison ? Qui croire ? Il fallait attendre, encore et encore, pour peut-être enfin savoir si cet homme était coupable, s'il avait enlevé ma fille pour la séquestrer avec son neveu.

— Je veux la vérité, ai-je annoncé à D. Quel qu'en soit le prix. Je ne sais pas comment tu as obtenu les infos de Roissy et je m'en fous, je sais que tu seras juste, comme tu l'as été avec Manou. J'ai confiance en toi.

Je gardais le souvenir extrêmement pénible de la façon dont certains médias avaient cherché à faire de l'audience avec les détails de l'enlèvement de Sixtine. Pour rien au monde je ne voulais repartir dans ces travers. D'autant que, en sept ans, le respect du secret de l'instruction s'était encore dégradé, et la police manquait de plus en plus à son obligation de réserve. Plus rien ne semblait échapper à la presse.

En revanche, je songeais à Natalie Saros-Duval. N'était-il pas normal de la tenir au courant de nos avancées ?

— Si c'est ton choix, ça me va, a-t-elle répliqué, après une ou deux secondes de réflexion. Mais je trouve que c'est prématuré.

D. comme *droite dans ses bottes*.

— Il y a autre chose, Jeanne.

J'ai senti de la gravité dans sa voix. Que pouvait-il y avoir de plus sérieux pour elle que cette enquête qu'elle menait pour nous au mépris du danger ?

— Tu te rappelles quand je t'ai demandé d'arrêter de me draguer ?

J'ai murmuré « Je me rappelle », le cœur bondissant.

— Tu n'es pas obligée de répondre tout de suite, mais... qu'est-ce que tu dirais qu'on s'en aille au soleil, toi et moi, quand tout sera terminé ? Qu'on se construise notre paradis à nous ?

J'avais envie de lui dire oui immédiatement, parce que j'y avais déjà pensé et que j'en avais conclu que ma vie ne valait pas grand-chose sans elle à mes côtés. Mais mes tripes se sont nouées et ma langue s'est figée.

Immobile, raide comme une conne ou comme la justice, j'étais incapable de sortir de mon carcan et je me suis réfugiée derrière un écran de prétextes imbéciles.

70

Comme il faisait beau, j'ai pensé qu'ils devaient être dans le jardin. Un déjeuner au soleil le dernier dimanche de mars, c'est presque inespéré en région parisienne. Puis je me suis dit qu'ils étaient peut-être partis au parc de Thoiry pour montrer les animaux à Sixtine, je les avais entendus en discuter lors de mon précédent passage.

J'inventais, je déduisais, j'extrapolais, juste pour chasser l'angoisse qui me serrait la poitrine depuis le matin. Malgré mes coups de fil, Richard ne m'avait pas donné de nouvelles, alors que nous devions convenir avec le juge des modalités de la garde de Sixtine, définitivement établie chez son père selon son souhait. J'avais de mon côté décidé de ne demander qu'un droit de visite, je ne voulais pas aller contre l'avis de ma fille et, je dois le dire aussi, je ne me sentais pas assez forte pour porter avec elle tant de souffrance.

La berline de Richard était garée devant le garage. J'ai cherché celle d'Églantine. Je ne me souvenais pas du modèle, mais de sa couleur. Les voitures jaunes ne courent pas les rues. Elle était là.

J'ai de nouveau sonné. Toujours sans réponse, j'ai tourné la poignée. La porte s'est ouverte. La maison était plongée dans le silence. Prise d'un mauvais pressentiment, j'ai avancé jusqu'au salon en appelant :

— Richard, Sixtine ? Oh ! répondez-moi !

D'un regard par la fenêtre de la cuisine, j'ai su que personne ne déjeunait gaiement dans le jardin. Alors je me suis précipitée à l'étage.

Par le battant entrebâillé, j'ai d'abord vu la chambre de leur fille. La gamine était allongée sur son lit, vêtue d'une petite culotte et d'un tee-shirt, face contre le matelas. Un oreiller éventré lui couvrait la tête, du sang avait imbibé les draps et coulé sur la moquette.

Je me suis arrêtée, choquée, incapable de détourner les yeux. Mon pouls s'est mis à battre contre mes tempes, puissant, assourdissant. Je n'entendais plus que lui. Un moment, j'ai dû perdre les notions d'espace et de temps. Je me suis retrouvée adossée au mur, tremblante, en sueur.

Trois ou quatre pas dans le couloir, juste trois ou quatre. Emprunter l'escalier qui menait à la chambre de Sixtine, attraper la rampe pour ne pas tomber.

Juste ça.

Je passerais obligatoirement devant la chambre du fils d'Églantine et la suite parentale. Je ne voulais pas voir, mais je n'ai pas réussi à m'en empêcher.

En premier le petit, avec son pyjama et sa housse de couette à l'effigie de Batman… En second Richard et Églantine, dénudés, dans une mise en scène macabre. La position du bras d'Églantine, posé en travers du corps de Richard, la main sur ses fesses, s'est à jamais imprimée dans ma mémoire.

J'ai foncé vers l'escalier, gravi les marches à toute vitesse. Mes jambes avaient du mal à me porter, et je suis arrivée dans la chambre de Sixtine à genoux, persuadée que son cadavre m'y attendait.

La pièce était vide, et sur le mur, on avait laissé un message en lettres de sang.

« Joyeuses Pâques. »

71

Ces instants resteront gravés dans mon cœur pour toujours, comme s'il avait été lacéré par des morceaux de glace. J'ai été prise de vertiges, j'aurais voulu disparaître pour de bon.

Elle n'est pas là, elle n'est pas là…

Dans le désordre de la chambre de Sixtine, mes yeux ont commencé à identifier des traces de lutte, puis sur le mur l'impact d'un tir qui avait fait éclater les boiseries, juste à côté d'une porte basse menant aux combles. Et cette porte béait sur l'espoir que Sixtine s'était enfuie par là.

Je me suis faufilée à travers un capharnaüm de vieilles affaires que Richard et Églantine ne s'étaient pas résolus à jeter, à quatre pattes et le nez dans les toiles d'araignées.

Le tueur était-il encore sur les lieux ? N'allais-je pas détruire une scène de crime ? Ces questions, je ne me les suis pas posées sur le moment. Je n'étais plus qu'affolement, angoisse. Ma fille était en danger, probablement morte. De nouveau morte, morte deux fois !

Je suis parvenue au fond des combles. Sixtine y était arrivée elle aussi, et les traînées de sang dans la poussière indiquaient qu'elle était redescendue par l'escalier de service…

Je l'ai emprunté à mon tour, me suis arrêtée à mi-chemin, quand j'ai aperçu cette main sur le sol. Elle gisait à côté d'un tas de branchages dans le jardin voisin.

Une main comme un détail horrible dans cet environnement champêtre. Je suis restée là, pétrifiée par cette vision choquante, en apnée. Et puis ma raison a repris le dessus. La main était prolongée d'un bras, et ce bras disparaissait sous les buissons.

Jamais je n'ai dévalé un escalier si vite ni franchi si aisément une clôture.

Sixtine était sous la végétation, inconsciente. Je l'ai serrée contre moi. Elle était chaude, elle respirait. C'était tout ce qui comptait.

J'ai attendu les secours la moitié de l'éternité. Et l'autre moitié, je l'ai passée à l'hôpital, où des policiers sont venus m'interroger.

Je me souviens de l'un d'eux. Je n'ai jamais su s'il me prenait pour la dernière des imbéciles, une menteuse invétérée ou juste une cinglée.

« Les chirurgiens ont retiré la balle, votre fille est sortie d'affaire » ont été ses premiers mots. Des paroles qui m'ont soulagée au point que, un instant, je lui en ai été reconnaissante, jusqu'à ce qu'il enchaîne par :

— Je vous prie de bien vouloir me suivre. Nous avons quelques questions à vous poser.

Il cherchait à savoir si je racontais la vérité. J'ai encaissé. Je n'ai rien dit de travers. De toute façon, en dehors d'un colis reçu à Noël, dont le message ressemblait furieusement à celui que j'avais trouvé chez Richard, je n'avais rien à cacher.

Contre la promesse de venir faire une déposition dès le lendemain, le policier m'a accompagnée jusqu'à la chambre où se reposait ma fille.

Sixtine sommeillait devant un dessin animé à la télévision. Un moment, j'ai cru revenir sept ans en arrière. Elle s'est tournée vers moi. Un sourire est apparu sur son visage, avant de se déformer en un rictus de peine.

Puis elle a tendu les bras vers moi en murmurant : « Maman ».

72

Tout le monde cherchait la vérité. Les policiers, les médias, les gens. Guillaume, toujours. Natalie Saros-Duval également. La vérité se nourrit de faits quand ils sont indiscutables. Elle est aussi une affaire de point de vue. Et là, il y avait tant de possibilités alimentées par ce que racontaient les uns et les autres qu'elle paraissait inaccessible. Où était cette vérité ?

Les journalistes se sont vite lassés de m'attendre à la sortie de l'hôpital où je m'étais installée pour demeurer auprès de Sixtine, alors ils se sont focalisés sur le clan Saros-Duval. Les portraits de Natalie, d'Alphonse, de Kléber et de Jozef n'ont cessé de faire la une des quotidiens.

Ce qui fascinait aussi, c'était l'association qu'on faisait entre l'assassinat des Vigier à Rueil-Malmaison et celui de la famille DeFeo à Amityville, dans les années soixante-dix. Tout était bon pour vendre du papier. Des revues à scandale avaient même tenté de se lancer sur la piste démoniaque pour expliquer les atrocités commises. Et ce malgré les rapports d'autopsie qui établissaient que Richard, Églantine, ses deux enfants ainsi que Sixtine avaient été drogués à l'aide des somnifères de Richard.

Les policiers eux-mêmes avaient une nouvelle lubie. Leur truc, c'était de prouver la culpabilité de ma fille dans le meurtre de son père et de sa belle-famille.

Pourquoi ? Parce qu'ils estimaient étonnant qu'elle en ait réchappé malgré la détermination apparente du meurtrier, parce qu'il n'y avait aucun ADN étranger dans la maison de Rueil, et parce que les parents Vigier, qui s'étaient portés partie civile, cherchaient des responsables tous azimuts par le biais de leurs avocats. Même si ça impliquait d'accuser leur propre petite-fille.

Que l'arme soit introuvable ou qu'il ait été impossible pour Sixtine de se tirer elle-même une balle par-derrière, qui plus est sans laisser de traces de poudre, ne les arrêtait pas. L'enfant sauvage avait bon dos.

Comment pouvaient-ils s'acharner ainsi sur elle ? N'avait-elle pas assez souffert ? N'avions-nous pas assez souffert ? Sixtine avait été violée et torturée des années durant, elle sursautait au moindre bruit, se renfermait au moindre éclat de voix. Comment pouvait-on l'imaginer responsable d'un tel massacre ? Les gens étaient-ils tous devenus fous ?

J'avoue que, pendant quelque temps, plus que le chagrin, c'est la colère qui m'a dominée. Une colère telle que je rêvais de me glisser nuitamment chez les Vigier pour leur arracher les yeux et la langue. J'étais soudain envahie d'images violentes et de pulsions de mort. Et j'avoue aussi que j'ai beaucoup taquiné la bouteille en cachette de mes hommes, seule, assise au pied de mon lit, comme la loque que j'étais en passe de devenir.

La reconstitution du quadruple assassinat, à laquelle j'ai été convoquée quelques jours plus tard, a permis d'éclaircir les zones d'ombre qui subsistaient dans le témoignage de Sixtine. Et de faire cesser les rumeurs à son sujet.

D'après le retour des premières analyses du service scientifique, des traces de somnifères avaient donc été retrouvées dans les restes du dernier dîner de la famille de Richard. Or, ce soir-là, Sixtine avait peu mangé, indisposée par son cycle menstruel. Sans doute était-ce ce qui lui avait sauvé la vie puisqu'elle avait ingurgité une dose de somnifères bien plus faible que les autres.

Au juge qui lui a demandé de décrire l'agresseur, Sixtine a expliqué qu'elle s'était cachée dans sa chambre dès qu'elle avait entendu les coups de feu. Lorsque son instinct de survie s'est finalement réveillé, et qu'elle était sortie par le grenier pour s'enfuir, la nuit était si noire que l'assassin n'avait pu ajuster son tir, la blessant dans le dos.

Elle a revécu en pleurant la traversée des combles avec le tueur à ses trousses, l'escalier, et enfin le jardin. Elle avait eu l'avantage de connaître un peu l'endroit, le trou sous la clôture qu'avait creusé le chien de Richard et par lequel elle avait pu se faufiler, le terrain en friche des voisins où elle avait à plusieurs reprises récupéré le ballon de son demi-frère…

Après des heures d'attente, j'ai raconté l'horreur à mon tour. Et puis, en arrivant dans la chambre de Sixtine, j'ai remarqué que la maison de poupée avait disparu. Apparemment, ma fille avait décidé de s'en débarrasser.

— Papa ne voulait pas, a lâché Sixtine dans un sanglot, mais elle me rappelait trop de mauvaises choses.

Richard avait toujours espéré que cette maison de poupée rende un peu de son innocence à Sixtine. En réalité, elle ne faisait que la ramener à son enfance perdue.

Lorsque la reconstitution s'est enfin achevée, nous sommes passées devant les équipes de reporters des chaînes d'info qui patientaient depuis une éternité sous la pluie. Sixtine et moi nous tenions par la main, enfin réunies, assaillies de questions, et nous allions nous engouffrer dans une voiture quand Sixtine est retournée vers les micros.

— Il faut nous aider à oublier, maintenant ! Laissez-nous tranquilles.

J'étais fière de ma fille, elle avait tenu tête à la meute.

Je l'ai raccompagnée, comme convenu, dans le service psychiatrique où elle resterait jusqu'à nouvel ordre, les médecins jugeant nécessaire de garder Sixtine sous observation.

Dès qu'ils me l'avaient annoncé, j'avais protesté, évidemment. J'avais dit qu'elle venait de vivre un effroyable drame et qu'elle méritait mieux que les quatre murs froids d'un hôpital, qu'elle avait besoin d'affection, de chaleur, et que moi aussi, j'avais besoin de la retrouver.

On m'avait alors rétorqué que seul un magistrat était habilité à prendre cette décision puisque je n'avais officiellement pas sa garde et que, après ce qu'elle avait traversé, celui-ci avait estimé préférable de la confier à des professionnels avec lesquels elle pourrait parler. Comme si on mettait à sa disposition une cellule psychologique pour elle toute seule, cellule avec laquelle mon amour de mère n'aurait pu rivaliser.

Je suis donc rentrée toute seule à la maison.

C'est seulement là que je me suis autorisée à pleurer son père.

73

Natalie Saros-Duval habitait au dernier étage d'un immeuble situé sur les quais de Seine, rive gauche, à quelques pas du musée d'Orsay. Chez elle, on se serait cru dans un de ces magazines de déco, avec ces belles demeures, ces endroits où l'on sait que l'on ne vivra jamais, mais dont l'existence réconforte juste par leur beauté. Et pourtant, tout cela ne protégeait pas du malheur…

Elle avait tenu à m'informer elle-même, avant que je l'apprenne par la presse, d'une macabre découverte que les autorités avaient faite dans une de ses propriétés en Sologne où Jozef Duval chassait occasionnellement avec sa meute.

Celui-ci avait été dévoré par ses chiens dans des circonstances encore mystérieuses. Les enquêteurs n'avaient pu récupérer que son crâne, et encore lui manquait-il la mâchoire inférieure.

Le détail m'a donné la nausée.

De mon côté, j'hésitais à tout lui raconter, depuis le collage de Sixtine reçu à Noël et qui portait l'empreinte digitale d'un voleur de voitures jusqu'à la possible implication de son beau-frère dans l'enlèvement de nos enfants.

— Mon ex-mari est parti avec lui en décembre en Croatie, a-t-elle ajouté. Il est censé toujours y être, mais il ne répond plus à mes appels depuis des jours.

Si son ton se voulait assuré, Natalie avait le regard fuyant, et je voyais qu'elle faisait de son mieux pour paraître sereine.

En réalité, son malaise me confirmait que nous étions sur la bonne piste, et qu'elle ignorait ce qu'il se passait. C'est, je crois, ce qui m'a décidée à lui révéler une toute petite partie de l'histoire. Je lui ai parlé de nos doutes, du 4 × 4 certainement abandonné à Roissy par son beau-frère Jozef Duval, véhicule qui conduisait droit à la maison où Sixtine et Alphonse avaient été séquestrés, mais dont l'immatriculation ne menait nulle part.

— Le Range est à mon ex-mari, m'a-t-elle spontanément avoué. Jozef et lui s'en servaient pour leurs virées entre hommes.

Après un silence, elle a lâché en se tordant les mains :

— Mon Dieu, mais qu'ont-ils fait ?

Tandis qu'elle prononçait ces mots qui jetaient la suspicion sur son ex-beau-frère et son ex-mari, je me suis souvenue de ceux de D., qui me mettaient en garde contre une éventuelle complicité de Natalie Saros-Duval. N'avais-je pas commis une erreur en lui accordant ma confiance ?

D. n'était pas revenue bredouille de Croatie, et comptait bien y retourner. Là-bas, elle avait remonté la trace de Jozef Duval en suivant son *alias* (celui qu'il avait déjà utilisé à Roissy), et découvert qu'il était rentré en France peu de temps seulement après être arrivé à Zagreb. Que s'était-il passé sur place ? Avait-il vu son frère ? Rejoint un complice ?

Quoi qu'il en soit, c'est D. qui avait guidé les autorités françaises jusqu'à cette propriété de la famille en Sologne, simplement en retrouvant le taxi qui avait transporté Jozef Duval droit vers un funeste destin.

— Que voulez-vous dire par : « qu'ont-ils fait ? »

Je me fichais de secouer la grande Natalie Saros-Duval, d'ébranler ses fondations. Je voulais comprendre. Et l'évidence me dictait que ni Jozef, avec ses chiens dont il semblait s'occuper quotidiennement, ni Kléber, qui brassait des milliards dans l'immobilier et voyageait souvent pour affaires, n'avaient pu assurer la séquestration de deux enfants pendant des années.

Ils avaient eu au moins un complice : l'Asiatique. Mais y en avait-il eu d'autres ? Natalie Saros-Duval ?

Dans quel panier de crabes étais-je tombée ?

— Que savez-vous ? ai-je insisté. Je vous ai fait confiance, c'est à votre tour !

Mais on ne fait pas vaciller Mme Saros-Duval si facilement. Ce n'était pas elle, le colosse aux pieds d'argile. C'était moi.

— J'en sais bien moins que vous, croyez-moi. Écoutez, j'ai entendu que vous vouliez couvrir ce jeune voleur de voitures, mais sans lui, ça va être compliqué d'accéder à la vérité…

À présent que Jozef était mort, Kléber était la seule piste qui restait pour espérer découvrir ce qui était arrivé à Sixtine et Alphonse. Mais pour que la police puisse s'orienter vers lui, Natalie n'avait pas tort, il fallait leur révéler l'existence de ce véhicule. Il fallait exposer Manou.

Je lui ai demandé un peu de temps, je devais parler à D. avant de prendre une décision.

— En tout cas, si Jozef était impliqué, ça expliquerait pourquoi mon fils ne s'est pas encore manifesté. Dans son esprit, a-t-elle poursuivi, ce serait comme se jeter dans la gueule du loup.

Cette phrase a ouvert une brèche en moi. Sixtine avait réussi à s'échapper lors d'un transfert, des jours après qu'Alphonse avait lui-même été déplacé par ses ravisseurs. C'était du moins la déduction à laquelle les enquêteurs étaient parvenus. À moins qu'il n'ait été tué…

Alors comment pouvait-elle envisager qu'il soit libre, quelque part, et qu'il hésite à la joindre ? Était-ce son cœur de mère qui s'exprimait ? Ou savait-elle quelque chose qu'elle refusait de me dire ?

En réalité, longtemps après la disparition d'Alphonse, Natalie avait continué à lui écrire sur un serveur privé où ils avaient l'habitude d'échanger depuis son plus jeune âge. Puis elle avait fini par renoncer, avant de recommencer quand Sixtine était réapparue. Parce qu'elle avait retrouvé l'espoir. Et ce faisant, elle avait constaté que ses messages avaient été lus.

Par qui ?

Aujourd'hui, plus que tout, elle attendait une réponse.

Je n'ai pas osé lui dire qu'Alphonse redoutait peut-être plus encore sa mère que quiconque. Quand elles sont trop douloureuses, mieux vaut laisser aux autres le soin de tirer leurs propres conclusions.

74.

C'était le dimanche de Pâques. J'avais laissé Sixtine entre les mains des infirmières. Besoin de souffler, de m'extraire juste un moment de l'ambiance oppressante de l'hôpital.

Léon était en train de mitonner un pot-au-feu. Hervé et lui se chamaillaient sans parvenir à un compromis. Plonger la viande dans l'eau chaude ou dans l'eau froide ? Et Guillaume les observait en silence. Usant de la plus grande mauvaise foi possible, mes colocataires pouvaient batailler des heures durant sur n'importe quel sujet, et celui-ci en valait bien un autre.

Pendant le repas, nous avons parlé de tout et de rien, et surtout pas de l'enquête, de mon dilemme au sujet du Range Rover, de Manou, ou de quoi que ce soit d'approchant.

Ce jour-là, dans le regard de Guillaume, j'ai retrouvé cette lueur sombre que j'avais entrevue lors de notre première rencontre. J'avais l'atroce sensation que, plus je me rapprochais de Sixtine, plus il s'enfonçait dans son désespoir.

Nous avons achevé de déjeuner dans un silence pesant. Le pot-au-feu avait été délicieux. J'en avais repris une petite part, Guillaume aussi, et Léon et Hervé s'étaient disputé le reste.

La vie normale, quoi.

Bernie est arrivé pour le café, avec une bouteille de pommard Clos des Ursulines.

— Un nectar ! On ne devrait s'enivrer qu'avec des vins de cette qualité, mais comme je ne bois plus, je distribue aux amis, a-t-il lancé joyeusement.

Il avait aussi apporté un paquet de chocolats, qu'Hervé s'est empressé d'aller cacher sous les coussins du salon.

— Dis donc, mon petit chat, c'est quoi, ton programme pour les prochaines semaines ?

Ses yeux riaient encore plus que d'ordinaire. Je le voyais venir, il allait me proposer une création de poste sur mesure dans son agence de pub, mais je savais que rien dans ce secteur ne pourrait plus jamais m'intéresser. À défaut de me glisser dans la peau de la femme invisible dans un supermarché, j'envisageais de travailler au contact des gens. Me sentir utile, c'était mon but. Mais dans quelle activité m'engager ? C'était toute la question.

— Je vends l'agence, a-t-il déclaré. En fait, c'est déjà fait, mais personne n'est au courant. C'est un scoop, mes amis. Et ce sera mon dernier.

L'âge qui avançait, aucune descendance, Bernie avait décidé de réinventer sa vie. L'idée consistait à réconcilier la campagne et la ville en donnant les moyens à des exploitations agricoles au bord du gouffre de produire du bio, puis en vendant ces produits dans des magasins coopératifs installés en banlieue.

— Résultat, je sauve des paysans et des villages, j'épargne le capital santé des pauvres, je fais la nique aux sociétés financières qui rachètent le bio à tour de bras, et je deviens saint Bernie !

Il commencerait petit, avec trois exploitations agricoles qui fourniraient une dizaine de magasins. Mais il avait lancé une étude de marché. Un jour, il serait plus riche que Crésus.

— Et tu veux que je joue à la marchande ?

Il n'a pas eu besoin de répondre. Son sourire parlait pour lui.

J'ai réfléchi un instant. Mon existence manquait de sens, mais j'avais un coin de soleil dans la tête, avec D. et Sixtine, et je souhaitais le rejoindre aussitôt que ma fille quitterait l'hôpital. Alors j'ai décliné sa proposition.

À ce moment, je me suis rendu compte du chemin que j'avais parcouru. Des années plus tôt, dans ma petite vie étriquée, pleine des principes de Richard et de sa famille, je me serais mise à flipper parce que choisir, c'est renoncer. Je me serais aussi empêchée de suivre mon instinct pour ne pas faire de la peine à Bernie, convaincue qu'un « non » valait trahison. Mais tout ça était désormais derrière moi…

75

Au cimetière, le soleil tentait une percée timide, alors je me suis assise sur le bord de la tombe et j'ai raconté à maman comment était ma vie.

J'ai ri, j'ai pleuré. Les tombes, c'est fait pour ça.

Je lui ai parlé du projet de Bernie, de Sixtine qui allait de mieux en mieux. Je lui ai surtout parlé de D. J'étais certaine qu'elle ne m'aurait pas jugée.

— Qu'est-ce que tu en dis, maman : on part au soleil ou on s'aime ici et je joue à la marchande avec Bernie ?

Un jeune homme marchait le long d'une allée parallèle. Il avait acheté un pot de jasmin, ma fleur préférée, symbole de sensualité et d'amour. J'ai attribué cette erreur d'appréciation à la jeunesse du visiteur. Quelle importance, de toute façon ? L'essentiel était d'être là.

Qui allait-il fleurir ? Un parent, un ami, une fiancée ? En tout cas, je me suis dit que le sort ne se souciait pas de l'âge des gens pour les tourmenter…

Il s'est tourné vers moi. J'ai regretté qu'il cache ses yeux derrière des lunettes aux verres fumés, et puis j'ai songé qu'on n'en porte pas sans raison quand on vient fleurir une tombe. Je me suis traitée d'idiote et je lui ai rendu son agréable salut.

Il m'avait adressé un très beau sourire, à la fois séducteur et enfantin. Un mélange charmant qui devait faire des ravages. Cette idée m'a fait penser à Sixtine. Elle aurait un jour une vie amoureuse, quelqu'un qui lui permettrait de tenir debout sans béquille. Du moins l'espérais-je.

J'ai nettoyé la tombe de maman. Le soleil disparaissait de nouveau derrière d'épais nuages. L'éclaircie providentielle m'avait fait du bien. Il était temps de rentrer.

Sur mon portable, un message de D. était arrivé : « Je serai à Paris dimanche soir. Si tu veux qu'on parle de nos projets d'avenir, je t'attendrai au bar de l'ancien hôtel Nikko. »

Mon cœur s'est emballé. Je me suis vue devant mon dressing presque vide. Pour D., j'avais envie d'être sexy, alors il faudrait d'ici à dimanche que je fasse les boutiques. Pourquoi pas aux Galeries Lafayette où j'avais l'habitude d'aller avant ?

Je me suis dirigée vers la sortie, rêveuse.

Les premières gouttes de pluie s'écrasaient déjà par terre. Dehors, la rue était déserte. Une camionnette était garée à côté de la voiture que j'avais empruntée à Léon. J'ai reconnu le jeune homme du cimetière, qui farfouillait dans le moteur.

Alors que j'allais ouvrir ma portière, j'ai senti une main s'abattre sur mon visage. J'ai voulu crier, mais mon agresseur était robuste. Il a maintenu sur ma bouche un chiffon imbibé de produit qui a aussitôt anéanti mes forces.

— Tu sens bon, Jeanne, a-t-il murmuré à mon oreille.

Et j'ai perdu connaissance.

QUELQUES HEURES
PLUS TARD...

76

Des rires me réveillent, des rires d'enfants, des voix forcées, nasillardes, accompagnées d'une musique horripilante. Impossible de bouger. Mes membres sont ligotés, je ne sens plus mes mains dans mon dos. J'ai une soif terrible. Ma langue a gonflé et une migraine à vomir me transperce le crâne.

Je mets un moment avant d'ouvrir mes paupières collées par des sécrétions. Tout est flou autour de moi. Dans un halo de lumière, de vagues formes s'agitent. Il doit s'agir d'un sous-sol, peut-être un box de parking. Tout ce que je vois est en béton du sol au plafond. Je ne discerne aucune ouverture sur l'extérieur.

Une odeur d'urine et de transpiration rance monte du matelas sur lequel je suis allongée. Il me faut quelques instants pour me rendre compte que cette puanteur vient de moi, que je me suis pissé dessus et que je retiens une forte envie de déféquer...

La dernière fois que j'ai connu un tel état de confusion, c'était le jour où un médecin m'a injecté des tranquillisants, pour museler mon hystérie de mère qui vivait mal la disparition de sa fille.

Depuis, une vie a passé, et pourtant je retrouve les mêmes sensations, la même torpeur qui me cloue au sol.

Mon regard se fixe sur un écran de télévision. Il paraît loin. Je ne comprends pas pourquoi.

En me contorsionnant, j'essaie de m'asseoir. Je m'effondre.

Lorsque je reprends conscience, je suis dans le noir, et cette obscurité me panique.

Respire ! s'il te plaît, respire…

Peu à peu, je parviens à repousser les images atroces qui m'assaillent, et un semblant de calme revient. Les premiers souvenirs refont surface. La rue déserte, le jeune homme du cimetière, la main sur ma bouche, le produit chimique dans ma gorge, et ce chuchotement : « Tu sens bon, Jeanne. »

Qui est-il ? J'ignore pourquoi je pense aussitôt à Alphonse Duval. Probablement parce que j'ai parlé à sa mère il y a quelques jours, et que je lui ai confié des choses que j'aurais dû taire.

Pauvre conne !

Je connais le visage d'Alphonse à dix ans, j'ai aussi vu des dizaines de portraits de lui vieilli. Yeux bleus, cheveux blonds, comme celui qui a anéanti mes défenses d'un sourire ravageur. Ou plutôt « carnassier ».

Ça ne prouve rien.

Ma tête tourne, je suis confuse. Paumée.

Il flotte dans l'air un parfum musqué de chanvre et de poussière et, quelque part près de moi, de l'eau tombe, goutte à goutte.

Ploc… ploc… ploc.

Ce bruit m'obsède. J'ai tellement soif. La faim, passe encore, mais la soif…

Au prix d'intenses efforts, je réussis à glisser hors du matelas et à atteindre la zone où l'eau goutte. Je tends la langue.

Une bille fraîche atterrit dans ma bouche. Si peu à la fois. Mes lèvres craquelées ont dû se fendre. Un goût de sang se mêle à celui de l'eau.

Longtemps, je reste là à tenter de me désaltérer sans ressentir la satisfaction attendue. L'eau n'a aucune saveur. Je l'espère potable. Puis du bruit me parvient.

Une lumière crue s'allume à quelques mètres de moi, derrière des lés de plastique translucide qui pendent du plafond, et à travers lesquels je devine des silhouettes fantomatiques de plantes. Un fouillis, une jungle souterraine.

Cela n'a aucun sens, mais j'essaie d'appeler à l'aide. Mon cri s'étouffe dans ma gorge. De toute façon, qui me porterait secours ? Ceux qui font pousser du cannabis dans cet endroit ? La personne qui me séquestre a certainement mieux à faire que de s'occuper de moi. Enfermée ici, je ne représente aucun danger. Et face à ces plants précieux, ma vie ne pèse pas bien lourd.

C'est étrange. J'accuse réception de cette information comme si elle ne me concernait pas. Au fond de mon être, il y a une Jeanne qui se fout de tout, même de sa survie, et une autre qui a la rage au ventre. Les deux s'affrontent un moment. Je suis trop dans les vapes pour m'inquiéter de quoi que ce soit, je les laisse faire.

Je finis par implorer mon bourreau. J'ai besoin de me soulager, j'ai faim et soif. Je suis aussi vulnérable qu'un nouveau-né, réduite par la volonté d'un autre à l'état d'un animal en captivité. J'insulte mon ravisseur, je m'en prends à Dieu et au diable. Sans succès.

Grâce au vasistas couvert de moisissures que je découvre au-dessus de moi, j'assiste au lever d'un jour verdâtre sur mon avenir terrifiant.

Le béton est froid, alors je me résigne à retourner sur la portion de matelas que je n'ai pas inondée d'urine.

77

Le réveil. Détestable. Ma vulnérabilité me revient en pleine face. Avec l'horrible certitude qu'on m'observe.

J'ouvre les yeux. Un homme est assis là. Très près. Mais comme il se tient devant la lumière blanche de la plantation, je ne distingue qu'une silhouette sombre. Je suis incapable de dire s'il s'agit de mon ravisseur ou d'un complice.

— S'il vous plaît…

Ma voix n'est qu'un murmure. Je n'ose pas troubler l'ordre établi. J'ignore comment me comporter, quelles paroles prononcer, celles qui auront assez de poids pour amorcer un dialogue, celles qui, au contraire, déchaîneront la fureur de ce malade…

— Aidez-moi, s'il vous plaît !

Ma voix s'affermit. Ce type ne va pas me regarder sans rien dire éternellement !

C'est pourtant ce qu'il fait. Cinq minutes, dix peut-être. Tout ce que je peux affirmer, c'est que le temps s'écoule avec une lenteur effroyable.

Je lui dis que j'ai mal partout et qu'il détient le pouvoir de faire cesser cette douleur, qu'il suffit de me détacher. Je lui promets que je ne raconterai rien à personne s'il me laisse partir, que j'ai peur. J'imagine même que les Vigier paieront pour ma libération. Je lui explique qu'ils ont les moyens de verser une grosse rançon, que l'argent n'est pas un problème, et que si les Vigier refusent, Bernie a les moyens aussi, et Léon et Hervé également. Surtout Hervé, grâce à son trésor !

Le type ne bouge pas, il continue de me fixer.

— J'ai une fille qui a besoin de moi, elle m'attend, elle doit être très inquiète. Je vous en supplie.

Mes mots arrachent un long soupir à mon observateur muet, qui se lève. Je crois qu'il va s'approcher, et ça me flanque une trouille bleue, mais il se contente de faire craquer ses doigts avant de se diriger vers ses plantations.

Mes suppliques se transforment alors en menaces, ma terreur en colère. Je jure, je le traite de tous les noms. En vain. Le sale type ne revient pas. Il farfouille un moment derrière les lés de plastique, puis il disparaît. Les lampes de la plantation se coupent. Je me retrouve dans la pénombre, seule dans cet espace où une ventilation ronronne en bruit de fond. À cet instant seulement je remarque que la télévision est éteinte.

Et je déteste ça.

78

J'urine sur moi. De nouveau.

La pisse chaude devient vite froide. J'ai tellement honte.

Il fait plutôt bon, dans ma cellule, et pourtant je claque des dents, je tremble.

Je dois aussi me résoudre à déféquer.

J'ai si mal au ventre !…

Ça sort tout seul. Je me sens mortifiée.

À présent, mes selles me brûlent la peau, mon sexe est en feu.

Je n'ai jamais rien vécu de si éprouvant.

79

Une lumière violente me réveille. Je n'avais pas remarqué que des lampes étaient fixées au plafond. Je ne comprends pas pourquoi le sale type m'éblouit ainsi, mais comme je l'entends trafiquer juste derrière, à quelques pas de moi, je lui parle.

Est-il possible d'infléchir la détermination d'un cinglé ?

Je lui raconte ma vie, mon père défaillant, ma mère héroïque, l'arrivée de ma fille, la joie, et puis la tragédie, la disparition, l'angoisse, la peur qui fait mal. Je veux qu'il sache que je suis une personne, comme lui, une personne qui a souffert, pas un morceau de chair. J'essaie de l'amadouer en évoquant Sixtine, ma petite fille perdue, que je ne peux pas encore laisser tomber.

Il ne décroche pas un mot. En revanche, il se démène, et je saisis parfaitement ce qu'il fabrique : il monte un mur de parpaings qu'il scelle avec du ciment.

Son travail l'occupe longtemps. À un moment, il vient trancher mes liens. Je réagis à peine tant ma fatigue est grande et mes muscles ankylosés. Il dépose aussi un seau sous le goutte-à-goutte. Et puis il ressort et reprend son activité.

Le sale type m'emmure vivante. Une saloperie psychologique plus dégueulasse que tout ce que j'ai pu imaginer dans mes pires cauchemars.

Quand il éteint les lampes, le mur est monté, avec en son centre une vitre derrière laquelle il a plaqué l'écran de télévision.

Tout ça n'a aucun sens, décidément.

Au niveau du sol, il a laissé une petite ouverture. Pas de quoi faire passer un adulte. Un enfant y parviendrait peut-être, encore faudrait-il qu'il soit menu. Par là, on peut voir un bout de la zone de la plantation en se couchant par terre.

Il ne me reste plus que le vasistas comme horizon. Mais ça ne dure pas. J'entends du bruit au-dessus de ma tête. Puis tout s'obscurcit.

Je suis coupée du monde.

80

Je mets du temps à me déplier. L'opération est douloureuse.

Je reste d'abord allongée pour que le sang recircule dans mes membres. On m'a retiré ma ceinture, mes lacets, et délestée de tout ce que j'avais dans les poches. Me lever n'est pas simple, je tangue, je tombe plusieurs fois.

Dès que je m'en sens capable, je retire ma culotte souillée pour ne renfiler que le pantalon. Cela n'enlève rien au feu qui me ravage l'entrejambe, mais j'ai l'impression d'être plus propre. Je bois ensuite toute l'eau qu'il y a dans le seau. Sensation divine dans ma gorge ! Après quoi je teste le mur et la paroi de verre. C'est effroyablement solide.

De nouveau, j'appelle. Je veux que le sale type me parle. Il me doit bien ça, non ?

De temps en temps, j'entends gratouiller pas loin. Les sons émanent de la petite ouverture au niveau du sol. Je me figure un rongeur, un chat, peut-être. J'espère de la vie.

Soudain, une voix s'élève, nasillarde, haut perchée. Une voix d'homme, pourtant. Elle provient de haut-parleurs fixés au plafond, à côté des lampes. Elle dit :

« Quels sont les cinq piliers d'un esprit sain ?

L'obéissance est le premier pilier.

L'hygiène est le deuxième pilier.

La curiosité est le troisième pilier.

L'humilité est le quatrième pilier.

Le talent est le cinquième pilier. »

Il y a quelques secondes de silence, puis la même litanie recommence, des dizaines et des dizaines de fois.

Je connais rapidement les cinq piliers par cœur, et malgré mes efforts, il m'est impossible de ne pas les penser en même temps que la voix nasillarde les édicte.

— Quels sont les cinq piliers d'un esprit sain ?

81

À mon réveil, les néons grésillent au plafond. Une assiette en carton est posée à côté de mon matelas, avec un sachet de nourriture lyophilisée et une fourchette en plastique.

Je me lève péniblement. Mon dernier repas remonte à loin, mes jambes me soutiennent à peine. Dans le sachet, il y a des nouilles asiatiques aromatisées au bœuf, portion grand format. C'est marqué dessus qu'il faut les réhydrater avec de l'eau chaude. Je fais avec les moyens du bord en puisant dans le seau.

Je suis certaine que n'importe qui trouverait cette bouillie infâme. Moi, je n'ai jamais rien avalé d'aussi bon.

Au début, les nouilles sont difficiles à mastiquer. Mais je dévore tout, assise en tailleur sur le matelas fétide, en me demandant comment le sale type a réussi à introduire la nourriture dans ma cellule. Je mange comme un animal, les yeux rivés sur la petite ouverture dans le mur, pour vérifier que rien n'entre par là. Je lèche même l'assiette.

Je garde la fourchette, persuadée qu'elle me servira d'arme tôt ou tard. Enfoncée dans l'œil, elle fera des dégâts irréparables.

C'est stupide, je m'en aperçois très vite. Jamais je n'arriverai à tuer le sale type avec une fourchette en plastique à travers le mur ! Je dois être plus maligne si je veux espérer m'en sortir. Il faut que j'apprenne les habitudes de mon kidnappeur, et que je comprenne qui il est, pourquoi il me détient.

Mes réflexions ne m'emportent pas loin. Mon ravisseur doit être un comparse des frères Duval. De Natalie Saros-Duval aussi, évidemment ! Pourquoi suis-je allée tout lui raconter ?

C'est forcément ça.

D'abord Sixtine, puis moi ! Comment croire au hasard ? Ce que je ne saisis pas, c'est : pourquoi ?

Sommes-nous si proches de la vérité ?

La disparition soudaine de Kléber en Croatie, couplée à la mort atroce de son frère, jette la suspicion sur lui, mais rien ne prouve qu'il est à l'origine des rapts de son fils et de Sixtine.

Quoi qu'il en soit, tout a été soigneusement orchestré pour que personne n'établisse de rapport entre Luka, Sixtine et Alphonse. Pour que jamais on ne relie ces trois drames. Pourquoi ?

Derrière la vitre, le téléviseur s'allume sur une image de moi en direct dans ma cellule. J'ai du mal à me reconnaître tant mon visage est fatigué, mes yeux cernés, mon teint gris dans la lumière blafarde des néons.

Il est complètement tordu.

— Quels sont les cinq piliers d'un esprit sain ? me demande la voix nasillarde dans les haut-parleurs. L'obéissance est le premier pilier, l'hygiène est le deuxième pilier, la curiosité est le troisième pilier, l'humilité est le quatrième pilier, le talent est le cinquième pilier.

La voix se tait un instant, comme pour me laisser le temps de me concentrer, puis elle reprend sa rengaine. C'est une situation invraisemblable. Je suis tellement à bout de nerfs que je ris. Tout ça n'a ni queue ni tête.

— Je m'en fous, de ton esprit sain ! Tu m'entends, connard ? Et je vais te dire autre chose, c'est que j'en ai rien à foutre de tes piliers de merde ! Rien. Tu vas me virer ce mur à la con et me rendre ma liberté, c'est compris ?

J'attends sa réponse. Elle ne tarde pas, mais ce n'est pas celle que j'espérais. Le téléviseur s'éteint, les néons aussi.

De rage, je tape sur la vitre. Je hurle de douleur, contre lui, contre moi aussi. Et puis une crampe horrible monte de mon ventre. Je vomis tout ce que j'ai mangé. Je suis sûre que le sale type avait prévu ma réaction et a drogué mes nouilles pour me punir.

C'est tout juste si je réussis à me traîner jusqu'au matelas, où je m'écroule, encore plus faible qu'à mon réveil.

Sur l'écran noir apparaissent des chiffres.

« 10 : 00 : 00 »

Rien ne bouge pendant quelques secondes, puis une sonnerie retentit. Le décompte commence.

« 09 : 59 : 59 »

Et la voix récite les cinq piliers d'un esprit sain, encore, encore, et encore.

82

Pendant dix heures, la voix nasillarde me torture.

De temps en temps, mon supplice s'arrête pour reprendre une ou deux minutes plus tard, comme si l'on rembobinait une vieille cassette avant de la repasser.

Pendant dix heures, le compte à rebours s'égrène sur l'écran. Quand il s'achève, les néons s'allument, mon image apparaît sur le téléviseur, et la voix s'adresse à moi :

— Quels sont les cinq piliers d'un esprit sain ?

J'ai imaginé divers scénarios, celui-là était le plus probable. Pendant dix heures, j'ai pu réfléchir et opter pour la résistance. Il ne faut pas que je cède, jamais, alors je me contente de ne pas répondre, tout en regardant la caméra qui fixe son œil sur moi.

Comme la première fois, je me retrouve dans l'obscurité.

Sur l'écran noir, de nouveaux chiffres s'affichent.

« 20 : 00 : 00 »

Et le lavage de cerveau recommence…

83

L'eau, c'est tout ce que j'ai.

Les gouttes tombent à intervalles réguliers. Une goutte toutes les quatre secondes. Quinze gouttes par minute. Neuf cents par heure. La fuite d'eau comme un métronome.

Au début, je m'accroche à ce bruit parce qu'il est la vie. Ensuite, il me devient insupportable.

Ploc… ploc… ploc.

Tout le temps, sans possibilité de l'interrompre.

Pour me nettoyer l'entrejambe qui me brûle horriblement, j'arrête de boire. Une attente intolérable, la gorge desséchée, dans cette chaleur qui exacerbe l'odeur du cannabis… Et finalement mon urine s'acidifie en se concentrant et m'irrite encore plus.

Infernal cercle vicieux.

Je pisse toujours dans le même coin, comme une chatte dans sa litière, en regardant le sol pour ne pas voir l'écran où les chiffres défilent tandis que l'horripilante voix récite son mantra. Inlassablement. Vingt heures de suite.

Je me réfugie aussi dans le sommeil, par petites tranches de dix ou quinze minutes, dans l'espoir de ne pas devenir folle. Je ne comprends pas ce que le sale type attend de moi.

Jamais je n'ai entendu parler des cinq piliers d'un esprit sain… Ça ne m'évoque vraiment rien. En même temps, je n'ai pas passé ma vie à me cultiver. Je n'ai pas fait grand-chose, à vrai dire. Et désormais, je ne suis plus grand-chose tout court. Une créature crasseuse. Un estomac vide.

Quand le décompte s'achève, les néons se rallument, l'image de la cellule réapparaît sur l'écran. J'ai une tête à faire peur.

De nouveau, la voix nasillarde me pose sa question idiote. De nouveau, je fixe la caméra en silence. Insolente, effrontée. Comme quand j'étais gosse et que la responsable du réfectoire refusait que je quitte la table tant que je n'aurais pas terminé mon assiette. Au cumul, j'ai dû passer une semaine entière assise à cette table alors que mes camarades jouaient dans la cour de récréation. Butée.

J'ignorais alors que l'existence n'est qu'un sempiternel recommencement, qu'elle nous impose sans cesse les mêmes épreuves jusqu'à ce qu'on arrive à les surmonter, que la survie peut dépendre de notre capacité à lutter. J'ignorais aussi que lutter, ce n'est pas nécessairement dire non.

Je décide de tenir tête. C'est tout ce qui me reste.

Dans mon esprit, sans que je saisisse pour quelle raison, la voix prend le visage d'un Asiatique, comme cet homme qu'a décrit Sixtine et dont les enquêteurs ont retrouvé le cadavre dans le jardin de la maison d'Oléron.

Pourquoi est-ce que je refuse de me figurer le jeune homme du cimetière ? Aucune idée, mais cet Asiatique s'accroche à moi, ou plutôt non, ma folie s'accroche à lui. Comme à un ami.

« 30 : 00 : 00 » s'affiche à l'écran.

Cette fois, les lumières restent allumées. Même les lampes fixées au plafond sont activées pour m'aveugler.

84

Le temps se perd dans mon sous-sol. Et je me perds avec lui.

Pour me tenir compagnie, je chante. Je pense que le manque de sucre me fait délirer. J'imagine mon estomac comme s'il était l'univers, plein de vide sans pour autant s'effondrer. J'expérimente la faim. La vraie faim, je veux dire. Des sensations qui m'étaient jusqu'ici étrangères.

Quand les médias parlaient de famines, ici ou là, je ne comprenais pas vraiment de quoi il s'agissait. Si j'avais su, j'aurais agi, j'aurais soutiré de jolis chèques à tous les amis des Vigier pour que les famines cessent. On dit qu'un ventre affamé n'a pas d'oreille. Je crois plutôt qu'un ventre plein n'a pas de cœur.

Au fur et à mesure, l'estomac vide se remplit de douleur. Je suis saturée de cette douleur lancinante. Elle est devenue moi, et moi elle.

Heureusement, je ne suis pas seule. En ces heures terribles, le souvenir de Léon et d'Hervé m'apporte un peu de réconfort. Penny a un grand besoin d'aide. Si seulement je pouvais jeter une bouteille à la mer ! Sur son banc, Guillaume la ramasserait sans doute. Bernie également. Mes hommes, mes amis pour la vie, protègent Sixtine en mon absence, j'en suis sûre. Et D. aussi. Et elles sont là toutes les deux. Avec moi. Mon hypoglycémie nous permet de passer du temps ensemble.

Ma fille, je la garde en moi, bien au chaud. J'ai eu la chance de la revoir, c'est fait. Personne ne pourra me retirer ça. Mais que va-t-elle devenir, orpheline de ses parents alors que nous avons été orphelins d'elle ? Ira-t-elle vivre chez ses grands-parents ? En tout cas, elle reprendra sa scolarité. Ou alors non, elle coulera des jours heureux sans rien faire. Où est le mal, après tout ? Vivre est un projet suffisant. Pourquoi vouloir davantage ? Sixtine héritera d'un pactole de son père, inutile de prendre le travail d'un autre. Elle n'a rien à craindre. Tout va bien… Ce constat m'apaise.

Et puis il y a D. ! Elle est présente dans mon corps, dans mon cœur. Elle est là où j'ai mal, là où j'ai peur. Je lui ai réservé une place dans un coin, protégée à jamais de la folie des hommes. D., comme *désespoir*, *désir*, *délire*. Elle incarne l'ultime endroit au monde où j'ai envie d'être. Et même si je sais bien qu'elle n'est pas là, pas *vraiment* là, je l'entends me répéter ce qu'elle m'avait dit, quand Sixtine avait disparu : « Maintenant, c'est tout ce qu'on a. Jeanne, ta fille n'est plus avec toi, mais le reste ne change pas. »

À l'époque, ses mots m'avaient fait du bien. Aujourd'hui, ils me comblent et me désespèrent.

« Tout ce qu'on possède, c'est l'instant présent. Reçois ce que je te propose, tu l'auras dans l'instant, sinon ce sera perdu pour toujours. Maintenant, c'est tout ce que tu as, Jeanne, me rabâche-t-elle. Hier est passé et demain n'existe pas. »

Je pleure dans les bras de D.

Je voudrais m'y endormir pour qu'elle me berce éternellement, mais le sale type me surveille. Il ne veut pas que je ferme les yeux, il veut que je devienne folle, alors il met de la musique à fond quand je sombre, fait clignoter les spots comme dans une discothèque.

Il me surveille… Est-ce que ça signifie que je suis importante, pour lui ? Je ne l'ai jamais envisagé. Importante pour faire quoi ? On emmure son ennemi, non ? Pas quelqu'un dont on a besoin. C'est insensé. En plus, je ne suis l'ennemie de personne, même pas de Richard, et pourtant, on a fini par se détester, lui et moi. Se désaimer, au moins.

Je ne sais même pas à quoi je peux servir !

Le pire, c'est que D. va m'attendre au bar de l'hôtel Nikko. Si ça se trouve, une semaine est passée et elle ne m'attend déjà plus. Elle a dû s'enfiler quelques verres, déçue. Pour elle, je n'ai pas été à la hauteur de nous.

C'est nul. La déception sera son dernier souvenir de moi.

Non, elle va me chercher, remuer ciel et terre quand elle comprendra que je n'ai pas abandonné la voiture de Léon pour m'enterrer avec maman.

D., je suis ici ! Je ne sais pas où, mais ici, avec le sale type qui me torture…

Ici, nulle part, partout.

85

Quand le décompte affiche « 00 : 00 : 00 », D. me souffle à l'oreille : « N'oublie pas, Jeanne. Maintenant, c'est tout ce qu'on a. Aujourd'hui, vivre ça veut dire obéir », et dans la foulée, la voix nasillarde me demande :

— Quels sont les cinq piliers d'un esprit sain ?

J'observe mon image sur l'écran.

Au total, ça fait soixante heures que je lutte. Vu la rapidité avec laquelle mon visage s'est émacié, je doute de ma capacité à tenir soixante heures de plus. D. avait raison. D. a toujours raison. D. comme *discernement*.

Je fais oui de la tête, comme une petite fille. Oui à D., oui à la vie.

La voix trafiquée du sale type réitère sa question stupide, alors je récite la réponse stupide :

— L'obéissance est le premier pilier de l'esprit sain…

— Non, tu dois juste dire : l'obéissance est le premier pilier.

Mes illusions de résistance s'envolent. Je répète après lui, entre deux sanglots.

— L'obéissance est le premier pilier…

Je l'imite, je poursuis avec les quatre autres piliers, tels que je les ai appris malgré moi. Et le sale type prononce le cinquième avec moi, juste avant de me dire :

— Mais toi tu n'as aucun talent. Pas de talent, pas de talent, pas de talent. Alors tu vas travailler plus dur que les autres pour y arriver.

86

Des heures d'affilée, je répète les cinq piliers d'un esprit sain. Les mêmes mots, mille fois prononcés, m'entrent dans le crâne pour fusionner avec mon cerveau.

Je deviens les cinq piliers et la douleur de l'estomac vide à la fois... Je suis aussi un sexe irrité et une boule de puanteur accroupie sur un matelas fétide. Voilà l'état auquel je suis réduite. Mais je suis vivante.

Lorsque la voix nasillarde mentionne l'un des piliers, je récite les manquants. Je ne cherche pas à garder à quoi ça sert, je veux juste être la meilleure élève du monde.

Quand la voix se tait, le silence me terrifie. Je veux qu'elle revienne, alors je continue à réciter :

— L'obéissance est le premier pilier, l'hygiène est le deuxième pilier, la curiosité...

— L'obéissance, l'hygiène, la curiosité, l'humilité et le talent sont les cinq piliers. Tu le sais à présent, Jeanne. Tu le sais par cœur, mais tu ne le comprends pas. Non, ne parle pas, tu dois écouter ! L'obéissance est le socle. Le socle doit être solide, ou l'édifice s'effondrera sur lui-même. Et pour l'instant, tu obéis parce que tu as peur de manquer. Il faut que tu t'endurcisses, Jeanne, sinon un jour ou l'autre tu aimeras tes punitions. Or, celui qui aime ses punitions est prisonnier de la douleur pour toujours. Est-ce que tu rêves de liberté, Jeanne ?

J'ignore si je dois répondre. Je tremble de la tête aux pieds, de faim sans doute, de froid peut-être. J'ai tellement peur de ne pas donner la bonne réponse.

— On dit qu'il est nécessaire de se laver tous les jours ! déclare le sale type dans les haut-parleurs. Pourquoi ? Parce que les hommes sont des paresseux, des dégoûtants et des sans-cervelle. C'est pour cette raison que l'hygiène est le deuxième pilier d'un esprit sain !

Il s'adresse à moi comme s'il récitait sa leçon, m'ordonnant pour commencer d'être bien concentrée, car je vais entendre le deuxième chapitre des cinq piliers d'un esprit sain.

« L'obéissance parce que le maître sait mieux que l'élève.

L'hygiène pour éloigner l'élève de l'animal.

La curiosité de l'élève doit être permanente et sans cesse pousser le maître dans ses retranchements.

L'humilité apporte la capacité à toujours apprendre plus sans se considérer comme un savant.

Et enfin, le talent, l'élève doit le découvrir, car nous en avons tous un, il est la raison de notre présence sur cette terre. »

Le sale type s'arrête de parler quelques secondes.

— Maintenant, Jeanne, tu répètes après moi : l'obéissance parce que le maître sait mieux que l'élève…

87

Retenir la nouvelle leçon est fastidieux.

Ma concentration s'émousse de plus en plus vite. Je manque d'énergie, d'espoir, d'envie. J'y arrive pourtant, miracle, merveille des merveilles. Je la récite sans me tromper ! Si bien que le silence envahit ma cellule pour la première fois depuis des jours.

Un silence incroyable. J'entends battre mon cœur, goutter l'eau.

Ploc… ploc… ploc.

Et j'aime ça !

Il y a aussi toujours ces gratouillis à proximité. Les araignées, ça ne fait pas de bruit. Je maintiens ma théorie, il s'agit certainement de rongeurs.

Et puis il y a autre chose.

Je m'allonge près de la petite ouverture et je vois approcher un truc sur chenillettes, un jouet de gosse radiocommandé, qui entre dans ma cellule.

D'instinct, je recule. Tout ce qui vient du sale type est potentiellement dangereux. À l'arrière, une sorte de benne se lève, un sachet de nourriture glisse au sol. Avant que le truc ne reparte, je place l'emballage de mon précédent repas dans sa benne. J'agis comme une bonne fille qui range sa chambre.

L'obéissance, le premier pilier d'un esprit sain !

Cette fois, je patiente le temps que mon plat s'hydrate correctement. Je reste idiote devant la date de péremption. L'avenir, le mois de juillet dans deux ans. Ça ne signifie plus grand-chose, à présent.

Je mange en mastiquant avec application. Le poulet au citron confit et son riz à l'indienne sont bons, même froids.

Je crève d'envie de me laver.

Un bout de savon et un gant de toilette… je ne demande pas la lune. Le problème, de toute façon, c'est le manque d'eau. Boire ou être propre. L'éternel dilemme.

L'hygiène, le deuxième pilier d'un esprit sain !

88

Je récite mes leçons sans une hésitation. Des heures de suite. Sans arrêt.

À répéter la même bouillie, je me fais l'impression d'être une Chinoise ou une Nord-Coréenne. Je lutte pour ne pas éprouver de satisfaction à l'idée de bien faire. J'échoue. Ça fait mal aux tripes, de vouloir plaire au sale type.

Il ne me laisse pas dormir longtemps. Je suis si fatiguée. *Si tu savais, D., comme j'aimerais dormir…*

Aujourd'hui, le truc est venu deux fois avec des plats chauds et du savon. Il y avait même un rouleau de papier toilette parfumé à la rose dans le dernier chargement.

Aujourd'hui…

Qu'est-ce que je raconte ? Il s'est peut-être passé trois jours entre chaque voyage. Je n'en sais rien. Je ne sais plus rien… Ah si, je sais maintenant que ces gratouillis sur le sol, ce n'est pas un rongeur, c'est un chat qui joue de l'autre côté du mur. Je l'appelle. Le chat me snobe.

Je me lave le corps, les cheveux attendront, pas assez d'eau. Se sentir propre, respirer l'odeur du savon sur sa peau, s'essuyer les fesses avec du papier toilette. Le luxe suprême. Faute de serviette, je reste nue pour sécher. Ma pudeur a disparu, l'absence de porte me protège.

Mes excréments s'entassent dans un coin. Ça sent la charogne. Je me dis que ça aussi, ça me protège. Faudrait être pervers pour avoir envie d'abuser de moi.

89

Ce matin, j'ai eu mes règles. J'essaie de me débrouiller avec les moyens du bord, mais j'épuise vite le rouleau de papier toilette. Si ma séquestration n'a pas modifié mon cycle, ça veut dire que je suis enfermée depuis quatorze ou quinze jours. Je n'en reviens pas, moi qui pensais que ça durait depuis un mois ou deux.

Je crois que mon ravisseur me torture l'esprit à heure fixe. Il doit avoir ses habitudes. Cette fois, j'ose donner une réponse non admise dans son protocole dément. Quand il me demande quels sont les cinq piliers d'un esprit sain, je lui réponds :

— S'il vous plaît, j'ai mes règles. Je ne peux pas respecter le deuxième pilier si je n'ai pas ce qu'il faut.

Il y a un blanc, puis la voix nasillarde réplique :

— Concentre-toi sur le premier pilier. Quel est le premier pilier d'un esprit sain ?

— L'obéissance est le premier pilier, je m'empresse de réciter.

— Tu dois apprendre ! me signifie-t-il. Tu dois accepter que tu ne sais rien, tu dois mourir pour renaître et te soumettre au véritable enseignement. Tu comprends ?

Je fais signe que non.

— Il n'y a pas de dieu, pas de diable. Pas de bien et pas de mal. Tu dois agir selon la morale des cinq piliers d'un esprit sain. Pas besoin de te poser de questions, la réponse est toujours un des piliers.

Je doute tellement du bien-fondé de ses propos… Il le voit et s'emporte.

— Assimile l'obéissance et l'hygiène d'abord. Étape par étape, il te faudra intégrer pleinement les cinq piliers, ou au moins les quatre premiers. Puisqu'on en parle, quel est ton talent, Jeanne ? En as-tu un ?

Il m'a prise de cours. Quel talent ai-je ?

— Je ne sais pas !

— Ne pas savoir ne veut pas dire que tu n'en as pas ! crie-t-il. Mais je te le confirme : tu n'as aucun talent. Tu ne t'es préparée à rien. Tu as été une mauvaise mère. Tu as préféré travailler plutôt que de t'occuper de ton enfant. Tu n'as pensé qu'à toi, et tu vois où ton égoïsme t'a conduite ? Ici, aux cinq piliers d'un esprit sain. Avec moi, tu vas renaître ou tu vas mourir. Le choix est entre tes mains.

La voix se tait. Je n'ai pas droit à ma séance de récitation habituelle. Discuter avec moi a dû l'agacer. Il me laisse dans le noir, sans compte à rebours sur l'écran ni rien.

Un peu plus tard, le truc sur chenillettes dépose un paquet de serviettes hygiéniques à côté de mon matelas. S'il en a trouvé si rapidement, c'est que nous sommes à proximité d'une agglomération. Cette déduction ne m'aide pas beaucoup, mais j'honore le troisième pilier d'un esprit sain : la curiosité.

90

Il ne vient pas ! Le truc m'a apporté trois repas déjà et le sale type ne vient pas me faire réciter ses satanés piliers d'un esprit sain. Je n'entends aucun bruit. Il a dû se passer quelque chose. Je ne veux pas qu'il lui arrive malheur. Je suis tellement vulnérable. Certainement autant que Sixtine l'était.

Je pense beaucoup à elle, à ma fille qui a été enfermée six ans par des cinglés. Ma séquestration dure depuis quelques jours et je sais que je ne tiendrai pas très longtemps à ce rythme. Alors six ans… c'est une éternité.

Je ne comprenais pas pourquoi elle ne parlait de rien. Selon les psys, elle refoulait ses souvenirs. Aujourd'hui, je le crois volontiers. Aujourd'hui, je la comprends. Ce qu'elle a subi au cours de ces six années et comment elle a échappé à la surveillance de ses geôliers n'appartient qu'à elle. Ce qu'elle a dû faire pour survivre est une épreuve surhumaine. Personne n'a le droit de la juger.

Si je m'en sors, c'est à elle que je consacrerai le reste de mes jours.

À condition qu'elle en ait envie.

91

Je crois qu'il a récolté son cannabis. Ça sent beaucoup moins fort qu'avant. C'est peut-être la raison de son absence. C'est ça, il est parti vendre sa production, c'est son gagne-pain, c'est grâce à ça qu'il a pu se payer cet endroit dans lequel il m'a emmurée. Ça me ronge de le savoir dehors. Ses intrusions dans mon quotidien sont comme une récréation nécessaire à ma solitude. C'est terrible, mais il est mon seul visiteur.

Maintenant, c'est tout ce qu'on a !

Le tas de merde grandit. Tous les jours j'apporte ma contribution, je souille un peu plus mon univers. C'est inéluctable, cet espace se remplit de merde peu à peu. En plus, je m'applique, je mange mes rations jusqu'à la dernière miette. Qu'est-ce que je ne donnerais pas pour un café, un vrai, italien, au percolateur, avec une belle mousse ambrée à la surface !

Un ristretto per favore !

Il ne me laissera pas sortir. Aujourd'hui j'en ai la certitude. Pourquoi, comment, aucune idée et je m'en fous. C'est une certitude, c'est tout. Il me veut pour lui tout seul. Je lui rappelle peut-être quelqu'un, ou alors il a une dent contre les mères qui travaillent… La folie me guette, je raconte n'importe quoi.

Il a eu la fille, maintenant il veut la mère. Ce qu'il n'a pas saisi, c'est que je me serais sacrifiée pour Sixtine il y a sept ans, il aurait suffi de me le demander. Le sale type nous a fait perdre un temps précieux. Enfoiré !

Seulement, à quoi bon séquestrer une femme dans le seul but de lui faire réciter ces conneries ? Il va y avoir une suite ça ne fait pas de doute. Je sais qu'il existe toutes les perversions sur cette terre nourricière de tant d'hommes tarés, mais celle-là, je ne vois pas où elle nous mène. Honnêtement, je pense qu'un jour, lorsqu'il me jugera prête, il fera tomber le mur.

Ce jour-là, je serai un toutou docile qui n'aura que les cinq piliers d'un esprit sain à la bouche, comme d'autres récitent les Saintes Écritures. Je n'en suis pas encore à ce stade, mais ça viendra. Il a le temps pour lui. Moi je n'ai rien d'autre que mes souvenirs. Et je me rends bien compte que si je lutte pour les garder intacts, je lutte un peu moins de jour en jour. C'est épuisant, de lutter.

Chaque repas, chaque merde, chaque flux menstruel use le temps qui passe et m'engloutit. Je disparais, comme j'ai dû disparaître de l'esprit des autres, de ceux du dehors. On doit être en mai, le mois joli, le mois des fleurs, le mois où on recommence à baiser.

Je crois que je ne baiserai plus jamais. J'ai envie de D. parfois, ça me titille encore un peu. Mais mes hormones se tarissent sûrement parce que je ressens de moins en moins de choses.

L'absence de soleil doit jouer aussi, je m'ankylose dans mon gourbi plein de déjections. Je suis la dame caca qui récite des mantras…

92

Le truc arrive, je l'entends. Bouffer, utiliser mon corps comme un transit pour produits lyophilisés, j'attends ça à longueur de temps.

C'est le sixième repas livré en l'absence du sale type. Pas revenu, peut-être mort. Si c'est le cas, je suis morte aussi et je ne le sais pas encore. *Maintenant, c'est tout ce que j'ai*… Si tu savais, D., à quoi ressemble mon maintenant !

J'espère que cette fois j'aurai droit à une surprise, parce que trois fois de suite de la morue à la crème curry, ça lasse. Le truc couine un peu de la chenillette droite. Manquerait plus qu'il tombe en panne ! Je veillerai à ne pas y toucher, de peur de le casser. En tout cas, tant qu'il ne s'est pas pointé, je reste bien sagement sur mon matelas.

Comment ça fonctionne, d'ailleurs ? Est-ce que le sale type le dirige avec son téléphone, comme un drone, ou est-ce qu'il est programmé d'avance ? Et comment la bouffe est déposée dans sa benne ? Grâce à une sorte de distributeur ? Je n'ai pas encore percé à jour le système qui me ravitaille.

La benne est vide ! C'est quoi, ce bordel ? Je suis sûre qu'il l'a fait exprès pour me pousser à bout. La benne est vide et… putain, c'est ce chat qui joue avec mon sachet.

Il est à quoi… deux mètres de l'ouverture devant laquelle je me suis jetée ? Je le vois, ce foutu chat qui prend ma bouffe pour une souris.

— Viens, minette. Viens me voir. Petit, petit, petit.

Il s'approche, il renifle mes doigts.

— Non, reviens, te barre pas, y a ma bouffe, là…

Les lumières de la plantation s'allument. Le sale type est de retour. Il va voir que le sachet est par terre, si ça se trouve il me donnera double ration. Je vais lui réciter ses cinq piliers sans qu'il me le demande, histoire de lui prouver que je suis une bonne fille ! La télé s'allume à son tour, faut que je sois à ma place sinon il va croire que je prépare un coup tordu…

93

L'écran montre une salle étroite au sol crasseux. Ce n'est pas ma cellule. Je vois une ombre approcher, et puis un homme déposer un corps. L'homme ne se tourne pas vers la caméra, il n'est jamais de face. Il repart aussitôt en retirant un sac en tissu de la tête de… Oh, mon Dieu !

C'est Sixtine. Elle est en maillot de bain, inconsciente, pieds et poings liés, son visage brille, elle a dû transpirer, paniquer, pleurer. Elle ne bouge pas…

La date est incrustée dans l'image, avec l'heure qui défile. Il est quatorze heures trente. Le jour où ma vie a basculé. Il y a sept ans. Ce porc a filmé ma fille, ma petite chérie.

Voir cet enregistrement, c'est pire que tout, c'est monstrueux. J'ai tant espéré la retrouver, et maintenant qu'elle est libre il me la montre le jour de sa disparition.

Pourquoi ?

Pour que tu voies le temps qu'elle a perdu par ta faute !

Je n'ai pas connu la fin de l'enfance de Sixtine ni son adolescence. J'ai retrouvé une jeune femme déboussolée.

— Espèce de salaud ! Fils de pute ! Ça te fait bander, de me montrer ma fille, hein ! Mais tu vas où, avec ça ?

Elle t'a échappé, Sixtine, et tu ne la reverras jamais. Alors tu te venges sur la mère. Connard !

Je dis beaucoup d'autres choses. Je ne peux pas m'en empêcher. Il faut que ça sorte. C'est le baroud d'honneur de la vache qu'on mène à l'abattoir.

La réponse ne tarde pas.

— Quels sont les cinq piliers d'un esprit sain ?

Qu'est-ce que j'en ai à foutre, de ses piliers ?

Sixtine est immobile sur le sol, on dirait une image fixe, mais la bande-son dément cette impression. Elle pousse de gros soupirs, et mon cœur de maman fond.

Elle a eu besoin de moi et j'ai eu besoin d'elle... À cet instant, je me demande où est Dieu. Je Le vois dans le ciel, bien au chaud, tranquille... Je me dis qu'Il ne nous a jamais protégés, que ce monde d'hommes tarés n'a pas pu être pensé par Lui, ou alors ça veut dire que Dieu est complètement taré !

94

Le sale type a dû ramasser mon sachet de bouffe. Je ne l'ai pas vu faire, je ne pouvais pas. Si seulement j'avais eu la force de ne pas regarder le téléviseur… Mais comment ? C'était comme un documentaire qui répondait aux questions qui m'avaient hantée toutes ces années. Qu'était-il arrivé à Sixtine ? Je l'avais crue engloutie par l'océan, assassinée par ce violeur sur son bateau de pêche, et puis disparue, volatilisée, mangée par les crabes qu'on avait dû servir avec de la mayonnaise dans les restaurants de la Cotinière.

Sixtine reste allongée longtemps.

Quand elle reprend connaissance, elle a d'abord l'idée de faire la morte, ignorante de la caméra fixée quelque part au-dessus d'elle. Puis elle se démène pour se défaire de ses liens. Je la vois pleurer doucement, j'entends ses sanglots qu'elle tente d'étouffer, et mon cœur se serre avec le sien, sept ans trop tard.

Est-ce qu'il ne me l'a pas dit, le sale type : « Tu as été une mauvaise mère. Tu as préféré travailler plutôt que de t'occuper de ton enfant… » ?

Avais-je besoin de travailler ? Non, Richard gagnait bien sa vie, assez pour deux, assez pour trois. Je travaillais parce que je pensais qu'une femme ne doit jamais être sous la coupe d'un homme. Maman m'avait élevée ainsi. Avait-elle eu tort ? Est-ce que toutes les femmes laborieuses feraient mieux d'élever leurs enfants ? C'est en tout cas ce que le sale type veut me faire croire…

Sale con ! On travaille parce que vous êtes des lâches et que vous nous plaquez quand la ménopause arrive, et qu'on devient susceptibles ou irascibles, que nos hanches s'élargissent, nos ventres s'affaissent et nos seins tombent, que, pire encore à vos yeux, nos vagins s'assèchent et que c'est plus compliqué pour vos bites de nous pénétrer !

Sixtine pleure et l'homme ne fait rien pour la consoler. L'homme… Il suffit d'une fois où il oublie la caméra pour que je le reconnaisse. Kléber Duval. Il donne à boire à ma fille à l'aide d'un biberon. Ce détail me choque… Pourquoi un biberon ?

95

Ma vie carcérale a changé. J'ai maintenant droit à trois repas par jour.

Lors de ce que je peux considérer comme le matin, je récite mes leçons, auxquelles s'ajoutent des lectures de textes liés aux cinq piliers d'un esprit sain. Je reconnais des extraits de livres. Descartes, Rousseau, Pascal. Le sale type utilise la pensée des philosophes pour asseoir ses principes. D'autres passages me sont étrangers. Rien d'étonnant, je n'ai plus beaucoup lu depuis mes études au lycée. J'aurais dû, la voix nasillarde me fustige de m'être laissée aller à la paresse.

En fin de matinée commence le visionnage des années de séquestration de Sixtine. C'est une épreuve terrible qui se poursuit le reste de la journée et une partie de la nuit, des heures et des heures de plans fixes montrant la cellule où elle a vécu.

Mon corps va mieux, mais mon âme est en enfer.

Ce que je regarde est innommable.

Kléber est aidé par un autre homme, l'Asiatique. C'est à lui qu'appartient la voix nasillarde qui résonne dans mes haut-parleurs.

Non, impossible : il était enterré dans le jardin d'Oléron !

Alors ça doit être un frère ou un cousin que j'entends.

Quoi qu'il en soit, l'Asiatique est là, tout le temps, avec Sixtine.

Aujourd'hui, je comprends que Sixtine est restée un an dans le noir. Qui peut infliger ça à un enfant ?

Je me souviens de ce que Léon disait : « Ne les qualifie pas de monstres, ils sont autant humains que toi ou moi, ils sont une partie de nous ! »

Et nous une partie d'eux.

Il a privé ma fille de nourriture pour qu'elle redevienne un petit animal, il l'a nourrie au biberon, et ensuite l'a dressée comme un petit soldat.

Je vois ces choses.

Mais pourquoi, pourquoi ?

POURQUOI ?

96

Sixtine a grandi, elle n'est plus dans le noir, à présent, et elle récite les cinq piliers d'un esprit sain. On connaît tous ces images de nazis braillant la grandeur de leur dirigeant suprême. Sixtine a la même ferveur dans la voix, la même illumination sur le visage.

Où est Dieu, s'Il permet à cet Asiatique de transformer ma fille en robot ?

J'aimerais m'en prendre à quelqu'un d'autre. S'en prendre à Dieu, je l'avoue, c'est facile. On Lui met tous nos maux sur le dos, et en avant la jeunesse ! Comme ça, plus besoin de se poser de questions, Dieu a fait le con en nous créant, maintenant faut qu'Il assume. Et qu'Il répare…

97

Il faut croire que le sale type s'est lassé, il ne me fait plus réviser les cinq piliers d'un esprit sain. Ça ne me manque pas. C'est juste que ses conneries m'occupaient. En réalité, j'ai le sentiment qu'il m'a simplement fait le coup du lavage de cerveau pour que je comprenne de l'intérieur ce qu'a vécu ma fille.

Le temps s'étiole à l'infini. Mon tas de merde est devenu colline. Un jour il sera montagne et je gravirai son sommet. Les pieds enfoncés dans mes excréments, je chanterai comme un coq de basse-cour. « La complainte de Mandrin », je l'aimais bien, quand j'étais gamine.

98

Le chat voleur est entré dans mon palais de princesse. C'est un siamois croisé gouttière croisé je ne sais pas quoi. Enfin, c'est *une* siamoise !

Madame Distinguée est enceinte jusqu'aux yeux. On dit gravide pour une chatte, non ? Pleine, c'est moche. Grosse aussi. Mais c'est vrai qu'elle est grosse. Pas dégoûtée, la bestiole, pas dérangée par l'hygiène du palace qui laisse à désirer. Elle me renifle en douce pendant que je me vautre sur mon matelas entre deux documentaires sur l'apprentissage de la langue française chez une fillette de onze ans qui s'exprimait très bien avant qu'on ne lui rince le bulbe à l'eau de Javel.

L'odeur lui plaît, elle se couche près de moi et se met à ronronner comme une forge. Je ne bouge pas. L'état de grâce, l'impression d'être aimée. Juste un peu, encore un peu, même par une chatte. Elle n'a pas de collier, pas de nom, pas d'étiquette. Elle ne travaille pas, ne vote pas, ne paie pas d'impôts. Elle doit faire ses courses à Minouprix et Penny installe les boîtes de Mioumix pour Madame Distinguée…

C'est bon, le contact avec cette créature sensible et chaude. Surtout pour assister à la rencontre entre Sixtine et Alphonse.

Si j'en crois les dates sur les vidéos, ça fait un peu plus d'un an que Sixtine est entre les mains de l'Asiatique. Et quand celui-ci jette Alphonse dans la cellule de ma fille, elle se rue sur lui comme une tigresse, toutes griffes dehors. Alphonse réagit trop tard. Il a encore ses cheveux. Je pense qu'il vient d'arriver dans cette maison de l'horreur.

À la fin, l'Asiatique est obligé de chasser Sixtine pour qu'elle ne crève pas les yeux d'Alphonse. Le petit n'est sûrement pas conditionné. Il reste par terre un long moment à pleurer.

J'ai envie de vomir et rien ne sort.

99

Les vidéos montrent que l'Asiatique a des ambitions pour ma Sixtine. Elle étudie comme à l'école. Pas tout. Seulement français, mathématiques et histoire. Le reste n'a pas l'air de compter. Si, elle dessine beaucoup. Et puis il y a les leçons philosophiques, et les cinq piliers d'un esprit sain, récités au garde-à-vous tous les matins en début de classe.

Côté extérieur, l'Asiatique dispense des cours de botanique, cultures vivrières et plants de cannabis. Il chasse peut-être, en tout cas il rapporte régulièrement du gibier que Sixtine dépèce. Les mains de ma fille dans la carcasse d'un sanglier, avec sur les lèvres le sourire satisfait du travail bien fait, le tableau en choquerait plus d'un…

Sixtine apprend. En plus d'être jolie comme un cœur, elle a toujours eu une tête bien faite. Et j'assiste à la métamorphose d'une fillette des villes en une guerrière préparée pour le chaos. Je n'invente rien, c'est l'Asiatique qui le dit : « Il n'y a rien à regretter, bientôt le monde que tu as connu aura disparu. Il faudra être courageuse et brave, et savoir te débrouiller pour espérer survivre. Ton père, ta mère, tes amis, tous ceux que tu as aimés n'existent plus. »

Sa voix nasillarde est insupportable. Il espère quoi, ce salopard ? Détruire l'image de sa maman dans le cœur de Sixtine ? Je suis certaine que ma fille garde un morceau de moi au fond d'elle, bien caché, protégé pour que l'Asiatique ne vienne pas l'abîmer avec ses sales pattes de manipulateur !

Ce que je sais, en revanche, c'est qu'elle ne parle plus de moi depuis des semaines. Même quand le soir, en s'endormant, il lui arrive de pleurer.

Définitivement, ces instants sont les plus éprouvants à regarder, et je me déteste de croire qu'elle pleure de ne pas être dans mes bras. Mes pensées sont impures, je me soucie plus de moi que d'elle. Je ne la mérite pas. L'humilité est le quatrième pilier…

100

La chatte fait ses besoins sur mon tas de merde. Je la trouve gonflée, elle qui peut explorer le reste du monde a choisi de m'aider à rétrécir mon espace de vie. Quelle ironie ! Je ne veux pas la chasser pour autant. Un peu de crotte en plus ou en moins… Si seulement c'était mon unique problème…

Aujourd'hui, le truc m'a apporté deux sachets au lieu d'un, un nouveau morceau de savon, une combinaison de chantier bleu marine, une brosse à dents et un tube de dentifrice ! J'ignore ce qu'on fête, mais ça doit être quelque chose d'important. Le truc a été contraint de faire plusieurs voyages et à la fin il se déplaçait au rythme lent des caravanes. Visiblement, lui, son problème, c'est les piles.

Sixtine et Alphonse ont l'air de s'être réconciliés. Alphonse est rasé. Ensemble, ils cultivent le potager de l'Asiatique, qui les surveille en permanence, un aiguillon électrique à la main. Il s'en est servi une fois sur chacun. J'ai pensé qu'il allait les tuer. Des enfants ne sont pas des vaches, leur cuir n'est pas aussi épais.

Ce monstre a des techniques pédagogiques imparables. Sixtine et Alphonse se méfient de lui, ils filent droit quand arrive l'heure de rentrer. Et pas question de crier à l'aide, au cas où quelqu'un passerait dans les bois à proximité de la maison. Ils sont aux ordres, le petit doigt sur la couture du pantalon. Jusqu'au jour où j'assiste à une scène incroyable…

Après quatorze mois de séquestration et de rééducation, Sixtine et Alphonse tentent d'assommer l'Asiatique. Ils ne donnent pas l'impression de s'être concertés avant. Alphonse n'est pas assez fort, il ne fait que blesser l'Asiatique. Résultat : les enfants sont punis pendant des semaines. Pas de sortie, pas de cours, réduction des portions alimentaires.

C'est après cet incident que l'Asiatique installe un long câble dans le jardin où pendent deux colliers de force au bout de leur longe.

Je déteste l'admettre, mais les images de Sixtine me touchent de moins en moins, comme si je m'habituais à voir qu'on la dressait comme un animal. Et je trouve ça tellement attristant de me sentir glisser vers l'indifférence. Vivre ici me néantise, l'humanité me quitte à mesure que grandit mon tas de merde.

Quand les chatons seront nés, ils m'aideront à le faire croître. Alors, je grimperai dessus, m'approcherai du vasistas, et à moi la liberté !

101

Pendant sept ans, un coin dans ma tête a gardé Sixtine en vie, un coin où elle grandissait, où on se promettait de se retrouver. Nos rencontres se faisaient en vitesse, parce qu'il ne fallait pas que je reste longtemps dans cet endroit où les enfants ne meurent jamais. Question de santé mentale. Mais j'y ai vu évoluer ma fille, je la fantasmais jeune adulte, rencontrant un garçon, s'éclatant dans son travail, courant le monde sans oublier de passer voir sa mère vieillissante…

Je ne pense plus que les images de Sixtine me touchent de moins en moins. Mes émotions sont simplement fluctuantes.

Sur les archives vidéo, j'assiste aux premières règles de ma fille. Enfermée, elle s'est quand même épanouie en tant que femme, femelle. Et finalement je comprends que la vie se répand partout, qu'elle n'existe qu'à cette seule fin, croître, pousser, se multiplier…

Sixtine est enceinte.

Elle a treize ans et son ventre s'arrondit. D'ici à quelques mois elle enfantera et personne ne sera là en dehors de son violeur ! J'ai de la chance, il m'a épargné la violence la plus insoutenable qui soit, je ne le verrai pas abuser de ma toute petite…

102

Sixtine accouche seule dans sa chambre, accroupie comme le faisaient autrefois les femmes. Elle souffre dix-huit heures d'affilée entre les premières contractions et la naissance du bébé. Je supporte cette épreuve avec elle, je pousse avec elle, j'expulse avec elle.

J'aurais pu m'abandonner un instant au bonheur d'être grand-mère si Kléber Duval n'était pas venu dans la minute arracher le nourrisson des bras de ma fille.

Qu'en a-t-il fait ? Je le sais capable de l'avoir enterré vivant. Cet homme me dégoûte. J'ai été grand-mère un jour dans mon existence, et je le vis seulement aujourd'hui, avec plusieurs années de retard.

C'était au printemps, que faisais-je à ce moment ? Le chagrin avait emporté maman, je n'empilais pas encore des choses dans les rayons de Monoprix, la procédure de divorce aboutissait. J'avais beau réfléchir, je ne parvenais pas à être plus précise. Ma fille avait enfanté et je n'en avais rien su…

Sixtine reste prostrée une éternité. Elle n'a droit à aucun soin, juste à une quadruple ration de serviettes. L'infanticide ne revient pas, l'Asiatique reprend les cours, l'ordre est rétabli, Sixtine se fera une raison.

Difficile d'être mère quand on a treize ans et qu'on vit dans un réduit sous la domination absolue d'un Asiatique qui se prend pour Mao.

Je pleure avec elle, je prends les médicaments contre la montée de lait avec elle, et lorsqu'elle est malade, je suis aussi malade.

Après ça, Sixtine ne tombe plus enceinte. Les viols ont-ils pris fin ou Mao glisse-t-il une pilule contraceptive dans sa nourriture ?

J'aurais tant voulu être avec elle pour la conseiller, l'aider à devenir une femme, échanger des confidences, lui montrer le chemin, comme les autres mères font avec leurs enfants.

À force de vivre, on finit par considérer l'extraordinaire comme normal, on oublie que la vie est un miracle et qu'il suffit d'un rien pour qu'elle cesse. Il faudrait naître avec le plan de son existence, ce serait plus simple, on profiterait mieux. Au lieu de quoi, vivre revient à un coup de bluff permanent où seuls les chanceux s'en sortent. Je n'ai pas été chanceuse. C'est tout.

103

La chatte émet de drôles de bruits. On dirait qu'elle va vomir, mais rien ne se passe. Je crois qu'elle s'apprête à mettre ses petits au monde. C'est émouvant, je me sens proche de cet animal et… finalement non, elle recrache les morceaux de dinde sauce curry que je lui ai donnés. La bouffe lyophilisée n'a pas grâce aux yeux de madame-distinguée-enceinte-au-delà-du-possible. Ça ne doit pas être terrible pour moi non plus, ces plats industriels. Mais on s'en fout, non ? On se fout de tout, ici…

D'un coup elle se lève, elle a décidé de rejoindre d'autres pénates.

— Reviens, Grisette ! Je préfère quand t'es là…

La chatte s'arrête juste au-delà de la petite ouverture qui sert de passage au truc, elle se lèche une patte. Là-bas il y a de la lumière, derrière les lés de plastique. Le sale type doit être en train de bouturer son cannabis. À moins qu'il ne me prépare les vidéos du jour. Qu'est-ce qu'il va me montrer, cette fois ?

— Grisette, viens ici, y a rien à faire, par là !

Je tends le bras pour l'attraper, et là je sens qu'on me touche la main. Réflexe immédiat, je le retire. Je tremble. Il y a longtemps que personne ne m'a touchée. J'ai pas envie, je veux choisir qui me touche. Qui est-ce ? Je n'ose pas demander et je me recroqueville contre le mur.

— Elle ne s'appelle pas Grisette, elle s'appelle le chat. Et c'est une petite délurée qui va encore me coller une portée. Hein, vilaine chatte qui baise sans se soucier des conséquences !

Cette voix ! Je ne peux pas y croire, et pourtant, c'est bien celle de ma fille.

C'est impossible.

Je m'interdis de réfléchir. Je songe que c'est sûrement un coup du sale type qui me passe de vieilles bandes-son. Je me mens comme je peux parce que je sais déjà.

— Qu'est-ce qu'on va faire de ses petits quand ils seront là, hein ? On pourrait les vendre avec le cannabis. Ou mieux ! Un chaton offert pour un kilo d'acheté. C'est bien, non ? Toi qui as travaillé dans la pub, qu'est-ce que tu en penses ?

Ou une femme dont la voix ressemblerait à s'y méprendre à celle de Sixtine. Ça s'est vu, on se trompe parfois. J'essaie, je fais ce que je peux pour ne pas plonger dans ce cauchemar.

— Maman, tu ne dis rien. Tu n'es pas contente de me retrouver ?

À l'intérieur de ma poitrine, les vaisseaux éclatent, et le sang se répand partout, le niveau monte, je me remplis et je déborde, la gorge, la bouche, j'étouffe, je… La vie s'accroche. Mon cœur bat trop vite, mais il bat. Le vertige passe, je suis toujours là et je vais y rester par la force de ces quatre murs, aphone, aveugle, tétanisée, mais avec la certitude à présent que ma fille est derrière ces parpaings.

La chatte ronronne. Je glisse un œil par l'ouverture et je vois une main la caresser, longs doigts et ongles courts. Je ne sais pas l'identifier, je ne connais pas assez les mains de ma fille, alors je me rassois.

J'entends qu'on bouge, des pas s'éloignent, et puis reviennent. De nouveau je ne respire plus. Le temps s'est arrêté, un grand trou va se former sous mes pieds et j'y disparaîtrai. Oh, mon Dieu, faites que ce soit faux ! Mais Dieu regarde sans doute ailleurs, car la voix reprend :

— Tu me demandais où était passée la maison de poupée. Tu ne croyais pas sérieusement que je l'avais donnée, n'est-ce pas ?

En me penchant, je distingue, à l'endroit où Grisette se léchait, la maison hors de prix que les Vigier avaient offert à Sixtine. Tout y est, le mobilier, les luminaires sous tension, les petits personnages articulés. Les mains de ma fille retirent la façade, puis installent deux personnages de part et d'autre d'une cloison du premier étage.

— Ici c'est toi, et là c'est moi. On va avoir une petite conversation, toutes les deux, et ensuite je m'en irai, parce que j'ai à faire aujourd'hui.

Qu'est-ce qu'elle raconte ? Comment est-elle arrivée jusqu'à moi ? Et l'hôpital ? Ils l'ont lâchée dans la nature alors qu'elle est encore malade ?

Bande d'irresponsables !

Je ne l'écoute qu'à moitié, parce que je ne suis plus capable de me persuader que ce n'est pas elle, ce qui a pour conséquence horrible de me faire prendre conscience de tout ce que cela implique. La présence de ma fille de l'autre côté du mur signifie qu'elle est une meurtrière, une psychopathe, une manipulatrice, une cinglée !

Je n'ose pas bouger. Une partie de moi, la plus enfouie, celle qui n'est jamais en contact avec l'extérieur, s'accroche à ce qu'elle a toujours su : j'ai une fille de dix ans, c'est mon bébé, elle est tout ce que j'ai et je tuerais pour la défendre. Au fond, tout au fond. Et cette certitude résiste, elle se tend, se tord dans tous les sens pour s'adapter au nouveau paradigme...

— Fais-moi sortir d'ici, montre-toi. On discutera après.

Je dois reprendre le contrôle, je refuse de me fier à une simple voix.

— D'abord, tu dois savoir que je n'ai pas beaucoup de temps à te consacrer.

— Dans ce cas, va droit au but !

L'agressivité me soulage. L'adrénaline me dilate les vaisseaux, le sang circule mieux. Je respire plus librement.

— Je ne te dois rien, et je peux très bien partir tout de suite.

— Non, reste !

Ma maladresse m'agace. Sixtine s'exprime comme une adulte. À cet instant, c'est moi, l'enfant, la vulnérable.

— Qu'est-ce que tu veux que je te raconte ?

Comment ça ?

Tout, bien sûr !

Elle n'a rien dit depuis qu'on l'a retrouvée dans cette église des Pyrénées. Son enlèvement, sa séquestration inhumaine... Et depuis que je suis là, les questions se sont multipliées : pourquoi elle ? Pourquoi lui a-t-on fait endurer toutes ces horreurs ? Où est passé son enfant ? De qui était-il ? Et dans la maison d'Oléron, qui a tué ces jeunes gens ? Oh, mon Dieu, et Richard, qu'est-ce qui s'est vraiment passé cette nuit-là ?

Des interrogations, j'en ai des centaines, des milliers, au moins une par jour de manque, mais pour une raison que j'ignore, mon attention se fixe sur un détail, et je m'entends demander :

— J'ai vu ton journal intime. Tu as arraché des pages... Tu aurais pu me parler. J'aurais pu t'aider, Sissi. Pourquoi ne m'as-tu jamais confié ce qui était arrivé à Luka ? Tu voulais nous protéger, ton père et moi, c'est ça ?

Pour le moment, je n'attaque pas. Il y a pourtant une autre question qui me brûle les lèvres : qu'ai-je fait pour me trouver emmurée ici ?

Elle viendra. Chaque chose en son temps. Je laisse tout ça tournoyer dans mon gourbi, aller et venir entre la montagne de merde et ma pauvre carcasse écroulée contre le mur. Il faut du temps pour se relever d'un séisme, et le mien est toujours en cours. Le monde tremble encore, les répliques peuvent être nombreuses.

— Ouh, elle remonte à loin, ton histoire ! T'as rien de plus récent ?

Son ton enjoué, je ne l'interprète pas. Je n'y arrive pas. Si ma fille est capable de s'amuser de cette situation, c'est qu'elle est folle à lier !

Voici donc la première réplique sismique.

Ma fille est folle, ma fille est folle…

Mais qui ne le serait pas, après sept ans de tortures ?

En revanche, je dois savoir jusqu'à quel point. Il en va de ma survie, et j'ai promis à D. que ce n'était pas terminé… Non, je me le suis promis à moi-même, nuance.

— Le chat et moi on se connaît depuis longtemps. Elle a déjà eu des petits et on n'a pas pu les garder. Le Maître n'a pas voulu.

Je n'écoute pas ses divagations sur le chat, je me fous de ce chat, je…

— Je veux sortir, Sixtine. On parlera quand tu m'auras permis de prendre une douche et que je me serai changée.

Un calme immense m'envahit. Soudain, sans que je demande rien, la machine qui malmenait mon cerveau s'arrête. Ma raison reprend les commandes.

— Tu ne sortiras jamais.

C'est dur de prendre conscience que votre fille de dix-sept ans vous condamne à mort, mais la raison persiste, elle s'enracine dans ce moment affreux, comme si elle ne voulait rien louper.

— Pourquoi ? Je suis curieuse que tu me racontes ce que je t'ai fait.

— La curiosité est le…

— Troisième pilier, oui, je sais, figure-toi, le sale type à la voix nasillarde m'a assez emmerdée avec ces conneries !

Je l'entends rire, et puis appeler Alphonse, qui arrive en courant.

— Quoi, qu'est-ce qu'il y a ?

Il a un beau timbre grave chargé en testostérone, le fils de Natalie. J'aurais dû me fier à mon instinct. C'était bien lui, au cimetière.

— Qu'est-ce que le Maître a dit ? demande Sixtine avec une voix d'enfant.

— Le Maître a dit : quels sont les cinq piliers d'un esprit sain ? répond-il.

L'imitation est parfaite. On croirait que le Mao de Sixtine me parle derrière la paroi.

Je comprends alors. Mon erreur d'interprétation. Ma naïveté. Et le sang reflue de mon visage. L'Asiatique n'a jamais eu de frère ni de cousin.

La présence quotidienne d'Alphonse ici enterre à jamais l'innocence de Sixtine. Ma fille est, depuis le début, complice de mon enlèvement, de ma séquestration et de la condition ignoble à laquelle on m'a réduite.

— Explique à ma maman ce qu'on lui a fait, au Maître.

— On l'a remboursé en une fois de tout ce qu'il nous a fait subir. Il n'avait plus beaucoup de dents, quand on a retiré sa tête des chiottes.

L'image les fait rire. Ils s'amusent de la mort, de la bêtise de leur bourreau, piégé par leur stratagème consistant à faire mine de s'étriper dans le jardin, jusqu'à ce qu'il se précipite vers Sixtine pour l'arrêter. Ils me donnent les détails, comment elle lui a écrasé un caillou dans l'œil pour le déstabiliser, la façon dont Alphonse l'a immobilisé avec sa longe tandis que Sixtine subtilisait les clés, le plaisir qu'ils ont pris à lui passer à son tour le collier de force autour du cou et à le tabasser. Tout, ils me racontent tout, y compris l'endroit du jardin où Kléber Duval les a obligés à enterrer le corps quand il a découvert le crime. En réalité, ils me disent tout, sauf l'essentiel. Pourquoi et comment cette folie a-t-elle commencé ?

Notre échange est interrompu par Alphonse, il a du rangement à faire. Ils sont excités par le grand départ imminent.

— Sixtine, tu peux encore tout stopper, tu peux changer d'avis, revenir vers le bien. Je suis là, je veux t'aider. Vous avez été maltraités pendant sept ans, vous n'étiez que des enfants, vous n'avez pas eu le choix. Les juges comprendront.

— Pauvre chérie ! Toi, par contre, tu n'as vraiment rien compris.

Sa voix est menaçante. Je laisse couler, il faut l'amener à la raison, alors je poursuis :

— Tu te souviens comme on comptait l'une sur l'autre ? Eh bien, on peut recommencer, toi et moi. Qu'est-ce que tu en dis, Sixtine ? Tu es ma fille pour toujours. Tu le sais, n'est-ce pas ?

— À toi d'intégrer une chose : je ne t'aime pas et je n'ai pas envie de compter sur toi. Oh, dis donc ! La chatte s'est planquée dans un tiroir de l'atelier, elle va accoucher. Ne bouge pas, je reviens !

104

Elle m'appelle « pauvre chérie »...

Sixtine ne me déteste pas, je la laisse indifférente, et dans son esprit dérangé, cela signifie qu'elle pourra m'abandonner dans mon gourbi une fois qu'Alphonse aura achevé de préparer leurs affaires.

Dans une famille, tout ne marche pas toujours comme sur des roulettes. Il arrive qu'on s'engueule, qu'on se jette des mots au visage, des mots durs, parfois des mots terribles, qu'on regrette ensuite. Ceux que Sixtine vient de me servir sont assumés. Elle a décidé de me livrer aux ténèbres parce que... Pourquoi d'ailleurs ?

En tant que condamnée, quand d'autres réclameraient une dernière cigarette ou un verre de whisky, j'estime que j'ai droit à la vérité. Je l'interroge dès son retour.

— Si Kléber Duval ne t'a rien dit, ça m'ennuierait de lui gâcher sa surprise.

Je ne saurai jamais la vérité. Sixtine elle-même l'ignore peut-être. En réalité, je me demande à présent si elle est d'une intelligence supérieure à la moyenne ou si elle est idiote. C'est vrai, elle a su manipuler son monde depuis qu'elle a refait surface. Mais les psys se trompent souvent, et Richard autant que moi avions un tel besoin de la savoir indemne que nous étions tout sauf lucides.

Sans transition, Sixtine change de sujet. J'ai un peu de peine à la suivre.

— Tu imagines qu'on se racontait tout, toi et moi ? Tu vois ces deux-là ? lâche-t-elle en désignant deux personnages qu'elle vient d'enchevêtrer sur un lit de la maison miniature. C'est Richard et la mère de Jérémie qui baisent.

Sa voix change, elle imite une femme qui se pâme :

— Oh oui, je l'aime, ta grosse queue, fourre-la-moi dans la bouche, je l'aime, vas-y, baise-moi à fond ! Tu crois que je les ai pas vus s'envoyer en l'air pendant qu'on était censés faire des pâtés de sable sur la plage, Jérémie et moi ? poursuit-elle sur un ton normal. Et je te l'ai confié, ça, à toi qui adores penser qu'on se racontait tout ? Non. Pourquoi ? Parce que tu n'étais pas là, toujours occupée à des affaires tellement plus importantes. Richard, lui, il gueulait des trucs dégueulasses pendant qu'ils copulaient, il faisait pareil avec toi ? Elle était bonne, la queue de papa, dis ? Tu venais souvent m'embrasser après lui avoir vidé les couilles ?

105

Elle part un long moment.

Je ne sais plus quoi penser. À vrai dire, réfléchir ne m'est d'aucun secours. Je serais une souris, je me faufilerais par le vasistas, un chien, par la petite ouverture au sol. Je serais un papillon, la mort m'aurait déjà délivrée du mal. Être moi ne m'avance à rien.

Tout à l'heure, je les ai entendus forniquer. Ils ne devaient pas être loin. Ils l'ont fait exprès, j'en suis certaine, et Sixtine gueulait comme dans un porno. Bizarrement, ça m'a rappelé ma dernière nuit avec Richard, cette nuit où nous avions lutté de toutes nos forces contre la folie…

Le truc m'apporte un repas un peu après. La récompense suit l'épreuve. C'est une soupe chinoise aux vermicelles. C'est salé, mais sans saveur. Un petit sachet de poudre aromatique l'accompagne. Le problème, c'est que dans l'eau froide, rien ne se mélange.

Avant, quand j'étais Jeanne, j'avais le sentiment de ne pas réussir à fixer les jours, comme si le réel s'effilochait sans que j'arrive à le retenir.

À présent tout est lent, tout s'accroche. Je me sens à l'étroit dans ma tête, j'aimerais débrancher mon cerveau. Mais comment y parvenir ?

Maintenant, c'est tout ce que je suis.

106

Souvent, Sixtine n'a pas une intonation plus haute qu'une autre. Elle parle sans émotion. Ni plaisir ni souffrance. C'est comme si elle ne ressentait rien.

Quand elle échange avec Alphonse, c'est elle qui a le dernier mot. Lui est un chien fou, il a l'âge de ses hormones, alors que Sixtine semble sans âge.

Je me demande quelle est la part de diable en elle. Je me demande si elle était ainsi quand je la connaissais. Je me demande tant de choses…

Peu à peu se développe la conviction que je ne saurai pas tout. Je ne comprendrai pas ma fille parce que j'en suis incapable. Son fonctionnement m'échappe. Je ne sais même pas ce qu'elle me reproche.

Je voudrais pourtant savoir pourquoi elle a assassiné son père, pourquoi elle m'a enfermée, pourquoi elle se comporte comme une psychopathe. Et puis je voudrais savoir pour quelle raison Kléber Duval l'a séquestrée avec son propre fils. Y a-t-il un lien avec le meurtre du petit garçon de Guillaume par l'Asiatique ? Les enfants avaient-ils commencé à raconter ce qu'ils avaient vu ? Mais à qui ?

Obtenir des réponses, est-ce trop demander ?

Je crie des heures durant pour qu'elle m'accorde un peu d'attention.

C'est un échec. Sixtine ne me dira rien.

Mais Alphonse vient.

— Mamadja, tu le sais, que l'obéissance est le premier pilier !, lance-t-il. Alors ferme ta gueule, sinon t'auras rien à bouffer !

Sa façon de m'appeler me déroute. Mamadja. Est-ce la contraction de « maman » et de « Jeanne » ?

Est-ce ainsi que Sixtine me surnomme ?

107

— Dans mon rêve, je marche sur la dune, il fait chaud, c'est agréable. Je sais que Jérémie m'attend, mais je n'ai pas envie de le rejoindre. Jérémie, il me soûle. Il est amoureux de moi et il m'offre plein de trucs, mais moi j'ai pas envie de le voir. Le problème, c'est que souvent j'ai pas le choix parce que papa, il veut pouvoir baiser la mère de Jérémie tranquille, alors il me le colle dans les pattes.

« Sur la dune, c'est plus intéressant, ça m'attire. La semaine d'avant, j'ai vu un homme et une femme qui se tripotaient et d'autres hommes autour qui se branlaient en les matant. Ça m'a dégoûtée, mais j'ai pas pu m'empêcher de rester pour regarder. La fille, elle était à quatre pattes, et le gros il était derrière elle, et il lui envoyait des coups avec son ventre, il était tout rouge, j'ai cru qu'il allait crever dans le cul de la fille, mais non, il avait ses mains sur ses fesses et il la secouait pour que ça soit elle qui fasse tout le boulot, et il avait ses couilles qui se balançaient entre les cuisses, comme une crête de coq à l'envers qu'aurait rien eu à foutre là. Les mecs, ils ont l'air débiles, quand ils baisent. Tu pourrais leur planter un couteau dans le dos, ils ne s'arrêteraient pas. Comme des clébards. Tu vois, mon rêve il est carrément réaliste.

« Après, j'en ai marre de les voir s'astiquer alors je me barre vers les blockhaus. J'aime bien là-bas, c'est flippant, et justement c'est ça qui est cool. Au début, je me balade, et ensuite ça se passe toujours comme quand j'étais gosse. Il y a un vieux type avec un chien, je veux lui raconter mes exploits d'aventurière et caresser son animal – il est gentil, hein ? Et puis il m'attrape et il me serre si fort que j'ai mal aux os. Je suis sûre qu'il va me frapper, mais non, il m'empêche simplement de crier et il me murmure à l'oreille : "Tu ne te promèneras plus jamais seule dans les bois, petit ange. Tu es à moi, maintenant, tu es à moi pour toujours !" Il a une odeur puissante et les bras pleins de poils, comme des pattes d'araignée qui lui sortent de la peau. Je ne peux rien faire pour m'échapper, il me roule en boule dans le coffre de sa voiture et tout disparaît. »

Je ne parle pas, je n'ose pas respirer, de peur que Sixtine ne m'entende et ne s'arrête. C'est la première fois qu'elle se confie à moi. Sa voix est plus humaine que d'habitude. Et je me dis que, avec un peu de temps, je pourrai la toucher, réembraser l'étincelle d'amour qui gît dans son cœur d'enfant.

Mais non, je crois qu'elle est partie. Je me suis peut-être endormie entre-temps.

Ici, je ne sais plus à quel sens me fier.

108

Tout à l'heure, Sixtine est venue me demander :

— Qu'est-ce qui te ferait plaisir pour ton dernier repas, maman ?

Je n'ai pas répondu.

Dorénavant je lui oppose mon silence, c'est mon ultime acte de rébellion.

Mais elle va revenir, j'en suis convaincue.

Je sens que, pour elle, obtenir une réponse est important, comme si elle franchissait des étapes nécessaires à son plan inhumain.

Elle va revenir parce qu'on ne condamne pas sa mère à mourir de faim.

Enfin, je crois…

109

— Je me suis dit que t'aurais faim, alors je t'ai apporté ça.

Elle jette un paquet par l'ouverture. Des chocolats Mon Chéri, ceux que maman m'offrait à chaque Noël. Preuve que Sixtine se souvient, ou au moins qu'elle a des bribes de souvenirs. Je lui en donnais un de temps en temps et elle raffolait du goût du kirsch.

C'était notre secret, jamais Richard ne m'aurait approuvée. « On ne donne pas d'alcool à un enfant, tu ne trouves pas qu'il y a assez de débiles sur terre comme ça ? »

Pauvre Richard… je songe souvent à lui. Je ne parviens pas à m'empêcher de le visualiser dans sa boîte au cimetière. Le pourrissement lent dans le cercueil scellé, la momification, la peau qui se colle aux os du visage. Bientôt, moi aussi je subirai les mêmes outrages.

— On va se gaver, Jeanne. Je les ai vus vivre, ils tendent le cou pour qu'on le leur coupe, ils amassent des choses dans leurs maisons pour qu'on les leur prenne, ils n'attendent que nous, avec leurs cartes bancaires et leurs économies, ils ne savent même pas se battre ni se défendre. Le Maître nous l'a dit. Il suffit d'un loup pour décimer un troupeau. Et nous sommes deux. Aujourd'hui, nous sommes deux. Mais demain nous serons cent, nous serons mille. Je les trouverai les uns après les autres. Tu m'entends ? Vous êtes si faibles...

Je ne comprends rien à ce que Sixtine me raconte. Pour la première fois, un sujet paraît la passionner. Mais de quoi parle-t-elle ? Constituer une bande de tueurs aussi cinglés qu'elle, c'est ça, son projet ?

— Je crois que tu es juste une pauvre folle, ma fille. Une tarée qui rejette ses fautes sur les autres parce que ça t'évite de te regarder en face ! Voilà ce que je pense. Je crois que tu étais quelqu'un de bien, mais qu'après toutes ces années passées enfermée, tu es irrécupérable. J'aimerais te dire le contraire, j'aimerais avoir la naïveté d'imaginer que tout le monde peut être soigné, mais non. Tu me forces à réviser ma vision simpliste des choses. Des gens t'ont lavé le cerveau, c'est donc surtout leur faute. Sauf que toi, tu pourrais décider d'arrêter là les frais. Le problème, c'est que t'es aussi tarée qu'eux aujourd'hui ! Je t'ai connue avant, je savais qui tu étais. Où est ma petite fille, Sixtine ? Je veux que tu me la rendes. Je sais qu'elle est toujours là, mais tu l'empêches de me rejoindre.

Je suis lancée. Les mots sortent sans effort, comme un texte appris par cœur.

— Tu veux que je te dise ? Je m'en fous, je m'en contrefous, même, de savoir ce qui t'est arrivé. Ça ne me concerne plus. Ma fille est folle et je n'y peux rien. Je ne sais pas pourquoi tu es revenue vivre chez ton père avant de t'en prendre à moi. Je ne sais pas si c'est toi ou Alphonse, ou si c'est ensemble que vous avez tué ces jeunes, dans la maison d'Oléron. Ce dont je suis sûre, c'est que vous êtes des assassins et que vous méritez qu'on vous abatte, parce que jamais vous ne redeviendrez des gens bien !

Je crie, je crie tant que je peux, je crie pour ne pas m'étouffer avec mon ressentiment, je crie pour opposer quelque chose à cette haine et cette froideur qui traversent le mur me séparant de ma fille. Jamais de ma vie je n'ai eu aussi froid. La cruauté de Sixtine me transperce. Au fond, j'ignore même si c'est de la cruauté. La réalité, il me semble, c'est que Sixtine n'éprouve plus rien.

Elle me l'a dit, son père était une scorie de son ancienne vie, elle l'a supprimé, avec sa gentille petite famille, pour passer à autre chose. Tourner la page. Simplement. Et je vais subir le même sort.

Qui se comporte ainsi ?

Je crois que certains êtres émergent d'eux-mêmes, spontanément, et qu'il ne faut pas chercher à tout prix des causes quand elles n'existent pas. C'est peut-être ça, l'idée qu'on se fait du diable. Ce que je me demande, c'est si le diable habitait déjà ma fille lorsqu'elle était une enfant. Aurais-je pu ne pas le voir ? Les parents sont toujours les derniers à accepter les tares de leurs gosses.

Je crie puis je me tais, à bout de souffle, épuisée d'avoir tant donné, attentive, dans l'espoir que mes mots susciteront les siens.

Je tends l'oreille. La ventilation a été coupée. Plus de bruit. Peu à peu je sens que la chaleur qui entrait par la petite ouverture diminue. L'endroit retourne à la nuit. Il n'y a plus que moi ici.

Sixtine est partie.

110

Avant je pensais qu'un homme irrécupérable, ça n'existait pas. Qu'au plus profond des pervers, des détraqués, des fous furieux demeurait toujours une part d'humanité, que ces êtres étaient capables de résilience, d'empathie. J'avais de l'espoir. J'avais foi en l'homme.

Désormais, je n'espère plus.

J'ai mangé les chocolats, les six d'un coup, pour ne pas regretter. Le rationnement, c'est pour les vivants. Moi, je suis déjà morte.

111

Un jour, D., tu m'as dit qu'on ferait mieux de penser à nous et de tout plaquer pour s'installer dans une cabane sous les tropiques, d'en profiter tant qu'il existait encore des tropiques. Tu m'as dit qu'on n'aurait qu'à tendre la main pour manger des avocats et des ananas, qu'on n'aurait qu'à pêcher pour avoir du poisson et des langoustes, et qu'il suffisait d'un peu de soleil pour s'aimer simplement, loin des règles du monde établies par des hommes avec des gros cigares et du pognon plein les poches. Je t'avais répondu que je n'étais pas prête parce que le souvenir de ma fille, de maman, de la vie que j'avais eue ici me retenait prisonnière, et tu n'avais pas insisté, tu avais respecté l'imbécile que j'étais alors…

Aujourd'hui, je te dis oui, je veux partir avec toi. Tu avais raison : pour être heureux, on n'a besoin que d'un peu de soleil et d'être auprès de ceux qu'on aime.

Je suis fatiguée, D. J'aimerais beaucoup te voir, mais là je suis vraiment trop fatiguée. Je crois que la vie m'a eue, cette fois.

Maintenant, c'est tout ce que j'ai. Mais ça ne va plus durer très longtemps…

112

La nuit veut m'absorber pour toujours. Sauf qu'elle n'y parvient pas. Il y a eu du vent et quelque chose s'est envolé du toit. Au niveau du vasistas, un petit bout de clarté gris-vert interdit la victoire totale du noir.

Désormais, l'ailleurs n'existe plus que par cette petite percée un peu floue vers l'extérieur et les gouttes d'eau qui continuent de tomber. Ma survie tient à peu de chose.

Le truc ne m'apporte plus à manger. C'est terminé, les stocks doivent être épuisés. Je suis comme un stupide parasite qui a tué son hôte, je vais crever d'avoir tout bouffé.

Malgré cette minuscule ouverture, le temps n'existe plus, le temps, c'est juste le ploc des gouttes dans le seau. Ploc, le big bang et la création du monde, ploc, le bien et le mal et les gens dedans, autour et dehors, ploc, la fin du monde qui approche… et ploc, je n'ai plus d'enfant, et cette fois c'est sûr !

113

Il y a du bruit. Je guette la lumière, mais je suis certaine que c'est la chatte.

Ses chatons ont dû sortir d'elle. Faut qu'elle bouffe, et eux aussi. C'est fini, la glandouille, va payer tes impôts, Grisouille… Pas fichue de me souvenir du nom du chat dans *Bernard et Bianca*… Même pas sûre qu'il y ait un chat dans ce dessin animé, du reste. Hervé saurait. Hervé sait toujours tout…

Le truc vient à vide. Encore. Je m'en fous. Une petite voix me dit : « T'as qu'à bouffer les chatons, ça doit être bon, un chaton élevé au lait maternel. » Cette petite voix est une pure salope, un produit de mon cerveau défaillant. Manque de sucre, manque d'amour.

Je fais des listes.

La dernière en date, c'est celle de mes regrets. Enfin, c'est pas vraiment une liste, puisque je me suis demandé : *Et si tu devais ne regretter qu'une chose, ce serait quoi ?* Complètement conne, cette idée. Un peu comme quand on demande à un gamin : « Qui tu aimes le plus, ton papa ou ta maman ? » J'ai cherché, et j'ai fini par piger une chose… ma fille, mes mecs, D., tout est lié.

Je n'aurais pas rencontré Léon et Hervé si Sixtine n'avait pas disparu. Ni D., d'ailleurs. Ni Guillaume. Si Sixtine n'avait pas été Sixtine, je n'aurais pas appris à ranger des articles en rayon, je n'aurais pas connu l'amour d'une femme en m'en foutant qu'elle soit une femme parce que je voulais juste que ça soit elle et que ça soit moi.

Mon ultime regret n'a rien à voir avec elle, avec eux. Ils ont tous suivi leur propre chemin, j'ai seulement cru que celui de Sixtine m'appartenait et j'ai eu tort, comme la plupart des parents, tort de croire qu'elle était une extension de moi et qu'elle me ressemblerait.

Sixtine est devenue Sixtine, psychopathe et tueuse en série de cinq jeunes inconnus, de son père et de sa nouvelle famille. J'oublie le chien de Richard, aussi, mais sur ce point je n'ai aucune certitude. Et l'Asiatique, qu'elle a massacré avec Alphonse, libérant dans la sauvagerie des années de rage contenue.

À cet instant, je me souviens de ce proverbe soufi que Bernie affichait dans son bureau : « Affame ton ventre, dessèche ta gorge, afin que tes yeux puissent voir Dieu en ce monde. » La privation de nourriture peut clarifier la pensée, c'est vrai. J'ai le sentiment d'être plus lucide que je ne l'ai été de toute ma vie. C'est un peu tard, dommage. Je partirai avec le regret de ne pas en avoir profité.

Ce doit être l'amertume des derniers jours. Celle que les condamnés à mort ont tous dû connaître, les innocents comme les coupables.

Ce sera ça, mon ultime regret : j'aurais aimé que ma vie ait du sens.

114

Vivre ou rêver. Qu'est-ce qui est le mieux ? J'ai eu des amants formidables en rêve, j'ai fait des trucs délicieux que la morale réprouve… et putain que c'est bon, de se laisser aller à ses pulsions ! En fait, on devrait vivre comme on rêve : en libertaires. Quand on rêve, on ne peut pas mourir, j'ai lu ça quelque part. On peut tomber d'un immeuble, on peut voler, on peut tout faire, sauf mourir. Le lieu idéal. Petite, je m'y réfugiais déjà, j'adorais penser fort à un endroit et m'y rendre en m'endormant. Aujourd'hui, puisqu'il ne subsiste rien d'agréable dans le monde réel, rêver est devenu l'unique place où je peux me permettre d'exister, un lieu d'attente juste avant le cercueil. Le mien ne sera plein que si on retrouve mon corps.

« Jeanne ? »

Je vais rêver de D. *Tu me manques, D.* Je l'entends qui m'appelle. La frontière entre le rêve et la réalité est de plus en plus illisible. J'ai faim, mais ça va, ou alors je m'habitue. On s'habitue à tout. J'utilise mon tube digestif sans discontinuer depuis quarante ans, un peu de repos lui fera du bien…

« Jeanne ! »

J'arrive, un peu de patience, il faut savoir se faire désirer.

J'ai dû perdre quelques kilos, sûr que je rentrerais dans mes jeans d'étudiante. Par contre, je suis moins convaincue de les avoir gardés, c'est con. Non, j'ai dû les donner, faut toujours que je donne tout à tout le monde, je tiens ça de maman, elle avait les poches percées et le cœur sur la main, pas facile de faire fortune, avec ces handicaps...

— JEANNE !

Incroyable, la voix de D. est si tangible. Et cette lumière que je perçois par la petite ouverture...

— D. ! C'est toi ? Je suis là ! Tu m'entends ?

— Où ça ? Parle, je ne te vois pas.

— Regarde en bas, là ! Ma main, tu vois ma main ?

Je ne sais pas si mes sens me jouent de nouveau des tours, je m'en fous, je passe mon bras entier par le trou. Et des doigts s'accrochent aux miens, chauds, doux, fermes.

C'est elle.

— T'en as mis, du temps !

— On discutera de ça plus tard, par où on entre ?

— Y a pas de porte, ils m'ont emmurée...

Je peine à croire ce que je dis. Ils m'ont emmurée vivante. C'est la première fois que je prononce ces mots à voix haute.

Me lâche pas, t'en va pas !

Je ne veux pas qu'elle parte, plus jamais, je veux rester là avec sa main dans la mienne, je ne veux rien d'autre, ou alors une pomme, j'aimerais bien une pomme, une Gala, bien sucrée, bien croquante.

— Je ne m'en vais pas, Jeanne. Je vais juste déplacer l'écran. OK ?

L'espace d'une seconde, je suis certaine d'avoir rêvé. D. n'est pas derrière le mur, et la réalité va être encore plus atroce à supporter. Mais non, l'écran bascule, je vois bien de la lumière à travers la vitre. Mon Dieu ! Mes jambes tremblent quand je me relève, elles tremblent tant que je trébuche.

D. est de l'autre côté, elle a un visage effroyable, ses lèvres sont tuméfiées, son œil droit est à moitié fermé par un coquard.

Elle colle sa paume sur le verre épais. Je pose la mienne, elle sourit, je vois que ça lui fait mal.

Bon sang ! Elle est là !

115

S'il te plaît, ne pars pas. Je t'en supplie. Me laisse pas…

Les mots restent bloqués dans ma gorge tandis qu'elle disparaît derrière les lés de plastique. Des pensées folles me submergent. D. est un leurre et c'est Sixtine que je viens de voir. C'est ça, Sixtine est revenue pour terminer le travail.

Non, je vois des uniformes partout. Je suis sauvée, ou alors ils vont tuer D. J'ai peur qu'elle ne meure, peur que Sixtine ne déboule avec son chien fou sanguinaire, peur que D. ne change d'avis parce que je ne vaux pas la peine d'être aimée. Pourquoi c'est si long ? *Elle est où, putain ?*

Là, elle est là. Avec d'autres militaires, ils ont apporté un bélier. J'entends : « Éloignez-vous du mur, madame ! », puis un coup sourd contre les parpaings, et un autre, et encore un autre.

Le mur se lézarde avant de s'abattre en partie. La lumière m'aveugle, je ne vois plus rien et je m'en moque. Je sens des mains se glisser dans les miennes. Pas besoin d'ouvrir les paupières pour savoir que mon chevalier en armure se tient devant moi, dans ma caverne pleine de merde où je joue à la princesse.

— Tu schlingues, ma belle !

J'adorerais lui répondre quelque chose sur le même ton enjoué qu'elle vient d'employer, un ton où percent le bonheur et le soulagement. Mais je ne peux pas. Toute l'eau de mon corps cherche à s'échapper par mes yeux. Sans compter mes jambes toutes molles. J'ai l'impression de ne plus avoir la moindre force.

Je suis en train de faire une attaque.

Je refuse de mourir ici.

— Fais-moi sortir, vite.

Elle n'émet pas la moindre protestation. Au contraire, elle demande aux militaires de la laisser s'occuper de moi.

Accrochée au bras de D., comme *destinée*, je traverse les lés de plastique. Derrière, dans la salle où poussaient les plants de cannabis, il n'y a plus rien, juste du béton avec de longues jardinières encore remplies de terre. D. m'aide à passer une porte et on se retrouve toutes les deux dehors, sous un incroyable soleil. Comme ils m'ont manqué, ce soleil et cet air qui ne sent rien. J'ai la sensation de ne pas respirer tant il est léger. Et puis j'entends des oiseaux, mais je ne les vois pas. En fait, je ne vois pas grand-chose parce que je suis complètement éblouie.

— Là, tu peux t'asseoir.

Je tends le bras. La chaise est lisse, rose, avec des pieds en métal. On dirait une chaise du réfectoire de mon enfance, où je ne voulais pas finir mon assiette, surtout les jours où il y avait du foie. Ça puait la rage, ce foie dégueulasse. Pourquoi les directeurs d'école veulent absolument faire bouffer du foie aux gamins ?

Cette position est un délice. C'est comme si j'étirais les muscles de mes fesses. Depuis combien de temps je ne me suis pas assise sur une chaise ?

D. me parle, mais je n'arrive pas à comprendre le sens de ses paroles. Le soleil est chaud, c'est quoi, ces taches jaunes qui dansent devant mes yeux ? Il y en a plein partout.

— On est quel jour ?

— Le 28 juin.

Faire le calcul me prend une énergie infinie, mais j'ai besoin de savoir. Je suis enfermée depuis douze semaines ! C'est… Mes mains se mettent à trembler, c'est irrépressible.

— Tout doux, ma belle, tiens, croque là-dedans, c'est du chocolat.

J'ouvre la bouche. Le goût du sucre me fait saliver. Et il me donne soif, alors je bois, je bois, jusqu'à m'en faire éclater l'estomac.

D. a sorti un mouchoir, elle m'essuie les lèvres et les joues.

Maintenant je vois mieux. Le jaune, c'est du colza, c'est beau. Je crois que D. a recommencé à me parler. Elle raconte qu'elle a failli me perdre et qu'ils ont eu une chance incroyable de me retrouver parce que… je ne saisis pas tout… elle a filé Sixtine avec ses collègues, mais ils se sont fait semer… une gamine de dix-sept ans… le soleil cogne autant sur le colza que dans ma tête. Il prend la place de mes oreilles, ça bourdonne… C'est sûrement le stress. J'ai sommeil. Mais je ne veux pas dormir.

J'ai quelque chose à dire à D., c'est important, elle a dû se faire des idées…

— J'ai pas pu venir, mais je voulais. Je te promets que je voulais…

Ça a l'air de l'amuser. C'est sérieux pourtant, on avait une *date*, ma première *date* avec une fille… non, ma première *date* avec D.

Et puis il y a autre chose…

— T'as vu Kléber ? Il t'a expliqué pourquoi il m'avait pris Sixtine ?

— On en discutera plus tard. Pour le moment, je vais te décaper.

Ça la fait encore rire, et cette fois je ris avec Dahlia. C'est ça, D. comme Dahlia, pourquoi chercher plus loin ?

DEUX ANS PLUS TARD

116

On me demande encore souvent si j'ai gardé des séquelles de ma séquestration. Je fais la brave, je dis que non, que l'amour de Dahlia m'a réparée, des choses comme ça.

C'est faux.

Deux ans ont passé, et pourtant je ne crois pas qu'on puisse se remettre complètement de ce que j'ai vécu.

Il arrive à Dahlia de se moquer gentiment de moi, surtout quand on est entre amis et qu'au cours d'une conversation certains mots comme « un esprit sain » ou « pilier » sont prononcés. Elle m'observe à la dérobée pour voir comment je réagis, parce qu'une fois je me suis mise à réciter les cinq piliers sans parvenir à m'arrêter. Ce jour-là, elle a flippé. Aujourd'hui on en rit, mais il a fallu du temps.

L'humour sauve de tout.

On a fêté mes quarante-cinq ans en famille. Il y avait Léon, Hervé et Bernie. Mon avocate aussi était présente, à force de se voir, nous sommes devenues proches. Seul Guillaume manquait.

Peu après mon enlèvement, il était retourné vivre sur son banc. La rue, c'était son environnement, sa zone de confort.

Guillaume a refusé de m'écouter quand j'ai tenté de le ramener à la raison, il pouvait habiter l'appartement de maman tant qu'il voulait, il n'aurait jamais dû en partir, d'ailleurs, il avait tout retapé, c'était aussi chez lui.

« La mort nous guette tous quelque part, Jeanne, m'a-t-il répondu. Et rares sont ceux qui connaissent l'adresse du rendez-vous. Moi, ce sera ici. »

Ma soudaine disparition, l'évasion de Sixtine, la presse qui faisait le pied de grue en bas de l'immeuble, tout ça, c'était trop pour lui. Guillaume préférait se fondre dans la grisaille de la rue, anonyme parmi les anonymes, retrouvant les gens de son quartier, leurs livres et son banc.

Alors j'ai vendu l'appartement, et Dahlia et moi nous sommes installées dans le Morvan en attendant que le procès s'achève. Dans une petite maison avec jardin où le frigo, toujours plein, ne contient que des produits bios. Je n'ai plus retouché à un aliment lyophilisé, pas même du café soluble. Les kilos perdus sont revenus, je me suis mise au sport.

Je vais bien.

Quelques jours après ma libération, le temps que je me remplume, Dahlia et moi avons été placées en garde à vue pour obstruction à la justice. Une procédure normale, les flics voulaient tout savoir : ce que j'avais appris sur les frères Duval, pourquoi Dahlia avait décidé de conduire seule l'enquête qui l'avait amenée à découvrir la vérité.

Il aura fallu presque deux semaines aux forces de l'ordre pour capturer Sixtine et Alphonse Duval. Dahlia me confierait plus tard qu'elle soupçonnait Sixtine et Alphonse depuis la mort de Richard et que, pressentant que ma fille tenterait de s'échapper de l'hôpital pour rejoindre son complice, elle l'avait mise sous surveillance, ce que n'avaient pas cru bon de faire les autorités, malgré les doutes qu'elle avait exprimés. Grâce à son instinct, elle avait retrouvé la trace du fils de Natalie Saros-Duval. Dahlia avait peut-être bien été la seule faille de Sixtine.

En doublant ses équipes pour filer les deux adolescents, Dahlia était finalement parvenue jusqu'à l'endroit où j'étais séquestrée. Si Sixtine avait réussi à les semer plusieurs fois dans le métro ou dans des gares, avec la même intelligence qui lui avait permis d'abuser de la naïveté d'un infirmier pour s'échapper de l'hôpital, Alphonse, trop sûr de lui, avait été bien moins prudent et rusé.

La planque localisée, Dahlia avait aussitôt appelé les renforts. Ce sont ses jours de filature sans la police qui nous avaient valu d'être placées en garde à vue. Les autorités nous reprochaient de n'avoir communiqué que des informations parcellaires, depuis la découverte de la maison de l'horreur jusqu'à ma libération, pour garder le contrôle de l'enquête.

En Dahlia, Sixtine avait rencontré une adversaire à sa hauteur, une adversaire qui l'avait mise en échec. Mais pas mat. Là où ma fille gagnait indéniablement la partie, c'était qu'elle ne nous livrerait jamais l'entière vérité. Celle qu'espérait tant Guillaume, celle que nous espérions tous. Elle s'obstinait à ne rien dire. Pourquoi ?

Deux ans déjà et le procès va enfin pouvoir commencer. Il paraît que c'est un délai très court pour la justice. Personnellement, j'aimerais que ce soit déjà terminé. Toutes ces horreurs étalées dans les journaux, ces analyses de psys, ces gens qui croient savoir ce qu'il y a dans nos têtes, la plupart du temps sans nous avoir jamais adressé un mot.

Je pense à Guillaume, seul sur son banc, au milieu de ses piles de livres qui lui tiennent lieu de forteresse, Guillaume qui n'a pas eu la force de nous accompagner au procès, incapable, m'a-t-il dit, d'entendre des étrangers palabrer encore et encore sur les circonstances de la mort de Luka, point de départ de ce drame atroce.

Comme je le comprends.

Il y a des mois que je n'ai pas parlé à Sixtine. C'est devenu trop difficile. Mais je ne vais plus avoir le choix. Ce qui me terrifie, c'est de regarder ma fille dans les yeux et de ne pas la reconnaître.

Sixtine a avoué être coupable et/ou complice avec Alphonse de vingt et un homicides : les cinq jeunes dans la maison de l'horreur, comme l'appelait Manou, Richard et sa famille, le vieil agriculteur dont ils ont squatté la maison dans les champs de colza, huit personnes rançonnées au hasard au cours de leur fuite pour se constituer un pactole, l'Asiatique, et enfin Jozef Duval, qu'Alphonse a tué d'une balle avant de l'offrir en guise de dîner à ses chiens au moment où Sixtine retrouvait sa place parmi nous. Et il aurait – selon ses propres mots – « fait pareil à son enculé de père si celui-ci n'était pas resté planqué en Croatie comme un gros lâche ».

Le vingt et unième assassinat confessé par Sixtine est celui de Luka Maury, le fils de Guillaume, perpétré quand elle avait dix ans.

117

Dans le cœur des gens, il y aura un avant et un après le procès des « enfants assassins ». Un enfant, c'est sacré, c'est l'innocence, l'avenir. Chacun préférait penser que Sixtine Vigier et Alphonse Duval étaient forcément différents des autres.

Spéciaux. Maltraités. Dégénérés.

Depuis leurs aveux, psys et experts en tout genre, parents et flics, sociologues et avocats s'affrontent sur les plateaux de télé à grand renfort de témoignages, de reportages et d'analyses. Les statistiques de la délinquance et de la criminalité chez les jeunes mineurs sont décortiquées, les affaires anciennes ressassées, comme celle du meurtre du petit James Bulger, deux ans, assassiné en Angleterre par deux mômes de dix ans.

Certains disent que ces enfants tueurs sont les symptômes d'une société malade qui a perdu l'usage de l'autorité, d'autres qu'ils sont fabriqués par les réseaux sociaux et souffrent du désengagement des parents, d'autres encore qu'ils sont psychotiques, présentent des malformations génétiques, ou que leur violence innée n'est que le reflet de la nature humaine, qui est fondamentalement mauvaise.

Dans le fond, on aimerait tous qu'ils soient des exceptions.

En découvrant Sixtine sagement assise derrière la vitre blindée du box des accusés, je ne sais plus si je suis émue ou stressée. Heureusement, Dahlia est là, avec Bernie, Léon et quelques membres de « La guilde des emmerdeurs ». Ils me soutiennent depuis le début, ils seront à mes côtés jusqu'à la fin. Seul Hervé est resté à la maison. Il a peur de ces endroits austères où l'on ne peut pas faire de bruit, et puis, il est trop occupé avec ses chats. Il y en a quatre, Grisette et ses bébés, Riri, Fifi et Loulou, que nous sommes allés récupérer.

Léon râle parce que leur appartement pue l'animalerie, et menace de partir vivre à la campagne, dans le village où nous nous sommes installées, Dahlia et moi. Ce serait bien de se retrouver tous ensemble, un jour. J'ai aimé cette colocation avec mes hommes, ils me manquent, les coups de gueule de Léon, les fous rires d'Hervé.

Mon couple cent pour cent féminin l'a laissé un peu perplexe au début, alors je lui ai dit ma vérité, celle de deux êtres humains qui s'aiment, tout simplement. Un peu comme lui et Léon, si on y réfléchit bien, l'aspect charnel en moins.

Cela peut paraître étrange ou déplacé, mais j'ai besoin de penser à quelque chose de léger dans cette salle de tribunal peuplée de fantômes.

Sur une table se dresse la maison de poupée de Sixtine, avec les petits personnages tels qu'elle les a positionnés le jour où elle m'a condamnée à mourir emmurée. Il y a aussi des carnets renfermant les notes que Kléber Duval a prises au cours des années où les enfants ont été séquestrés sur l'île d'Oléron, et des disques durs contenant les archives vidéo.

Le pire, c'est que, aux yeux de cet homme, elles étaient le témoignage de sa tentative sincère de rééducation de deux gamins qui avaient « gravement dérapé ». Sauver la famille Duval du scandale, et essayer de remettre des assassins en culottes courtes sur le droit chemin. Pas une seule fois Kléber n'avait envisagé de fabriquer des monstres. Il voulait au contraire étouffer leur instinct meurtrier.

Je me sens mal à l'aise.

Un tableau affiche les cinq piliers d'un esprit sain. Il y a même le truc sur chenillettes posé bien en évidence. Et les portraits de chaque victime d'Alphonse et de Sixtine. Détail cruel, celui de Luka côtoie celui de Phong Tuong, l'Asiatique longtemps soupçonné d'être son bourreau. Je suis soulagée que Guillaume ne soit pas là pour voir ça.

Les enquêteurs ont fini par retrouver l'identité de cet ancien légionnaire recruté par Jozef et présenté à Kléber pour ses qualités de *rééducateur*. Si tout s'était déroulé comme les frères Duval l'avaient projeté, Alphonse et Sixtine auraient été libérés, lavés du meurtre du petit Luka par des années de rééducation, et aptes à reprendre leur place dans la société.

Mais les choses ne s'étaient pas passées comme prévu.

Kléber et Jozef n'en avaient peut-être pas conscience, mais Phong Tuong, lui, ignorait-il vraiment que, en ramenant les enfants vers une forme d'animalité pour les remodeler, il en ferait des prédateurs déments ? Nous ne le saurons jamais.

Désormais, une seule question importe, une seule anime un débat qui s'annonce éprouvant : Sixtine et Alphonse sont-ils coupables ou victimes ?

Pour nous, les intimes, ce procès chargé de déterminer leur responsabilité est un pèlerinage en enfer, une dernière chance de poser nos valises et de les abandonner là avant de reprendre enfin le cours de notre vie.

Pour les autres, j'imagine que ce procès aura le goût de la désolation. Certains parents me reprocheront d'être une mauvaise mère, certains me plaindront d'avoir mis au monde une psychopathe.

J'ai cessé de m'intéresser à l'image qu'on a de moi. Oui, j'ai toujours voulu le meilleur pour Sixtine, sans savoir au juste ce que cela signifiait. J'ai souvent navigué à vue.

La vie, c'est compliqué pour tout le monde.

Que celui qui prévoit toujours tout me jette la première pierre !

118

« Ne les appelez pas des enfants. Ils sont ce que nous avons commis de pire. Ils sont notre tourment, notre… punition. Ne les appelez pas des monstres, ils sont une part de nous. Ou alors nous sommes tous des monstres. Réfléchissez-y… sommes-nous tous des monstres ? »

L'avocat général entre en scène et commence par l'audition de la confession de Kléber Duval. J'ai déjà entendu cet enregistrement réalisé par Dahlia lorsqu'elle avait retrouvé le père d'Alphonse en Croatie. Nous le pensions alors complice de l'assassinat de Luka Maury, responsable de l'enlèvement et de la séquestration de ma fille, de son fils, coupable du quintuple homicide dans la maison d'Oléron.

Nous étions si loin de la vérité !

Dahlia me l'a fait écouter le soir de ma libération. Elle m'avait fait couler un bain, avait préparé le repas de mes rêves, une salade fraîche, avec des tomates juteuses et plein d'herbes aromatiques. Puis elle m'avait enlacée pour que je n'aie plus peur, elle avait parlé longtemps, les lèvres collées à mon oreille, et m'avait raconté comment elle était désespérée de ne pas me voir arriver au bar de l'hôtel où nous avions rendez-vous, jusqu'à ce que Léon l'appelle à minuit pour lui dire que j'étais aux abonnés absents, ce qui n'était pas dans mes habitudes.

Persuadée que j'étais en danger, Dahlia n'avait pas traîné pour confesser aux autorités son enquête illégale. Elle risquait gros en faisant cela, mais c'était l'unique solution pour persuader les flics que je n'avais pas fugué en abandonnant le véhicule de Léon aux abords du cimetière.

— Tu vaux tous les sacrifices, Jeanne.

Ce que nous avions tu jusque-là, Dahlia l'a avoué aux officiers de la police judiciaire qui l'ont interrogée. Le cadeau de Sixtine reçu à Noël, le lien établi avec Manou, le Range Rover qui avait conduit le jeune voleur à la maison de l'île d'Oléron, la découverte de la scène de crime, les scans des passeports qui avaient révélé l'implication de Jozef Duval, finalement retrouvé mort dans une propriété de la famille en Sologne, la rencontre avec Kléber Duval dans sa planque en Croatie, où Dahlia l'avait confronté avec courage. Ma belle gendarme avait remonté la piste du méchant et se serait bien interrompue là dans ses confidences, mais, en sortant de la cage où ma propre fille m'avait enfermée, j'avais exigé la vérité, quelle qu'elle soit. Alors elle avait capitulé…

Après avoir avoué ses crimes, Kléber Duval s'était jeté par la fenêtre sous les yeux de Dahlia. Il refusait de faire face à la justice, à Alphonse, et plus que tout à son ex-femme, Natalie Saros-Duval, qui n'avait jamais rien su de ce qui se tramait, et avait souffert le martyre à la disparition de son fils, séquestré par son propre père et par son oncle.

J'avais alors parcouru ses aveux, ma main glissée dans celle de Dahlia, exactement comme je les écoute pour la centième fois dans la salle du tribunal aujourd'hui.

Incrédule et horrifiée. Le cœur en lambeaux.

« C'est Alphonse et Sixtine qui ont massacré le petit Luka Maury. Mon frère les a surpris en train de l'achever à coups de pierre. Chacun frappait à son tour. Ils se souriaient entre chaque coup. Personne ne peut croire une barbarie pareille, personne ! »

Sur le banc des accusés, ma fille a un vague sourire aux lèvres. Alphonse, lui, se ronge les ongles. Je sens les regards atterrés du public sur eux. Peut-être les gens essaient-ils de se les figurer tels qu'ils étaient quand ils avaient dix ans. C'est une chose, de lire la presse, c'en est une autre de voir les assassins en chair et en os.

Après la première écoute, j'avais déjà compris que ma Sixtine, telle que je l'aimais et telle que je la connaissais, était morte à l'instant précis où le fils de Guillaume rendait son dernier souffle.

Mais ses beaux yeux qui cherchent les miens avec insolence me crucifient encore, même à travers la vitre blindée.

« Je passais à la maison d'Oléron dès que mon travail me le permettait. Je devais être prudent. Un jour, j'ai trouvé Phong la tête dans les toilettes. Il était là depuis un bout de temps, ça sentait la charogne. Et qu'est-ce que vous croyez qu'ils faisaient, les mômes ? Ils ne cherchaient pas à atteindre le stock de nourriture ou à sortir, non ! Ils baisaient à côté du corps... »

Toutes les horreurs du monde se concentrent ici, dans cette salle d'audience où chaque témoignage nous entraîne un peu plus loin dans une réalité cauchemardesque.

C'est si difficile à croire, et pourtant les mots de Kléber créent des images dans nos esprits. Les atrocités commises par les autres nous salissent tous, l'âme de l'humanité porte le poids des péchés du monde.

Je me sens maculée du sang des innocents versé par Sixtine.

Je me sens coupable de l'errance de Guillaume, coupable de l'avoir aimé, et d'avoir enfanté celle qui allait massacrer Luka.

« Il a fallu que ça tombe sur le gamin d'un type bien. Guillaume Maury était déjà un survivant, il n'avait que le petit Luka dans sa vie. Mais que pouvais-je faire pour lui ? Il ne devait jamais savoir que mon fils avait buté le sien. Personne ne fourre son nez dans mes affaires... Jozef était chargé de le calmer, de brouiller les pistes, c'est pour ça qu'il les a reçus, lui et la mère de Sixtine. »

Si Alphonse a le regard perdu d'un fou et se penche régulièrement vers son avocat, Sixtine a l'air d'un ange. Les traits tirés, le visage plus émacié qu'avant, elle semble étrangère à ce qui se joue dans ce tribunal.

Sauf quand elle jette ses coups d'œil insistants vers moi, comme pour dire : « Alors, pauvre chérie, tu tiens le coup ? »

« Avec Jozef on a décidé de prendre les choses en main. On était sûrs que ces mômes, un jour ou l'autre, ils recommenceraient. »

Au cours de son témoignage posthume, Kléber prétendait avoir commis trois erreurs dans sa vie. La première, d'avoir eu ce fils, la deuxième, de ne pas l'avoir étranglé de ses propres mains après le meurtre du petit Luka, et la troisième, d'avoir accepté que son frère ne vienne pas récupérer le Range à l'aéroport de Roissy.

En dehors de ça, pour lui, son plan était parfait. Il n'en regrettait rien. S'occuper de Sixtine et d'Alphonse séparément, longtemps après leur crime, pour que jamais personne ne relie les trois enlèvements, faire croire à un rapt lié à l'argent pour Alphonse, et pour Sixtine, imiter le mode opératoire d'un tueur connu des autorités et profiter de son ego démesuré pour lui coller l'affaire sur le dos, tout avait été minutieusement pensé !

Près de dix mois… Ça leur avait pris près de dix mois, aux frères Duval, pour concocter ce plan diabolique, recruter l'Asiatique et louer la maison. Près de dix mois durant lesquels nos enfants avaient repris leur vie bien douillette, indifférents à l'atroce souffrance de Guillaume qui attendait le retour de son Luka, jour après jour, sur ce banc où il passait encore ses journées…

« Je ne suis pas un assassin, c'est mon tort. J'aurais dû écouter Jozef qui voulait les flinguer après la mort de Phong. Mais je n'ai pas eu le cran, j'ai préféré faire l'autruche, vous voyez ? Et me tirer le plus loin possible en espérant qu'ils crèvent de faim. Comment j'aurais pu imaginer que des petits cons allaient voler ma bagnole, entrer dans la maison et ouvrir la cage aux fauves ! »

Après avoir été abandonnés par Kléber, Sixtine et Alphonse étaient voués à une mort certaine, incapables de sortir de la maison de l'horreur qui s'était refermée sur eux, jusqu'à ce que les amis de Manou s'amusent dans le PC de surveillance et déverrouillent les portes des cellules, libérant sans le savoir leurs futurs meurtriers.

Depuis son arrestation, Alphonse désigne Sixtine comme l'instigatrice du massacre, et il n'a jamais varié de discours : c'était elle, la créature grise dont avait parlé Manou avec terreur, celle qui avait poignardé la jeune Clotilde sous ses yeux. C'était elle aussi qui avait organisé le nettoyage pour brouiller les pistes, et leur départ de l'île d'Oléron en bus. Personne ne les cherchait plus là-bas, ils pouvaient circuler comme bon leur semblait. Ces deux adolescents crasseux, malingres, étaient ensuite descendus en stop jusque dans les Pyrénées, dévalisant des imprudents en chemin, et laissant discrètement quelques cadavres dans leur sillage.

C'était encore Sixtine qui avait inventé l'histoire du transfert et décidé de passer quelques jours dans le froid pour que son récit paraisse plus crédible, tandis qu'Alphonse remontait vers la Sologne, où il comptait se planquer.

Lors des auditions, il avait d'abord affirmé ne pas avoir prémédité l'assassinat de son oncle, dont il prétendait ignorer la présence sur place, puis il s'était contredit.

« Alphonse est un taré, mais Sixtine... Au début on a cru qu'on réussirait à la changer, en fait, c'est elle, la pire des deux. Lui, c'est un sanguin, elle, c'est une vicieuse, elle aime tuer.
Ne lui tournez jamais le dos ! »

Quelle que soit la personne auditionnée, Sixtine apparaissait toujours comme le cerveau du duo, chargeant Alphonse de se renseigner sur Richard et moi, imaginant l'idée atroce de m'envoyer le « Joyeux Noël, maman » qu'elle avait confectionné pour faire plaisir à ses ravisseurs, et planifiant à la fois le meurtre de son père et ma séquestration.

Pourquoi ?

J'avais eu un début de réponse grâce à Alphonse. D'après lui, Sixtine agissait selon sa propre logique, sans états d'âme, pragmatique.

Luka ? Il les agaçait, avec ses caprices.

L'Asiatique ? Il méritait leur vengeance.

Les amis de Manou ? Des témoins gênants.

Quant aux autres… elle avait assassiné le propriétaire de la maison où elle m'avait emmurée par commodité, son père parce qu'il lui rappelait son passé de petite fille parfaite, sa nouvelle famille par orgueil. Un point restait obscur : pourquoi m'avait-elle gardée en vie, pourquoi me torturer pendant des semaines ?

Alphonse n'avait aucun élément à apporter sur ce point, et les mots de Kléber n'expliquaient rien non plus, mais ils sonnaient comme un avertissement :

« Aujourd'hui, par ma faute, il y a eu beaucoup de victimes. J'ai été faible. Ne le soyez pas quand viendra votre tour de prendre une décision, parce que eux ne vous épargneront pas. Ce genre de tueurs justifieraient à eux seuls qu'on rétablisse la peine de mort. »

L'enregistrement vient de s'arrêter.

On entend une mouche voler dans la salle d'audience. Tout le monde a encore dans la tête les derniers mots de Kléber Duval :

« Le cadavre de Luka ? Mon frère l'a donné à ses chiens. Ils ont tout bouffé, sauf la tête, alors je lui ai demandé de s'en débarrasser, mais ce con l'a jetée dans un étang à moins de dix kilomètres de la baraque ! Normal que les flics l'aient retrouvée ! »

119

— Cette nuit, j'ai rangé mes livres, m'annonce Guillaume, alors que je lui rends visite, inquiète après la divulgation des aveux complets de Kléber Duval dans les journaux. Tu vois, c'est propre, pour une fois. Ça m'a pris des plombes, et tu sais pourquoi ? Question de classement. C'est pas simple, de classer des bouquins.

Je ne comprends pas où Guillaume veut en venir, mais je l'écoute sans broncher. Il semble à la limite de l'explosion, ou de l'implosion, prêt à me tuer, moi la femme qu'il a aimée, moi la mère de l'assassin de son fils.

Prêt à me tuer, ou à mourir sur place.

— Le plus simple consiste à les poser sur la tranche dans l'ordre alphabétique, poursuit-il. Mais c'est idiot, un bouquin, c'est pas juste un ordonnancement de lettres ! Un bouquin, faut que ça ait des tripes, tu piges ? Ce n'est qu'une question de tripes. Parfois tu peux même pleurer de bonheur rien qu'à te le rappeler. Parce que le gars qui l'a écrit, à ce moment-là de sa vie, il avait envie de te faire passer un bon moment…

Guillaume réfléchit quelques secondes. Ses lèvres tremblent sous sa barbe, comme si les mots peinaient à sortir.

— Regarde, Jeanne. J'ai fait des piles. Y en a des petites et des grandes. Là, tu vois, la plus grande, c'est les bouquins des gens qui ont souffert. Et puis à côté, ceux qui sont vides d'espoir. Ils sont bons, mais quand t'en sors, t'es encore plus mal qu'avant. Tu savais qu'il y a même des auteurs qui écrivent sur leur pédophilie et qu'on ne trouve rien à y redire ?

Guillaume relève les yeux vers moi. Ils sont pleins de larmes.

— Il y a six cent quatre-vingt-quatre bouquins autour de mon banc. J'ai gardé que les livres honnêtes, mais y en a dans le lot qui sont sacrément tordus. Et dans ces six cent quatre-vingt-quatre bouquins, y en a pas un qui raconte comment deux gosses en tuent un troisième parce que c'est amusant, ni comment on se débarrasse du corps de Luka en le filant à bouffer à ses chiens. Personne n'a eu l'idée d'écrire ça, parce que personne ne souhaite vivre dans un monde où on fait des saloperies pareilles.

Là, Guillaume s'interrompt. Une grimace de tristesse et de douleur le défigure. Je me tétanise, le cœur au bord des lèvres, consciente que je suis plus impuissante que jamais à l'aider.

— C'est pas facile, de jouer les deux rôles, tu sais. Père et mère à la fois. Et pourtant, Luka et moi, on s'en tirait bien. On s'aimait. On n'avait pas besoin des assassins et de leurs chiens. On n'avait pas besoin de croiser ta fille.

Guillaume tend un bras peu assuré vers une des piles, puis il renonce.

— Aujourd'hui, on n'est plus que des clowns sans public. Des poids pour les autres. On ne sert à rien. Tu penses servir encore à quelque chose, Jeanne ?

J'ai envie de lui dire que si, qu'on compte encore pour le cercle de nos amis, aussi restreint soit-il, et que finalement ça aussi, c'est fondamental. L'amitié. Au lieu de quoi je me contente de répondre :

— Je suis là pour toi, Guillaume. Notre lien, notre amitié compte beaucoup à mes yeux.

Les gens âgés sur le point de mourir lancent des regards pareils à celui que Guillaume a aujourd'hui. Un regard qui raconte toute l'histoire ramassée en une seconde. La vie et la mort en même temps, la certitude que tout est vain, que tout disparaîtra, ou a déjà disparu, et que nos vies ne sont qu'une illusion, qu'il n'existe aucune échappatoire et que les créatures humaines se leurrent en croyant qu'elles laissent une trace d'elles sur terre.

— Fous le camp, Jeanne. Toi et moi, on est maudits, et on est encore plus maudits ensemble. Il n'y aura jamais de bonheur pour nous dans ce monde où ta fille assassine mon fils.

120

Jour après jour le procès me vide, m'aspire de l'intérieur. Des gens me reconnaissent dans la rue. Je suis la mère de la tueuse. Et pour certains, j'ai forcément tenu un rôle dans l'épanouissement du monstre. On m'a même craché dessus plusieurs fois.

Maintenant, je sors maquillée. Presque grimée. Je prends l'apparence d'une autre, et je crois que ça fonctionne. Hier, Astrid Vigier, mon ex-belle-mère, ne m'a pas reconnue quand nous nous sommes croisées.

J'ai longtemps détesté les parents de Richard. À présent, je vois des gens détruits. Ils n'ont plus de fils, plus de petits-enfants. Je n'arrive plus à les haïr.

Ce matin, j'ai enfin pris le temps de trier les placards de mon ancienne chambre chez Léon et Hervé. J'ai jeté mes vieilles fringues de reine de la pub, et récupéré les bulletins de salaire de ma courte carrière à Monoprix. En revanche, il était hors de question d'emporter les cadeaux que nous destinions à Sixtine et que je n'avais pas eu l'occasion de lui donner. J'aurais voulu que cet instant soit magique… Sept anniversaires, sept Noëls, quand l'espoir couvait encore dans nos cœurs meurtris.

Certains étaient de moi, d'autres de maman et de Bernie. Hervé n'a pas compris pourquoi on ne les déballait pas, il était comme un fou, frustré devant autant de paquets inaccessibles. On les a finalement déposés aux locaux du Secours Populaire, et ensuite j'ai emmené Hervé boire un chocolat chaud. Il a pris un supplément chantilly et une crêpe. Un moment de répit dans le tumulte où je surnage.

En sortant, Hervé m'embrasse. Il a dans les yeux le rire fané d'un enfant trop vieux et me désigne de la tête le bout de la rue. Le banc de Guillaume est à cinq minutes à pied. Je ne le sais que trop bien, mais j'hésite. La dernière fois, il m'a dit « Fous le camp ». Lui obéir, n'est-ce pas l'ultime preuve d'amitié que je puisse lui offrir ?

Impossible, je refuse de l'abandonner.

En tournant le coin de la rue, j'ai un choc. Le banc est vide.

Jamais Guillaume n'aurait déserté son poste de vigie, et s'il s'était simplement absenté, il y aurait encore ses bouquins, ses sacs et ses bâches de protection. Or, il n'y a plus rien. Plus rien du tout.

Je n'ose pas m'asseoir, ici c'est chez lui. Il ne m'y a jamais invitée.

— Vous êtes Jeanne ?

Une dame âgée est là, fragile sur ses jambes fluettes.

— Guillaume nous a quittés lundi dernier. Il m'avait demandé de vous remettre ceci. Il savait que vous viendriez.

Je contemple le sachet qu'elle me tend. Dans ma tête, un gouffre se creuse. C'est douloureux. Qu'y a-t-il de pire que le manque quand on sait qu'il est définitif ?

La dame me prend la main.

On s'installe toutes les deux sur le banc. Je bafouille que je suis désolée. Les larmes montent. Ça faisait longtemps.

Elle relève mon menton pour que je la regarde, et j'ai l'impression d'être placée au centre du monde, que ses yeux délavés ont tout vu, tout vécu, et que, surtout, ils ne jugent pas.

— Guillaume est mort quand il a perdu son fils. Depuis, il faisait semblant d'être vivant. Vous ne pouviez rien pour lui, pas plus qu'aucun d'entre nous.

Avant de partir, elle a ces paroles apaisantes :

— Il voulait juste qu'on les oublie, lui et son malheur. Il est bien là où il est.

Dans le sachet, il y a *Les Fleurs du mal*, de Baudelaire. Guillaume me l'a dédicacé : « Jeanne, Nietzsche disait que Dieu n'est qu'une pure invention, une astuce du diable. J'aurais aimé que rien dans nos douleurs ne soit réel non plus. Trouve le chemin vers ta belle vie. Laisse le reste derrière toi. »

Guillaume m'arrache mes dernières larmes.

Ce « reste » qu'il évoque, ce sont les enfants désaxés, ceux qu'il appelait les « fruits de notre société malade ».

Les Fleurs du mal. Ma fille, Sixtine, ma fleur du mal.

En rangeant le livre, je tombe sur la double page d'un journal au fond du sachet. Pourquoi Guillaume a-t-il conservé une reproduction des cinq piliers d'un esprit sain ? Croiser ces mots me révulse encore… Soudain, je comprends. C'est le verso qui l'intéressait. La publication de la lettre que Kléber Duval a écrite pour justifier ses actes, en évitant soigneusement de les expliquer.

Je dois être la seule à savoir que c'est Dahlia qui l'a adressée à l'AFP après la mort de son auteur. Kléber venait d'achever de la rédiger quand il a répondu à ses questions. Probablement avait-il décidé d'en finir avant même son arrivée.

Je ne saurai jamais pour quelle raison il a accepté de se confesser à Dahlia alors qu'il venait déjà de tout coucher sur le papier. Peut-être par simple humanité envers ces parents dont il avait entraperçu la silhouette dans sa propriété, le jour où son frère nous avait imposé d'assister au repas de la meute qui avait déchiqueté le corps de Luka.

121

Lettre posthume de Kléber Duval (extraits)

Mon père dirigeait un abattoir dans l'est de la France. Quand il a pris sa retraite, il racontait à qui voulait l'entendre qu'un million de bovidés avaient été transformés dans son établissement, et près de trois fois plus de porcs.

Transformés. Ce mot permettait d'éluder la mort, l'acte de tuer, les rivières de sang, l'angoisse des animaux, l'effroi qui suintait des murs, et cette odeur permanente de cadavres qui collait à mes vêtements et rendait fous les chiens des voisins. Ils me détestaient, m'auraient bouffé tout cru si mon père ne m'avait pas armé d'un bâton à pointe ferrée. Nous avions aussi une chatte, qui me défendait à coups de griffes. Défendu par une chatte… J'aurais été la risée du quartier si elle n'avait pas déjà éborgné deux bergers allemands et rendu aveugle un rottweiler.

Je dois l'honnêteté à la vérité. Ma chatte était plus courageuse que moi. Je frappais par-derrière, je me vengeais, et grâce à cela j'ai appris la patience. Jusqu'à la fin de mon adolescence, je n'ai jamais affronté mes peurs. J'étais fourbe et je ne savais pas pourquoi.

[…]

Mon père ne m'a pas demandé si je voulais travailler avec lui. Lorsque je suis arrivé sur le marché du travail, ma place aux abattoirs s'est imposée d'elle-même.

« Pour répondre aux questions de ces enculés, tu dois connaître leur misère ! »

Mon père avait une vision du monde pour le moins simpliste. Selon lui, il n'existait guère que trois catégories de personnes : sa famille, ce qui incluait ses amis véritables ; ses employés, qu'il taxait aimablement d'enculés ; et les autres, des milliards de bouches à nourrir, unique acte qui justifiait leurs existences.

J'ai donc commencé au bas de l'échelle de l'abattoir, là où il faut évacuer les excréments, les humeurs et tout ce qui n'est pas valorisable dans une bête. C'était à vomir, et j'ai au début dégueulé tripes et boyaux dans cette puanteur mouillée. Mais j'ai tenu bon et je me suis endurci, passant de poste en poste jusqu'à parvenir à l'acte suprême, la mise à mort.

C'est un mélange de plaisir barbare, de dégoût de soi, d'attirance atavique pour la brutalité, et d'intime conviction que cette mise à mort est nécessaire, qu'elle se perpétue depuis la nuit des temps, et qu'elle se perpétuera encore longtemps, avec ou sans moi.

Au décès de mon père, j'ai vendu les abattoirs et je me suis lancé dans l'immobilier locatif. Plutôt que de ravitailler les estomacs, j'ai saigné mes locataires à blanc tous les mois. C'est plus propre. Les gens crient moins que les animaux.

[…]

Je veux qu'on sache ce que j'ai fait à Sixtine et à Alphonse, mon propre fils, pourquoi je l'ai fait, et pourquoi j'ai échoué.

J'ai cru qu'Alphonse avait été trop gâté et qu'en le privant il redeviendrait l'enfant que j'espérais. Mais le mal était en lui, autant qu'en Sixtine. Alors j'ai tenté de les détacher intégralement de leur éducation, de les faire régresser jusqu'à un état d'animalité à partir duquel la reconstruction serait possible. Il n'était pas question de les éliminer, il n'en a jamais été question.

Derrière le vernis et les bonnes manières, les humains ont un instinct. On l'oublie trop facilement. Alphonse et Sixtine n'échappent pas à cette loi. À cette différence que leur instinct à eux est puissant, et leur morale inexistante.

Les privations, les brimades, les lavages de cerveau, rien n'a permis de créer un meilleur équilibre, de faire disparaître ce qu'ils avaient en trop, ou de leur apporter ce dont ils manquaient.

D'où tirent-ils cet excès d'instinct et cette absence de morale ? Pourquoi n'ont-ils pas appris comme les autres ? Pourquoi ne nous en sommes-nous pas aperçus plus tôt ? Je ne répondrai jamais à ces interrogations. Le mal qui se développe en eux est irréductible et rien ni personne ne pourra le terrasser.

Il faut les détruire. Accomplissez ce que je ne me suis pas résolu à faire. J'ai tué des milliers d'animaux, mais j'ai été incapable de tuer un enfant, fût-il à la fois le mien et la pire des créatures.

[...]

Si j'écris cette lettre, c'est pour me soulager d'un poids. Je ne peux plus être seul responsable du destin de ces monstres, c'est devenu trop lourd à porter. Je dois prévenir les autorités de mon pays, afin que les forces de l'ordre récupèrent Alphonse et Sixtine, sans quoi la maison de l'île sera leur tombeau.

Je sais que c'est ce que je dois faire. Mais j'ai peur de ne pas réussir à aller au bout de ce chemin. J'ai peur de ne pas être entendu. Que mes mots ne suffisent pas à convaincre. Qu'on doute de l'horreur que je décris. La justice saura-t-elle faire le nécessaire ? Sera-t-elle assez solide pour prendre les décisions qui s'imposent ?

Je vous en prie, détruisez tout ! Brûlez tout, ne laissez rien survivre. J'ai voulu redresser le mal, je me suis cru en mesure de transformer ce qui ne peut l'être. Hélas, le mal est indestructible. Il dure aussi longtemps que la vie.

J'ai voulu enfermer le mal. Mais peut-on l'enfermer pour toujours ? Je sais aujourd'hui que non. Toutes les boîtes finissent par s'ouvrir, tôt ou tard. Le monde est envahi par ces boîtes qui finiront par s'ouvrir. Et le mal se répandra, quoi qu'on lui oppose.

Aux innocents, ces damnés inconscients,
À leurs aînés irresponsables qui exposent les gorges de leurs enfants au fil des couteaux,
Aux autorités démissionnaires et aux peuples aveugles,
Aux ignorants horrifiés par la cruauté des loups,
Je veux dire que
Leurs mains pleines seront coupées,
Leurs cœurs arrachés,
Leurs vertus salies,
Leurs esprits pervertis.

Et tout ce qu'ils ont pu trouver de beau en ce monde sera détruit.

Les gens crieront à l'horreur et ils auront raison. Ce que j'ai fait est horrible, mes actes sont inacceptables, mais infiniment moins que ceux des monstres que j'ai éloignés de vous.

N'essayez pas de les contrôler,

Ne tentez pas de les redresser,

Ne baissez pas la garde, ne cédez pas à l'angélisme qui nous a si souvent rendus vulnérables.

Face au loup, l'agneau,

Face au violeur, la vierge,

Face au bourreau, la victime,

Face à l'assassin, l'innocent,

Face au chaos, nous tous.

122

Je redoutais le moment où je serais appelée à la barre.

M'y voici.

Je suis en tailleur-pantalon. Pas de maquillage, les cheveux attachés en chignon. Stricte sans être austère. Rien que ce choix m'a occupée des jours.

On me pose des questions sur Sixtine, l'enfant qu'elle était, la personne qu'elle est devenue après sa séquestration. Je réponds. Mon regard voyage sur les visages des jurés, du juge et de ses assesseurs. De temps à autre, je tourne la tête vers Sixtine. Elle n'est pas vraiment là, mais ce sentiment est variable. Parfois, il me semble qu'elle veille. Elle me fait penser à un animal qui guette sa proie, et puis l'instant suivant elle retrouve cet air candide, celui qui lui a longtemps permis d'abuser son monde.

Pendant plusieurs jours, nous avons assisté aux débats entre les experts psychiatres. On nous avait prévenus, leurs interventions ont été très techniques. Il s'agissait de décider si Sixtine et Alphonse étaient conscients de leurs actes au moment de la commission de leurs crimes. On nous a alors notamment expliqué la différence entre les notions d'altération et d'abolition du discernement.

Les experts n'étaient pas d'accord entre eux. Personnellement, je dirais qu'Alphonse Duval ne peut être tenu pour responsable. Sixtine, oui. J'aurais préféré l'inverse. Quitte à ce que ma fille me déteste, ce serait moins douloureux de croire qu'elle n'a pas agi en pleine possession de ses moyens, qu'elle n'était pas lucide quand elle a perpétré ses atrocités, qu'elle était malade. Mais non. Sixtine a parfaitement su jouer la comédie.

Aujourd'hui, je suis certaine que lorsqu'elle est réapparue, elle voulait faire un point sur nous, son père et moi. Assouvir sa curiosité. Ses parents avaient-ils « survécu » à sa mort ? Étaient-ils heureux, encore malheureux ? Retrouverait-elle son cocon intact ? Ou une vie entièrement chamboulée ?

Comment a-t-elle envisagé notre divorce ? La nouvelle famille de son père ? Ma vie avec deux ou trois hommes ? Est-ce ce qui a précipité son désir de nous voir souffrir ?

J'aurais pu être sa première cible. Si ç'avait été le cas, ce serait Richard qui témoignerait pour moi aujourd'hui.

Je sens les regards bienveillants de mes amis dans la salle.

Pour l'occasion, Hervé a surpassé ses peurs. Il n'allait pas laisser Penny seule dans un moment pareil. J'ignore d'où il sort ce costume un peu trop court. Il a dû l'emprunter à Léon.

Mon avocate m'a déjà avertie que mon audition durerait longtemps et que je pourrais demander une pause. Je veux que Sixtine la meurtrière soit extraite de ce monde, mais qu'on la traite avec la douceur que ma fille mérite. Je ne veux pas que le résultat soit un non-lieu, comme c'est possible, mais je souhaite que Sixtine soit incarcérée dans un hôpital psychiatrique plutôt que dans une prison. D'où l'importance de la décision du collège d'experts.

Il ne faut pas que je noircisse un tableau déjà sombre. Alors je surveille mes paroles, je reste factuelle. Maman est sur mon épaule, elle me souffle les réponses.

Raconter les trois mois de ma séquestration me contraint à les revivre. Je déteste le faire. J'ai cherché à oublier. Un vœu pieux.

Tout à l'heure, j'ai croisé Natalie Saros-Duval. Nos relations se sont dégradées depuis qu'elle et moi nous disputons la garde d'Edgar, le fils de Sixtine et d'Alphonse. Kléber Duval savait qu'il ne pourrait pas confier le bébé à une institution, il n'était pas envisageable de prendre ce risque. Il a donc pris contact avec une famille qui rencontrait des difficultés pour avoir un enfant, qui avait déjà enduré beaucoup d'épreuves et qui a choisi de fermer les yeux sur son origine pour mettre fin à des années de frustration.

Quand l'affaire a été rendue publique, celle-ci s'est spontanément manifestée, puis l'ADN a parlé. Ma fille n'a jamais été violée. Edgar est en réalité le fruit de la liaison de deux gamins perdus. C'est peut-être complètement fou, mais pour moi, c'est un immense réconfort.

Ce petit garçon est le nouvel héritier du groupe Harfang. Avec Dahlia, on s'est dit qu'il fallait se battre pour lui. Mais le combat est tellement inégal... Mes chances de le récupérer sont proches de zéro. Si maman était encore en vie, je me transformerais en tigresse. La vérité, c'est que j'ai peur de ne pas être à la hauteur. L'échec que représente pour moi Sixtine me tétanise...

Sans compter que Natalie Saros-Duval offre une vie de prince à cet enfant, alors que Dahlia et moi ne pouvons rien garantir sur le plan matériel, et venons d'écoper chacune d'une peine de prison avec sursis pour entrave à la justice, dissimulation de preuves dans une affaire criminelle, et autres chefs d'accusation. Pour être honnête, sans les avocats que Natalie a eu l'élégance de nous fournir, nous serions dans une position beaucoup plus délicate encore.

J'obtiendrai certainement un droit de visite, et peut-être peut-on imaginer qu'entre grand-mères nous retrouverons le chemin du dialogue. Pour l'équilibre d'Edgar.

Voilà, j'arrive à la fin de mon témoignage. Mon avocate ne m'avait pas menti, il aura fallu trois heures. J'ai les jambes en coton et la tête farcie. Mais je suis soulagée. Pourtant, il me manque quelque chose. J'y ai beaucoup pensé, et c'est la dernière fois que tout le monde est réuni… Je me lance.

— Monsieur le juge, je voudrais m'adresser à Sixtine, est-ce possible ?

Le juge hésite. Un mouvement dans le box me fait tourner la tête. Sixtine s'est levée. Elle qui a gardé le silence depuis l'ouverture du procès se manifeste enfin. Alors je me contrefiche de l'autorisation du juge. Et je lui parle.

Je tremble de tous mes membres.

— Sixtine, Guillaume, le papa de Luka, est mort. Le chagrin a fini par l'emporter. Il est parti sans savoir pourquoi toi et Alphonse vous avez tué son fils. Alphonse a dit que Luka vous agaçait, mais nous voudrions entendre ta version des faits. Cela nous aiderait beaucoup, Natalie et moi, de comprendre pourquoi nos enfants ont subitement décidé d'en tuer un autre.

Dans mon dos, je sens la tension de la salle. Des jurés. Tout le monde retient son souffle. Le juge a braqué son regard sur Sixtine. Il donne l'air d'avoir oublié toutes les procédures.

Et là, je prends conscience que la réponse de Sixtine n'aiderait pas seulement deux mères, mais tous les gens présents, et probablement beaucoup d'autres partout dans le monde.

Sixtine n'est pas à l'aise. Son sourire insolent s'est envolé. Assis derrière elle, Alphonse est totalement inexpressif. Trop de neuroleptiques coulent dans ses veines. Après plusieurs tentatives de suicide, les psychiatres disent qu'il ne supporte pas l'enfermement. Ce constat m'a glacée.

Sixtine me fixe. Comme chaque jour depuis que Dahlia m'a libérée, je cherche à saisir pourquoi un môme se transforme en assassin et pas un autre. Pourquoi elle ? Qu'est-ce que j'ai fait de si moche dans son enfance pour qu'elle en arrive là ?

— J'ai tué Luka pour voir ce que ça faisait de tuer. Exactement comme tu as tué mon frère quand il était dans ton ventre. Personne ne t'a fait de procès, à toi ! Personne n'a tenté de te rééduquer !

Je ressens le malaise qui s'empare de l'assemblée.

À l'approche de son jugement, Sixtine a encore du mépris pour celui qu'elle a massacré. Et l'énergie de s'inventer un frère, de me reprocher un avortement que Richard et sa famille m'ont imposé il y a bien longtemps, et que j'ai toujours regretté.

Le choc est immense.

Il me condamne et, surtout, il m'empêche à jamais de me dédouaner de toute responsabilité dans la construction de la personnalité déviante de Sixtine.

Je ne me leurre plus.

— Il te suffisait de parler, Sixtine, de me dire ce que tu avais découvert, je t'aurais expliqué pourquoi j'avais avorté, ce que ça signifiait, j'aurais…

Je m'interromps, pas question de tomber dans son piège. Il ne s'agit pas de mon procès, mais du sien et, en tendant encore une main à Sixtine, ce sont mes ultimes forces que je jette dans cette bataille qui a emporté ma vie, comme si…

— Sixtine, c'est ta dernière chance de dire au monde que tu regrettes tes crimes. On pourra te pardonner si tu as des remords. Tu comprends ? Tous ces gens dont vous avez brisé la vie, à qui vous avez arraché un proche, tous peuvent te pardonner. Même Guillaume là où il est, même Luka, tous ! Mais tu dois l'exprimer avec sincérité, Sixtine. Tu ne peux pas rester indifférente à tant de souffrances !

… Comme si j'offrais mon âme au diable.

Car c'est un marché de dupes. Je le sais. Sixtine est capable de feindre.

Son regard se modifie. Je crois y voir une lueur d'intérêt à mon égard, de l'humanité. Elle tourne la tête vers les jurés, puis observe ses mains avant de revenir sur moi.

Ici, on ne juge pas le meurtre de Luka. Sixtine et Alphonse n'avaient alors que dix ans. On juge les actes criminels commis par deux grands ados après avoir été séquestrés dans des conditions qui ne souffriraient aucune comparaison. Ils ont des circonstances atténuantes. Alors qui juge-t-on finalement ? Les experts de tout et de rien se sont crêpé le chignon pendant des mois sur cette question. Jugerait-on Kléber et Jozef Duval ? Ils sont morts. Jugerait-on cette société démente et son désengagement de plus en plus patent vis-à-vis de l'exercice de l'autorité ? Indirectement, peut-être.

Dans le box des accusés, Sixtine semble perplexe. Aux gestes bizarres qu'elle exécute, il est évident qu'un débat s'amorce dans son esprit. Mon intervention l'a visiblement troublée.

Puis elle plonge de nouveau ses yeux dans les miens.

— Pauvre chérie, je ne serai jamais la fille que tu attends.

ÉPILOGUE

Quand on me demande comment va ma vie, je réponds que je vais bien. En général, je passe sous silence que j'ai été mère, que j'ai été mariée, ou même que j'ai travaillé avec Bernie dans une tour de La Défense. La Jeanne d'aujourd'hui est née il n'y a pas si longtemps. Elle vit plus ou moins seule, les pieds sur terre, au rythme des saisons.

À Paris, je n'avais pas conscience que ces dernières me manquaient. La ville et ses bruits, ses odeurs et ses tourbillons ne permettent pas de se connecter avec le monde, de trouver son équilibre. À Paris, on se moque de la pluie, on ne s'expose pas au soleil. On n'a pas non plus le nez dans les étoiles. Pas de papillons, presque pas de moustiques ou d'araignées, et en dehors de quinze jours suffocants de canicule, même pas de signes du réchauffement climatique.

Depuis peu, j'ai recommencé à voir Sixtine à l'hôpital psychiatrique où elle est soignée. L'ancienne Jeanne avait tiré un trait sur sa fille, la nouvelle a compris que l'abandon était une facilité, une lâcheté. On ne discute pas beaucoup, toutes les deux. Tout a été dit, je crois. On joue au Scrabble. Ou alors elle réalise des collages comme celui que j'avais reçu à Noël. Elle écrit aussi, c'est de cette façon que nous communiquons le plus, dans un drôle de journal intime où elle m'appelle toujours « pauvre chérie ». Au début, j'ai pensé qu'elle parlait de son enlèvement, de sa séquestration, mais en réalité elle ne parle que de moi.

Les psys m'ont expliqué que, par le biais de ces lignes, Sixtine revivait ses crimes comme un tueur en série. Je me souviens de ce que disait Kléber Duval : « Ne lui tournez jamais le dos », « C'est elle, la pire des deux ».

C'est très déstabilisant de se trouver face à Sixtine. Elle paraît si inoffensive. Qui pourra comprendre son intention quand elle me surnomme « pauvre chérie » ? S'excuse-t-elle de m'avoir fait tant souffrir, ou au contraire tente-t-elle de me diminuer ?

Peu importe. Une fois par mois, je joue mon rôle de « Jeanne, la maman de Sixtine ». Deux heures, parfois un après-midi entier. J'avoue que, à travers ces visites, j'espère toujours avoir la réponse à cette question qui me tue. Pourquoi ? Qu'ai-je donc fait, ou pas fait, pour mériter son mépris ? Je ne peux pas croire que mon avortement soit la cause de ce déferlement de violence.

Le matin, parfois, je me réveille comme si rien n'était arrivé. J'entends le bruit de la télé, les voix des dessins animés. Sixtine est à côté, elle a dû se préparer son bol de céréales… Puis l'illusion disparaît. La réalité reprend sa place et je me reçois un seau de merde en plein visage.

Pour évacuer, je retourne auprès de mes abeilles. Je prends soin d'une centaine de ruches. Ce travail me satisfait. Ces insectes sont incroyables, ils ont l'intelligence de s'entendre et de travailler ensemble pour le bien commun avec une abnégation incomparable.

Je suis devenue « Jeanne, la fille aux abeilles ». C'est ainsi que me surnomment les agriculteurs de la coopérative. Ils sont une quinzaine de fermiers à jouer le jeu du bio-pour-tout-le-monde. Ici, dans le Morvan, les terres ne valent plus rien et les fermes abandonnées reprennent vie. Le concept fou de Bernie a reçu un accueil enthousiaste. Il faut dire qu'il réussit tout ce qu'il entreprend. Même Hervé et Léon ont suivi le mouvement avec Grisette et ses petits.

Quant à Dahlia, elle passe le plus clair de son temps à l'étranger, où elle multiplie les contrats pour sa société de protection. On se retrouve toujours avec un bonheur immense tout en évitant les écueils de la vie à deux. Après le procès de Sixtine, j'ai voulu prendre du recul et je me suis aperçue que je ne pouvais plus vivre avec quelqu'un. Je ressentais un besoin vital de solitude, la fracture intérieure qu'avait causée Sixtine était irréparable et j'étais lucide quant à mon incapacité à garder un équilibre dans la durée. Il faut savoir admettre ses limites.

Mais rien ne va si mal. Je le disais un peu plus tôt, quand on me demande comment va ma vie, je réponds que je vais bien. Et c'est vrai. La vie au grand air, le sentiment d'œuvrer pour une cause utile, des amis pas loin, une amoureuse en vadrouille qui finit toujours par rentrer au bercail.

Que demander de plus ?

Peut-être une fille à qui je pourrais confier un chaton sans craindre pour la vie de l'animal…

J'espère en tout cas que mon expérience servira à toutes celles et tous ceux qui souffrent de la perte de repères de notre société, celles et ceux qui sentent que leur enfant devient hors de contrôle et ne savent plus vers qui se diriger pour obtenir de l'aide, celles et ceux qui pensent que la justice divague quand elle ne condamne pas Sixtine en la déclarant pénalement irresponsable.

Ce verdict a été assorti d'une obligation administrative de traitement, mais il suffirait qu'un collège de psychiatres la juge apte à retourner dans le monde pour qu'elle sorte. On m'a assuré que ce ne serait jamais le cas.

Ce matin, Sixtine a tenté de s'évader. Elle a profité d'un examen médical dans un service non spécialisé pour fausser compagnie à ses gardiens. Résultat : un infirmier a perdu l'usage d'un œil.

Sa fuite hors de l'enceinte de l'hôpital a provoqué un carambolage impliquant une dizaine de véhicules. On déplore plusieurs blessés graves. Sixtine a ensuite mis les services de police en échec pendant quatre heures. Elle s'est réfugiée dans le pavillon d'un retraité qu'elle a tué à coups de vase en cristal. Puis elle a mangé le repas que le malheureux se préparait, a bu son vin, fumé ses cigarettes et vidé son cognac en regardant la télévision. La fille de la victime l'a trouvée devant Gulli. Sixtine l'a prise en otage et a exigé des forces de l'ordre qu'on relâche Alphonse Duval, condamné à perpétuité, et qu'on leur affrète un avion avec le plein de kérosène. Une balle dans l'épaule a mis fin à sa cavale. Elle a été reconduite à l'hôpital pour le moment. Ses jours ne sont pas en danger.

Je suis arrivée aussi vite que j'ai pu. C'est ici qu'est ma place, pas nécessairement parce que je me dois d'être aux côtés de ma fille, mais parce que je n'ai plus le droit de me dérober face à mes responsabilités.

Léon a proposé de me conduire. J'ai refusé. Il y a des choses que l'on doit faire seul.

Sur place, on m'explique que, à en croire l'examen sanguin, Sixtine ne prend plus ses médicaments depuis des semaines. Elle préparait donc son coup.

En entrant dans sa chambre, je ne suis pas encore certaine de ce que je vais faire. L'air est épais, mon cœur bat fort dans ma poitrine.

Je m'approche du lit médicalisé où ma fille somnole. Elle est longue sous ce drap impeccable, grande, tellement plus grande que dans mes souvenirs. Elle me fait penser à la Belle au bois dormant. Mais les menottes qui entravent ses poignets me racontent une autre histoire, et dans cette histoire, aucun prince charmant ne viendra ravir son cœur.

Jamais.

Le policier qui la garde m'indique qu'il peut apporter une chaise si je veux m'asseoir. Je lui dis que c'est inutile, mais que j'aimerais bien être seule avec ma fille.

Sixtine ouvre un œil, et me demande d'une voix pâteuse si je reste ou si je dois retourner travailler.

Cette phrase anodine me noue la gorge. Je sais que ce que je m'apprête à faire va me compliquer l'existence, et j'en ai mal aux tripes, je ne songe qu'à ça. Mais je n'ai plus vraiment le choix. Il y a vingt ans, j'ai décidé de donner la vie à Sixtine. À l'époque, je ne savais pas dans quoi je m'engageais…

Je lui réponds que non, que plus jamais je ne la laisserai pour mon travail, que je resterai avec elle, et je serre ses doigts entre les miens.

Elle sourit et se rendort, assommée par les calmants.

Personne n'a eu besoin de m'accorder le droit de transmettre la vie, je n'attends de personne qu'il me donne celui de la reprendre. Ici et maintenant, je suis la seule à pouvoir prendre cette décision.

Je ne pense ni à Léon et Hervé, ni à Bernie, et encore moins à D. Si j'imaginais ne serait-ce qu'un instant les conséquences de mes actes, je renoncerais.

J'ai juste une pensée fugace pour cet enfant dont j'ai avorté avant d'avoir Sixtine. Si je l'avais gardé, Sixtine ne serait probablement pas née… et mon destin aurait été tout autre. À quoi ça tient, la vie !

Dans son sommeil, Sixtine a l'air paisible.

J'ai peur, j'ai tellement peur, mais je ne peux plus me défiler.

Donnez-moi le courage de le faire !

Maman vole à mon secours. Elle n'aurait pas soutenu mon geste, sans doute pas, mais elle est morte de ne plus être grand-mère, et ça renforce ma conviction. Je ne veux pas la venger, je veux juste que les crimes cessent. Et rien ne s'arrêtera tant que Sixtine vivra.

L'oreiller dans la main, j'ai encore une seconde d'hésitation, puis je le plaque sur le visage de Sixtine. Aussi fort que je peux, pour que ça aille vite, pour qu'elle souffre le moins possible.

Je revois Luka, que je n'ai pas connu, et Guillaume, mort de chagrin. Je revois Richard et sa femme, les enfants d'Églantine. Je revois ces cinq jeunes décapités, et les autres, tous ces anonymes morts d'avoir croisé le chemin de Sixtine, jusqu'à ce pauvre vieillard le matin même. On ne peut plus continuer…

Le corps de Sixtine se cabre, ses jambes s'agitent au-dessus du lit. J'ignore si elle est consciente, si elle cherche à m'atteindre. C'est horrible, je suis en train de tuer ma fille.

Ses soubresauts s'espacent, puis cessent. Le monitoring qui s'était emballé émet à présent un son continu.

C'est fini, mais je ne relâche pas mon effort, comme si j'essayais de comprimer une hémorragie. La vie ne reviendra pas, je l'ai voulu. Je ne le regretterai pas. Le personnel qui fait irruption dans la chambre ne réussira pas à la ranimer.

C'est fini.

On me trouvera sûrement des circonstances atténuantes, à moi aussi, il y aura peut-être pour moi aussi un collège de psychiatres, mais ces experts me jugeront pénalement responsable. Je suis lucide, en pleine possession de mes moyens.

J'ai cette fois une pensée pour le petit Edgar. Je me demande ce que je lui dirai quand il souhaitera que je lui parle de sa maman.

Les gens s'adressent à moi, les policiers, les médecins. Je ne comprends pas ce qu'ils disent. J'aspire au silence, juste au silence. C'est tout ce qui compte dans ce moment où un calme immense vient enfin de remplacer la tempête qui ravage ma vie depuis trop longtemps.

Adieu, Sixtine.

À présent, écrire revient à vivre. Chaque mot, chaque phrase me prolonge. En partageant cette épreuve, j'ai repoussé mon sursis. Mais dans le fond, vivre un jour de plus ou de moins, quelle importance, quand tout a pris la couleur de l'amertume ?

Mon histoire s'achève ici. Je vous l'ai livrée sans complaisance. C'est une terrible histoire qui illustre bien notre drôle de monde. Enfin, quand je dis drôle, c'est une façon de parler… On a tous plus ou moins conscience que la fin approche. Non ?

Je m'appelle Jeanne, j'ai quarante-six ans, et ma fille est morte.

La plupart des parents affirment qu'ils ne pourraient ni ne voudraient survivre à la perte d'un enfant. D'autres pensent qu'en avoir un nouveau repoussera l'indicible, comme si l'amour se substituait à lui-même.

En réalité, ceux qui perdent un enfant font ce qu'ils peuvent.

Ils ne sont ni héros ni martyrs, juste des êtres qui comblent le vide avec ce qu'il leur reste.

Souvent peu de chose.

REMERCIEMENTS

Merci à la formidable équipe du Fleuve :

Florian Lafani, Amandine Le Goff, Maryannick Le Du, Estelle Revelant, Manon Tassy, Thomas Giraud, Sophie Braun, Pauline Ricco, Hélène Cordero.

Imprimé en France par CPI
en février 2022
N° d'impression : 165082

Composition et mise en pages
Nord Compo à Villeneuve-d'Ascq

Fleuve Éditions
92, avenue de France
75013 Paris

R14420/01